Weihnachten im Watt

Ein literarischer Adventskalender

von

Ludger Abeln

Hochdeutsch
Plattdeutsch

1. Auflage
Oktober 2018

Hauptstr. 179
26639 Wiesmoor
www.nachobenoffen.de
info@nachobenoffen.de

Redaktion: Susanne Köster-Schoon
Covergestaltung: Miriam Kramer
Gesamtherstellung: Die Werkstatt Medien-Produktion GmbH
Printed in Germany

ISBN 978-3-947789-01-6

Für Aike

Die Hochdeutschen Geschichten

De Plattdüütschen Vertellsels

1. Dezember

Das Geschenk

Am Tresen vom „Stüürmann“ in Neuharlingersiel

Jan: „Moin!“

Claas: „Moin!“

Jan: „Herrengedeck?“

Claas: „Joh.“

Jan: „Was geht?“

Claas: „Geht!“

Jan: „Und, Geschenk?“

Claas: „Für mich?“

Jan: „Nee!“

Claas: „Warum dann?“

Jan: „Weihnachten!“

Claas: „Ach ja!“

Jan: „Und?“

Claas: „Weiß nicht!“

Jan: „Was nicht?“

Claas: „Was! Brauche nichts.“

Jan: „Für deine Frau!“

Claas: „Ach so! Hab schon!“

Jan: „Was?“

Claas: „Kreuzfahrt!“

Jan: „Wohin?“

Claas: „Mittelmeer.“

Jan: „Wann?“

Claas: „Mai!“

Jan: „Alles?“

Claas: „Ist genug!“

Jan: „Und?“

Claas: „Was?“

Jan: „Am Heiligen Abend!“

Claas: „Briefumschlag!“

Jan: „Reicht nicht!“

Claas: „Warum?“

Jan: „Muss was unter den Baum!“

Claas: „Weshalb?“

Jan: „Frauen!“

Claas: „Meinst du?“

Jan: „Joh!“

Claas: „Was?“

Jan: „Weiß nicht!“

Claas: „Das hilft!“

Jan: „Modellschiff!“

Claas: „Buddelschiff?“

Jan: „Kreuzfahrtschiff!“

Claas: „In Folie?“

Jan: „In Papier!“

Claas: „Warum?“

Jan: „Überraschung.“

Claas: „Meinst du?“

Jan: „Oder Karton.“

Claas: „Ist besser!“

Jan: „Was?“

Claas: „Karton.“

Jan: „Das kommt an!“

Claas: „Sicher?“

Jan: „Sicher!“

Claas: „Machst du mir noch einen!“

Jan: „Was? Einen Karton?“

Claas: „Ne, eine Runde!“

Jan: „Joh!“

Claas: „Trinkst du mit?“

Jan: „Einer geht.“

Claas: „Danke!“

Jan: „Wofür?“

Claas: „Für den Tipp!“

Jan: „Da nich für!“

Claas: „Prost! Nich lang schnacken!“

Jan: „Kopp in´n Nacken!“

Claas: „Tschüß!“

Jan: „Schönes Fest!“

1. Dezember

Dat Geschenk

An de Tresen van de „Stüürmann“ in Neeharlingersiel

Jan: „Moin!“

Claas: „Moin!“

Jan: „Kerlsgedeck?“

Claas: „Joh!“

Jan: „Waar geiht?“

Claas: „Geiht!“

Jan: „Un, Geschenk?“

Claas: „För mi?“

Jan: „Nee!“

Claas: „Waarum dann?“

Jan: „Wiehnachten!“

Claas: „Ach ja!“

Jan: „Un?“

Claas: „Weit nich!“

Jan: „Wat nich?“

Claas: „Bruuk nix.“

Jan: „För dien Froo!“

Claas: „Ach so! Hebb ick all!“

Jan: „Wat?“

Claas: „Krüüzfahrt!“

Jan: „Waarhen?“

Claas: „Middelmeer."

Jan: „Wenner?"

Claas: „Mai!"

Jan: „Allet?"

Claas: „Is genoog!"

Jan: „Un?"

Claas: „Wat?"

Jan: „An de Hillige Avend!"

Claas: „Breef!"

Jan: „Nich genoog!"

Claas: „Waarum?"

Jan: „Mutt wat unner de Boom!"

Claas: „Waarum?"

Jan: „Froolüü!"

Claas: „Meenst Du?"

Jan: „Joh!"

Claas: „Wat?"

Jan: „Weet nich!"

Claas: „Dat helpt!"

Jan: „Modellschipp!"

Claas: „Buddelschipp?"

Jan: „Krüüzfahrtschipp!"

Claas: „In Folie?"

Jan: „In Papeer!"

Claas: „Waarum?"

Jan: „Överraschung."

Claas: „Meenst Du?"

Jan: „Of Karton.“

Claas: „Is beter!“

Jan: „Wat?“

Claas: „Karton.“

Jan: „Dat kummt an!“

Claas: „Seker?“

Jan: „Seker!“

Claas: „Wullt noch en?“

Jan: „Wat? En Karton?“

Claas: „Ne, en Runn!“

Jan: „Joh!“

Claas: „Trinkst mit?“

Jan: „En geiht.“

Claas: „Danke!“

Jan: „Waarför?“

Claas: „För de Tipp!“

Jan: „Daar nich för!“

Claas: „Prost! Nich lang schnacken!“

Jan: „Kopp in’n Nacken!“

Claas: „Tschüß!“

Jan: „Mooi Fest!“

2. Dezember

Nüffe, was für Nüffe?

Weihnachten im Wald von Lähden im Emsland. Wie schön es geschneit hat. Alles weiß, nur ein paar Fußspuren von Spaziergängern und Tieren sind auf der Schneedecke zu sehen. Herrlich idyllisch. Das finden auch Bugs und Bunny. Nein, keine Schneehasen aus Disneyland, es sind zwei Eichhörnchen.

Bugs und Bunny sind vor kurzem aus ihrem Gehege beim Förster ausgebüxt, haben sich in den Wald geschlagen und den Frühherbst damit verbracht, ihre neue Freiheit zu genießen. Den Förster und dessen Kinder vermissen sie nicht. Der Förster war immer grummelig und die Kinder manchmal ganz schön gemein. Jetzt, wo es so kalt geworden ist, merken die beiden allerdings, dass es in der Tenne bei ihrem Alten doch gemütlicher war. Außerdem hatten sie immer genug zu fressen.

Bunny ist ein deutsches Eichhörnchen, weiblich, braun, spitze Ohren, buschiger Schwanz, eben ein Eichhörnchen. Bugs, männlich, hat einen Migrationshintergrund: Er gehört zur amerikanischen Spezies, sieht ähnlich aus, hat ein etwas breiteres Gesicht und ist grau.

Sprachlich gibt es bei den beiden keine Probleme. Bugs geht Bunny aber manchmal ganz schön auf die Nerven. Ein echter Rumtreiber, lebt einfach so in den Tag hinein, ohne sich Gedanken über den Winter zu machen.

„Sag, mal Bugs, wir sollten langsam mal anfangen, Proviant für den Winter anzulegen!“, wirft Bunny ein. Sie sitzen in einem Baumwipfel und gucken sich das beginnende Schneetreiben an.

„Hetz’ mich nicht, Bunny! Bleib cool, was geht bei dir ab? Du mit deiner deutschen Gründlichkeit, chill mal ’ne Runde!“

„Du kommst hier einfach nicht klar, oder? Dass ihr Amis immer so einen auf locker machen müsst!“ Bunny ist sichtlich auf Zinne.

Bugs war ja wirklich unterhaltsam, aber manchmal auch völlig verpeilt. Er schläft lange und frisst viel. Wenn er von Tannenzweig zu Eichenast springen muss, schrammt er manchmal knapp am Absturz vorbei. Jetzt wird das Futter langsam knapp. Also macht sich Bunny allein auf die Suche nach Eicheln und Haselnüssen. Zugegeben, die ersten zwei Nussbunker hatte sie schon angelegt, als Bugs allein durch den Wald stromerte. Die kennt nur sie. Als noch wenig Schnee lag, konnte sie mühelos auf Nusstour gehen. Jetzt aber ist es nur noch unter den Bäumen schneefrei.

Diesmal kommt Bugs wenigstens mit, wobei sich sein Eifer in Grenzen hält. Bunny kann das einfach besser. Liegt wohl in den Genen. Bunnys Mutter war noch ein echtes Waldeichhörnchen. Sie hatte sich um Bunny gekümmert und Bunny hatte zugesehen, was ihre Mutter und ihr Vater an Wintervorräten angelegt hatten, bevor sie aus dem Baum gefallen war. Der Förster hatte Bunny gefunden und in seinem Haus großgezogen. Zurück zu Mutter und Vater konnte sie nicht mehr.

Bugs hatte auf einem Kreuzfahrtschiff rübergemacht und sich mit den Resten vom Büffet über Wasser gehalten. Für Bugs ein Paradies aus

Canapés, Kuchenkrümeln und edlen Tropfen in Nuss. Deswegen war er auch wie auf Droge, als er auf der Papenburger Meyerwerft von Bord wankte. Ein Schweißer hatte ihn eingesammelt und beim Förster in Lähden abgegeben. Der Entzug und die Umstellung auf „Bio“ hatten ein paar Wochen gedauert.

Noch immer bekommt Bugs manchmal komische Anwandlungen und dreht etwas am Rad, wenn ihm etwas nicht passt. „Glutenmangel“, behauptet er dann.

„Also, ich hab' keinen Bock auf das ganze Gesuche!“, sagt Bugs.

„Wir haben noch nicht einmal richtig angefangen! Okay, du kannst einen Bunker für die Nüsse ausfindig machen und ich suche in der Zeit weiter nach Nüssen. Wir treffen uns dann wieder hier!“, gibt Bunny Regieanweisungen.

Es läuft ganz gut. Bunny hatte auf ihren Erkundungszügen ein paar Stellen gefunden, an denen reichlich Eicheln herumlagen. Auch wenn das Blätterdach der Bäume nicht mehr da war, bieten die Äste doch so viel Schutz, dass kaum Schnee den Boden bedeckt. Nach und nach schleppt Bunny alle Nüsse, die sie findet, zum Treffpunkt. Erst als Bunny schon fast nicht mehr kann, ist auch Bugs wieder an der vereinbarten Stelle.

„Na, hast du ein Winterlager für unser Futter gefunden?“

„Jo, hab iff!“, antwortet Bugs mit prall gefüllten Backen.

„Du schlägst dir den Bauch voll? Du hättest mir ja auch beim Ranschleppen helfen können!“

„Weifft du, iff hab daff beffte Lager geffunden, waff eff gibt!“

„Was denn für ein Lager?“

„Iff glaub, daff hat jemand angelegt, der keine Ahnung ffom fferfftecken hat!“

„Wo war das denn?“

„Gleiff hinter der groffen Tanne an der Lifftung!“

„Mann, du Depp, den Bunker habe ich schon gefüllt! Das sind unsere Nüsse!“ Bunny kann es nicht fassen.

„Nüffe? Waff für Nüffe? Da waren nur dieffe grünen Dinger drin!“

„Du Vielfraß, ich hoffe, du hast noch was von den Eicheln übrig gelassen und nicht alles gefuttert!“, Bunny bekommt jetzt richtig Puls.

„Iff weiff gar niff, waff du willffs. Iff knabber doff nur ein biffchen!“

„Nur ein bisschen? Deinen Bauch kannst du gleich auf den Rücken werfen und als Rucksack benutzen!“ Bunnys Puls nähert sich der 200er-Marke.

„Ffill doff mal, ffind doff nur Nüffe. Und niff die auff deinem Bunker. Die hab iff in Lähden beim FFörffter auff dem Hauff geklaut!“, protestierte Bugs mit immer noch ausgebeulten Backen und schluckte dann einmal kräftig. „Ich plündere doch nicht unseren Wintervorrat! Ich habe uns nur ein wenig Arbeit erspart und den Förster um ein paar Kilo Nüsse erleichtert. So, und jetzt kommst du!“

„Nüffe! Waff für Nüffe! Doofer Spruch! Aber wenigstens bist du nicht so durchgeknallt wie ich befürchtet habe. Dann kann ich jetzt wohl tatsächlich ‚chillen‘, wie du das nennst. Diese Eicheln sollten wir aber noch zu den anderen legen. Dann haben wir bis Weihnachten erst mal genug rangeschafft!“, sagt Bunny mit einem schiefen Lächeln.

Danach klettern das braune und das graue Eichhörnchen in ihren Schlafbaum und machen sich mit ein paar „Nüffen“ vom Förster einen gemütlichen Adventsabend.

2. Dezember

Nöffen, wat för Nöffen?

Wiehnachten in de Wald van Lähden in't Emsland. Wat hett dat mooi schneit. All is witt, blot en paar Footstappen van Lüü de spazeerden un Deren sünd up de Schnee to sehn. Wat idyllisch! Dat finnen ok Bugs un Bunny. Ne, dat sünd kien Schneehasen ut Disneyland, dat sünd twee Eekhoorntjes. Bugs un Bunny sünd kört vördeem ut en Gehege bi de Förster utbüxt, hebben sük in de Wald slaan, un de fröhe Harvst darmit verbracht, her neeie Freeiheid to fieren. An de Förster un sien Kinner denkt se nich mehr. He was jümmers so grummelig un de Kinner gungen beid af un an bannig up de Zünder.

Nu, war dat so kold is, marken beid avers, dat dat up de Tenne van de Olle wat kommodiger wesen is. Dat gaff daar ok jümmers wat to freten.

Bunny is en düütschet Eekhoorntje, en Wicht, bruun, spitze Ohren, en buschige Steert, even en Eekhoorntje. He is de amerikansche Utgaav, sücht bold so ut as de düütsche, man mit en breed Gesicht un gries. Verstahn köhnt sük de beid best. Bugs geiht Bunny avers mitunner up de Geist. He drifft sük faken rum un latt de Herrgott en gooden Mann wesen. Gedanken över de Winter hett he sük noch noit nich makt.

„Segg mal, Bugs! Wi wullen doch so up körte Tied anfangen, en beten Proviant för de Winter antoleggen!“, stellde Bunny fast. Se sitten up de Topp van en Boom un kieken up de Schnee, de sinnig van de Himmel fallt.

„Mak doch nich jümmers so en Stress, Bunny! Bliev mal cool. Wat geiht denn bi di of? Du mit dien düütsche Örnlikheid. Chill mal en Runn!“

„Du kummst up dat Leven hier eenfach nich klar! Dat ji Amis jümmers en up locker makt!“ Bunny was en beten anfreten. Bugs kunn ja kandiedelig wesen, he was avers ok verpeilt. He sleep lang un freet as de Düvel. Wenner he mal van en Tacken to de anner sprengen mutt, is dat all en paar Mal leep knapp wesen. Runnerfallen is he to'n Glück noch nich. Nu ward dat Futter langsam knapp. Bunny makt sük up de Söök na Eeken- un Haasnöten. De ersden twee Bunkers för Nöten hett se all klar. Blot se weet waar de sünd. Bugs stromert in disse Tied allenig dör de Wald. As daar noch nich so vööl Schnee was, kunn se locker up Nötentour gahn. Nu is avers blot noch unner de Bomen wat to finnen.

Ditmaal kummt Bugs tominnst mit. Man he deiht nich vööl. Dat kann Bunny beter. Dat liggt wall in de Gene. Bunnys Moder was noch en echtet Waldeekhoorntje. Se hett sük um Bunny kümmert un Bunny het tokeken, as her Ollen dat Winterlager anleggt hebben. Dann is her Moder stürven. De Förster harr Bunny funnen un in sien groote Huus bracht. Torügg in de Wald kunn se nich mehr.

Bugs harr up en Krüüzfahrtscheep rövermakt un sük mit de Resten van dat Büffet over Water hollen. För Bugs en Paradies ut Canapés, Kokenkrömmels un lecker Drüppen in Nöten. Daarum was he ok as up Droge, as he up de Mayer-Warft in Papenbörg van Bord wanken dee. En Sweißer harr hum insammelt un bi de Förster in Lähden afgeven. Dat was leep stuur hum dröög to leggen un up „Bio" umtostellen. Dat harr Weken düürt. Af un an kreeg Bugs noch sien komisch fiev Minüten un stellde sük an as en Hamster up Koks. „Glutenmangel" was dann sien Utreed.

„Ick hebb kien Buck up all dat Söken", see Bugs.

„Wi hebbt doch noch gar nich anfangen. Okay, du kannst jo na en Kamer för de Nöten kieken, ick söök wieder. Wi drapen uns dann wedder hier!", was dat Kommando van Bunny. Dat leep good. Bunny was an't kunnig maken. Se harr bold en paar Steden funnen, war en Bült Eeknöten rumlegen. Ok wenner de Bladen van de Bomen weg wassen, de Tacken hollen de Schnee so wiet af, dat de witte Masse blot even de Grund bedeckde.

Jümmers wedder sluurt Bunny de Nöten, de se finnen kann, to de Treffstee. De Tied vergeiht un as Bunny all bold nich mehr kann, is ok Bugs ankamen. „Na, hest du en Winterlager för de Nöten funnen?"

„Joh, heff iff!“, antworde Bugs.

„Du schallst di nich jümmers de Panz vullschlahn. Dann harrst du mi ok bi dat Ransleepen helpen kunnt!“

„Weiffst du, iff heff daff beffde Lager ffunnen, waff daff geven deiht!“ Bugs kunn ut en bestimmde Grund nich richtig proten.

„Wat denn för en Lager?“

„Fflieks affter de grooffe Tann an de Lifftung!“

„Man, du Klappspaten, dat is de Bunker de ick all full makt hebb! Dat sünd uns Nöten!“

„Nöffen, wat för Nöffen? Daar waffen bloffts diffe grönen Dinger binnen.“

„Du Sluukhals, ick kann blot hopen, dat noch wat van den Eeknöten daar is un du se nich all upfreten hest!“ Bunny kreeg nuh richtig Puls.

„Iff weiff gar niff, wat du wullffs. Iff knabber doff blotff en beffen!“, see Bugs sinnig.

„Ja, klar! Blot en beten? Dien Buuk kannst all bold up dien Rügg smieten un as Rucksack nütten!“ De Puls van Bunny steeg nu an de Marke van 200.

„Ffill doff mal, ffünd doff bloff Nöffen. Un niff de ut dien Bunker. De heff iff de FFögels ffan de FFörffter ut daff Hüffken klaut!“, see Bugs un sluckde eenmal dull.

„Du glövst doch wall nich, Bunny, dat ick uns Vorraat plünner. Ick hebb uns blot en beten wat Arbeid spart. Un de Förster ward de paar Kilo Nöten minner wal verkraften. So, un nu kummst du!“

„Nöffen, wat för Nöffen! Wat en blöde Spröök. Ick hebb all doch, dat du nu total dörknallt büst. Disse Eeknöten köhnt wi nu to de annern leggen. Dann hebbt wi bit Wiehnachten wat to naschen!“, see Bunny mit en scheev Grienen.

Darnaa klauterden dat brune un dat griese Eekhoorntje in her Slaapboom un möken sük mit en paar „Nöffen“ van de Förster en kommodig Adventsavend.

3. Dezember

Verwandtenbesuch in Iowa

Lars war besorgt. Sein Englisch war nur noch eine dunkle Erinnerung. Zu Schulzeiten war er froh, dass er sich hatte durchmogeln können. Jetzt bekam er die Quittung. Wie um Himmels Willen sollte er in Iowa klarkommen? Was, wenn er nach dem Weg fragen musste, oder, schlimmer noch, Hunger hatte? Wäre er doch bloß zuhause in Ihrhove geblieben!

Vor der Abreise ging es ja noch. Das ESTA-Formular zur Einreise war zum Glück auf Deutsch. Man stelle sich nur vor, was passiert wäre, wenn er die falschen Antworten gegeben hätte: „Planen sie einen terroristischen Anschlag in den USA?“ Was für eine Frage! Er hatte von Spaßvögeln gehört, die hier „Ja“ angekreuzt hatten und daraufhin am Flughafen prompt in Gewahrsam genommen wurden. Die Amerikaner verstanden da überhaupt keinen Spaß.

Und nun stand er am Eastern Iowa Airport in der Warteschlange zur Einreise. Er kam sich vor wie jemand, der etwas Ungebührliches verlangt, aber auf Mitleid hoffen darf. Abschätzende Blicke und kurz angebundene Anweisungen der „authorities“. Als sie nach dreimaliger barscher Aufforderung merkten, dass er rein gar nichts verstand, wurden sie freundlicher, hilfsbereiter. Ein dusseliger Ausländer begehrt Einlass – na gut, er hatte keinen Sprengstoff in den Schuhsohlen und sah anständig aus. Lars war heilfroh, als er den Stempel im Pass hatte und durchgehen konnte.

Es war sein erster Besuch bei seinen Verwandten. Ein Teil der Familie war um 1880 nach Iowa ausgewandert. Landwirte, die in Ostfriesland nicht mehr hungern wollten. Mittlerweile lebten die Nachkommen der Einwanderer auf einer großen Farm in der Nähe von Schleswig, mitten in der Pampa. Der Name sagte schon, dass die Gründerväter des Ortes auch aus Norddeutschland stammten. Damals war es sicher viel einfacher gewesen, in die USA zu übersiedeln. Das Land war weit und fruchtbar, und die Deutschen waren als Arbeiter willkommen.

Lars staunte, als er am Schild der „Family Petersen“ vorbei die Einfahrt zur Farm hochfuhr: Hier war bereits Christmastime, wie er sie nur aus dem Fernsehen kannte! Groß, bunt, hell, laut - „The American Way of X-Mas“ war komplett anders als im beschaulichen Ihrhove. Dabei war er hier doch auch auf dem Land! Die Farben schrien ihn schon auf einen Kilometer Entfernung an. Lila, Pink, Blau, Gelb und Rot waren alles andere als dezent drapiert.

Und neben dem Eingang die riesige amerikanische Flagge, wie sie auf dem Land üblich war. Hier war man stramm republikanisch. Trump war einer von ihnen.

Robert und Mary Petersen waren typische Amerikaner, die ihr deutsches Brauchtum pflegten. Er war groß, stämmig, mit Dreitagebart, hatte ein gemütliches Wesen. Mary war klein, schlank und hatte ein freundliches Gesicht. Die drei Kinder waren mittlerweile groß und hatten alle auf der Farm zu tun. Ein echter Familienbetrieb.

„Hello, Lars! How are ya doin? Wor was dien trip?“ War das Plattdeutsch? Oh, dem Himmel sei Dank, das konnte er verstehen!

„Dat was en beten stuur mit de Jungs van de Inwannerung!“

„Yes, de sünd a little tough un nich besünners frünnelk, when you in’t country komen deihst!“

Lars fand es sehr beruhigend, wie seine Verwandtschaft Englisch und Platt durcheinanderwarf. Das erleichterte die Verständigung ungemein und sein Gewissen auch: War doch gar nicht so schlimm, dass er im Englischunterricht gern „Kreide holen“ gegangen war. Für ihn war Englisch eben ein schlechter Dialekt des Plattdeutschen. Der „Dollar“ stammte ja auch von den Ostfriesen ab. „Giff mi mal en Daler!“ So hieß es noch heute im Norden, wenn jemand nach einer Münze fragte. Daraus wurde in der Zeit der großen Einwanderungswellen aus Deutschland der „Dollar“.

Der erste Advent stand an und die Petersens fuhren mächtig auf. Vom Truthahn über Baked Potatoes, große Maiskolben, vor Butter triefend, und ein Pudding, in dem der große Löffel im Zucker stand. Da hatten sie sich schon komplett an die amerikanische Lebensweise angepasst.

Der riesige, bunt blinkende Tannenbaum stand neben einer überdimensionalen Sitzgruppe aus gewachstem Büffelleder. Davor ein Eichentisch, der aussah, als hätten ihn die Gründerväter aus einem Stück geschlagen.

Nach dem Essen gab es „German Beer“. Dazu wurden die alten Fotoalben rausgeholt: Seine Vorfahren vom anderen Ende der Welt in verblassten Bildern, einige sepiafarben und mit geknickten Ecken. Erinnerungen an eine harte, erste Zeit in dem unbekannten Land.

„This is dien grandgrandgrand-uncle, Lars. Kiek mal, de hett noch de Ostfreesenkopp! He was founder van de Buurnhoff!“

„Looks very klöterig! Was he krank?“

„He harr wat mit de Lunge and died very early, mit 45 Jahre!“

„Un well is this? Looks like his wife!“

„She is the daughter. At that time the junge Wichters lookden all as olle Froolüü!“

So ging es den ganzen Abend immer hin und her. Man verstand sich prima und Lars hatte das Gefühl, er würde heute Nacht auf „Planlisch“ träumen.

Die nächsten Tage wurde er in dicke Klamotten gesteckt, bekam Cowboystiefel an die Füße und wurde auf ein Pferd geklemmt. Reiten konnte er nicht, aber er hatte in den zwei Söhnen Robert Junior und Jim-Bob die besten Lehrer, die er sich vorstellen konnte. Die Farm war riesig, es lag Schnee auf den Wipfeln der wenigen Bäume und die Weiden für das Vieh waren jetzt leer.

Er konnte die Atmosphäre spüren, in der seine Vorfahren ihre Claims abgesteckt und sich den Traum von einem neuen und besseren Leben erfüllt hatten. Auch, wenn es viel Arbeit gewesen sein musste.

Einen Tag vor seiner Abreise veranstalteten die Petersens für ihren deutschen Verwandten eine echte Cowboyparty. Alle Nachbarn waren gekommen. Die Feldheims, McDougals, Krommingas und Nattermans. Lars trank Bier, musste Hufeisen auf die Hörner eines ausgestopften Büffels werfen, Scotch von den Schotten aus der Nachbarschaft probieren und auf einem elektrischen Bullen reiten. „For a bloody German Landei makst du dat all ganz good!“, sagte Robert, nachdem sich Lars in der dritten Runde Rodeo schon länger als 30 Sekunden auf dem Vieh gehalten hatte. „I'll do my very best!“, antwortete er, wobei er offensichtlich an Silvester und Diner for One gedacht hatte.

Der Morgen des Abschieds war kalt. Er wurde herzlich umarmt, viele kleine Päckchen für die Verwandtschaft in good old Germany landeten in seinem Koffer. Mary hatte einige der Fotos nachmachen lassen und beschriftet in ein Album geklebt. „Daarmit du uns puckelge Verwandtskupp vertellen kannst, what aus her family in the U.S. worden is!“ Sie drückte ihm ein dickes „Ballerdutje“ auf die Wange und winkte dem Auto hinterher.

Zurück in Ihrhove kletterte er als erstes auf den Dachboden und holte alles aus den Schachteln, was er finden konnte: Rote und silberne Kugeln, Lametta und eine Lichterkette. Das reicht nicht, grübelte er und beschloss, am nächsten Morgen in den Baumarkt zu fahren.

Zu Weihnachten würde er sich ein Lexikon wünschen: Plattdeutsch – Englisch. Gab es das überhaupt?

3. Dezember

Besöök in Iowa

Lars was besörgt. Sien Engelsk was blot noch en duster Erinnern. As he in de School was, harr he sük dörmogelt. Man nu kwamm de Quittung. Waar sull he in Iowa klar komen? Wat, wenner he na de Weg fragen muss of, slimmer noch, Smacht harr? Was he doch blot in Ihrhove bleven!

Bevör he afreist was, gung dat ja noch. Dat ESTA-Formular was up Düütsch. Man wat was wall passeert, wenner he bi de Inreis de verkehrden Antwoorden geven harr. „Planen se en terroristische Anslag in de USA?“ Wat för en Fraag! He harr van Döspaddel hört, de an disse Stee „Ja“ ankrüüzt harrn un an de Flughaven futt verknackt worden wassen. Daar verstunnen de Amerikaners överhoopt kien Spaß.

Un nu stunn he an de Eastern Iowa Airport in de Slang un was an't Wachten, daarmit he in't Land kunn. Dat was so, as wenner he wat verlangde wat nich mögelk was, man up Mitgeföhl muss he nich hopen. Minnachtig Blicke un körte Anwiesen van de „authorities“. As se van hum ok na dree Mal fragen kien Antwoord kreegen, wassen se en beten frünnelker. En dusselige Utlänner will rin, okay, good, he hett kien Sprengstoff in de Schohsohlen un sücht nich all to verdächtig ut. Lars was blied, as he de Stempel in sien Pass harr un dörgahn kunn.

Dat was de ersde Besöök bi sien Verwandtskupp. En Deel van de Familie was um dat Jahr 1880 na Iowa utwannert. Se levden up en groote Farm dicht bi Schleswig, midden in de Pampa. De Naam mook klar, dat de Lüü, de de Ort gründt harrn ok ut Noordüütschland stammden. Domaals was dat seker lichter wesen in de USA to siedeln. Dat Land was wiet, fruchtbar, un de Düütschen wassen düchtige Rieters un van Harten willkomen. Lars wunnerde sük, as he an dat Schild van de „Family Petersen“ vörbi, de Upfahrt to de Farm hoog fuhr: Hier was all Christmastime, as he dat ut de Flimmerkiste kennde! Groot, bunt, hell, luut - „The American Way of X-Mas“ was kumplett anners as in dat mackelk Ihrhove. Daarbi was he hier up dat Land.

De Klören bölkden en all up en Kilometer an. Lila, Pink, Blau, Geel un Rood wassen so grell, as he dat noch nich vördeem sehn harr. Un tegen de Ingang hung en leep groote amerikansche Fahn. Dat was nomaal hier, de Lüü wassen stramme Republikaner. Trump was en van se.

Robert und Mary Petersen wassen ok typisch amerikansk. Se hollen her Bruukdoom ut Düütschland hoch. He was groot, stämmig, mit en Dreedagbart, harr en behagelk Wesen. Mary was lütt, slank un harr en frünnelke Gesicht. De dree Kinner wassen utwassen un harrn mit her Ollen up de Farm en Bült Arbeid. En echte Familienbedreev.

„Hello, Lars! How are ya doin? Waar was dien trip?“ Was dat Plattdüütsch? Gott harr en Insehn mit hum. He kunn't all verstahn!

„Dat was en beten stuur mit de Jungs van de Inwannern!“

„Yes, de sünd a little tough un nich besünners frünnelk, when you in't country komen deihst!“

Lars funn dat kommod, dat sien Verwandte Engelsk un Plattdüütsch so mooi dörenannersmeten. Dat mook hum dat lichter se to verstahn. Was wall nich so slimm, dat he so faken in de Engelskstünnen „Kried“ halt harr. För hum was Engelsk en slecht Dialekt van dat Plattdüütsche . De „Dollar“ stammde ok van de Oostfressen af. „Giff mi mal en Daler!“ So kannst dat vandaag noch in'n Noorden hören, wenner een di na en Deit fraagt. Daarut is in de Geschichte van dat Inwannern ut Düütschland de „Dollar“ worden.

De ersde Advent stunn an un bi de Petersens gaff dat en Bült to eten un to drinken. De Tafel boog sük unner de Last van en Kullerhahn, Baked Potatoes, Mais in groode Kolben un natt för Botter. Darnaa noch en Pudding in de de Lepels as in Zucker stunnen. De Petersens harrn sük daarbi all lang an de Art un Wies, waar de Amerikaners eten un drinken, anpasst. De groote, bunt blinkende Dannboom stunn tegen en noch grooter Koppel van Möbels ut Büffelleer. Daarvör en eken Tafel, de utsach, as wenner de Grünnervaders de ut en Stück haut harrn.

Na dat Eten gaff dat „German Beer“. Daarto warden de ollen Fotoboken ruthalt: Sien Vörfahren van dat annere End van de Welt in bleek Beller, en paar sepiafarvend of mit knickde Ecken. Erinnerungen an en harde, ersde Tied in en unbekannde Land.

„This is dien Grandgrandgrand-Uncle, Lars. Kiek mal, de hett noch de Ostfreesenkopp! He was founder van de Buurnhoff!“

„Looks very klöterig! Was he krank?“

„He harr wat mit de Lunge and died very early, mit 45 Jahre!“

„Un well is this? Looks like his wife!“

„She is the daughter. At that time the jung Wichters lookden all as olle Froolüü!“

So gung dat de heele Avend jümmers hen un her. Man verstunn sük bestens un Lars harr dat Geföhl, dat he in de Nacht up „Plangelsk“ dröömde.

An de anner Dag warde he in dicke Klamotten stoppt, mit Cowboystevels an de Foten. Darnaa wurr he up en Peerd klemmt. Rieden kunn he nich, man de twee Söhne Robert Junior un Jim-Bob wassen goode Mester. De Farm was över de Maten groot. Schnee lag up de Bomen un up de Koppels weer kien Vee mehr to sehn. He kunn föhlen, waar sien Vörfahren her Claims afsteckt harrn un sük de Drööm van en neeiet un betert Leven nakomen wassen. Ok, wenner dat vööl Arbeid was.

En Dag vöördem he wedder na Düütschland fleegen wull, mooken de Petersens en groote Party för de junge Düütsche. All Nabars wassen komen. De Feldheims, McDougals, Krommingas un Nattermans. Lars drünk Beer, muss Peerieseders smieten, Scotch van de Schotten drinken un up en elektrisch Bull rieden. „For a bloody German Landei makst Du dat all ganz good!“, see Robert, nadeem sük Lars in de daarde Rodeorunn all langer as 30 Sekunnen up dat Vee hollen kunn. „I'll do my very best!“, antwoorde he, waarbi he wall an Silvester un Diner for One doch harr.

De Mörgen van de Ofscheed was komen. He warde van Harten in de Arms nahmen, kreeg en Bült Packjes vör de Verwandtskupp in good old Germany in de Kuffers. Mary harr en paar Fotos namakt un in en Album kleevt. „Daarmit du uns puckelge Verwandtskupp vertellen kannst, what ut her familiy in the U.S. worden is!“ Se drückde hum en dicket „Ballerdutje“ up de Wang un wunk dat Auto achteran.

Wedder torügg in Ihrhove klauterde Lars up de Spitzböhn un haalde allet ut de Schachtels, wat he finnen kunn: Rode un sülvern Kugels, Lametta un Lüchterkedden. Dat is nich genoog, doch he, un besloot an de anner Dag na de Baumarkt to föhrn un intokopen. To Wiehnachten wiskede he sük en Lexikon: Plattdüütsch- Engelsk. Gaff dat so wat?

4. Dezember

Der König von Mallorca

Hier kannte ihn keiner, hier durfte er anonym sein. Der Weihnachtsmann lag in seinen bunten Badeshorts mit Rentiermotiven an der Playa de Palma in El Arenal, direkt neben dem legendären „Ballermann Nummer Sechs". Die Mallorquiner hatten ihn mittlerweile umbenannt in „Beach Club SIX". Wenn sie gehofft hatten, dass sich die Feierbiester aus Alemania dadurch jetzt besser benahmen, hatten sie sich getäuscht. Aus den Bluetooth-Boxen der Strandposer mit Sixpack oder Kugelbauch dröhnten die gleichen Fetenhits, die weiter oben beim „Bierkönig", im „Megapark" oder im „Oberbayern" schon am Nachmittag die Partygäste anlockten. Egal ob „Schatzi, schenk mir ein Foto", „Zehn nackte Friseusen" oder „Ich bin ein Döner": Der Weihnachtsmann kannte sie alle. Und er hatte vor Jahren dafür gesorgt, dass ganz Deutschland mit den Miniboxen flächendeckend versorgt worden war.

Der Sommerurlaub war für den Weihnachtsmann eine Art Marktforschungstour. Er wollte wissen, was „in" ist und was er seinen „Kunden" unter den Weihnachtsbaum legen sollte. In diesem Jahr fielen ihm ein paar Jungs auf. Sie tranken Bier aus einer Kiste, die in einem eckigen Schwimmring im Wasser dümpelte, und trugen Badeshorts im Lederhosenlook.

„Sagt mal Jungs, geht ihr so ins ‚Oberbayern'?"

„Klar, Du Checker! Is perfeeekt! Deine behaarten Rentiere könnten bei der Schaumparty im Pool aber auch voll gut mithalten, oder können die nicht schwimmen, die Keulen?" Großes Gelächter unter den gefühlt mit 2,0 Promille stramm versorgten Jungs aus Varel. Ja, daran musste sich der Weihnachtsmann in jedem Sommer erst wieder gewöhnen. Der Umgangston am Ballermann war doch etwas derber als zu Weihnachten am Kamin. Auf Malle waren alle cool, auch die jungen Frauen.

„Ey, mit dem Bart und der Büx siehst du aus wie der Weihnachtsmann auf Schokoladenentzug! Ist das Sixpack echt? Wie alt bist du denn?"

Zu viele Fragen auf einmal, dachte der Weihnachtsmann. Der Hautton der jungen Frau erinnerte ihn stark an eine Weihnachtsgans nach dem Braten. Sie hatte sich gerade von einer überdimensionalen, runden Luftmatratze im Pizzalook zum Ballermann aufgemacht. Bei ihr waren schon fast alle Kerzen an und jetzt wollte sie offenbar den Rest der Beleuchtung entzünden.

Ja, er war durchtrainiert! Nach seiner Wintertour im langen, roten Mantel, mit Kissen vor dem Bauch und Mütze auf dem Kopf, konnte er das Klischee des gutmütigen, übergewichtigen und sonor klingenden Opas ablegen. Klar waren schon viele Winter über ihn hinweggezogen. Er hatte sich jedoch gut gehalten. Nach dem Mörderjob um die Jahreswende ging er erst mal mit den Engeln und Rentieren ins Gym, um sich von der harten Arbeit mit Sauna, Baden und Gerätetraining zu erholen. Dann musste er zum Psychologen, um die neuesten Erlebnisse mit seinem traditionsbewussten Chef und den immer verrückteren Kunden zu verarbeiten. Im April war er dann fit für die Insel.

„Na, klar! Ich bin der Weihnachtsmann. Meine Rentiere parken gerade am ‚Bierkönig', ich habe ihnen eine Sangriaschorle spendiert. Danach geht's für alle in den Pool auf der Finca. Schokolade esse ich gar nicht so gern. Ich bin jetzt so um die 200 Jahre alt, mein Kumpel Nikolaus ist da schon einen Tacken älter. Der macht gerade einen Verwandtschaftsbesuch in Myra, in der Türkei."

„Geil, Alter! Du bist ja gut drauf! Saufende Rentiere. Was gibt es denn dieses Jahr zu Weihnachten für mich? Kannste doch sicher schon sagen!" Einer der Jungs, der seine Muttersprache noch nicht ganz verloren hatte, stellte sich jetzt vor ihn und bot ihm ein Bier an. Auf der rechten Schulter hatte er ein frisch gestochenes Barbie-Tattoo. Sicher das Ergebnis einer verlorenen Wette, dachte der Weihnachtsmann.

„Ich weiß ja nicht, was in diesem Jahr so angesagt ist! Ich sehe die ganzen bunten Sonnenbrillen mit Spiegelglas, die Drohnen, die von oben Bilder machen und die Jungs, die ab und zu aus dem Wasser auftauchen und dann genauso schnell wieder verschwunden sind!" „Ja, ey! Die Dinger sind voll krass! Das sind Tauchscooter." Die haben vorne so'n Propeller dran, weißte, und dahinter so eine Art Lenker! Machste unter Wasser an und die Dinger ziehen einen dann voll Stoff runter. Kannste ganz einfach lenken und bist flott wie Sau unter Wasser. Musste nur auf die Mädels aufpassen, dass de denen nicht hinten reinfährst." Der nächste Brüller bei den Jungs.

„Ok, Jungs geht klar! Schreibt mir einfach, was ihr braucht und seid brav, dann liegt so ein Ding vielleicht unter dem Baum! www.weih nachtsmann-wuensche.de, das ist die richtige Adresse! Viel Spaß noch im Pool!"

„Ey, Jungs, geil! Der Mann hier ist der Weihnachtsmann, ne, viel besser, ab heute bist du der neue König von Mallorca, nix mehr mit Jürgen Drews! So Jungs, ein Ständchen für den alten Mann!" Mittlerweile hatte sich eine Traube aus jungen Menschen am Beach Club SIX versammelt, die absolut textsicher waren. „Das Oberbayern ist dein Schloss, der Ballermann dein Jagdrevier. Die schicken Straßen dein Zuhause, und irgendwann, da bleibst du hier. UND ALLE: Du bist der König von Mallorca. Du bist der Prinz von Arenal. Du hast zwar einen an der Krone, doch das ist uns scheißegal."

Er trank noch ein kleines Bier mit der Gang. Dann machte er sich auf den Weg, um seine Rentiere einzusammeln. Die Marktforschung hatte geklappt. Er war im Besitz einer neuen Geschenkeliste, zusätzlich zu den Klassikern. Das Fest konnte kommen. Und ja, es war echt cool, der Weihnachtsmann zu sein.

4. Dezember

De König van Mallorca

Hier kennde hum kieneen, hier kunn he anonym blieven. De Wiehnachtsmann lagg in sien bunte Badebüx mit Rendeermuster an de Playa de Palma in El Arenal, liek tegen de legendäär „Ballermann Nummer Sechs". De Mallorquiner harrn dat Etablissement umnöömt in „Beach Club SIX". Wenner daarachter de Hoop stunn, dat sük de Feierbeesten ut Alemania nu beter benehmen, wassen se verkehrt wickelt. Ut de Bluetooth-Boxen van de Strandposer mit en echtet Sixpack of Kugelbuuk ballerden de lieken Fetenhits, de wieder boven bi de „Bierkönig", in de „Megapark" of dat „Oberbayern" all an de Namiddag de anduunde Partygäste anlockden. Egal of „Schatzi, schenk mir ein Foto", „Zehn nackte Friseusen" of „Ich bin ein Döner": De Wiehnachtsmann kennde se all. Un he harr för en paar Jahre daarför sörgd, dat heel Düütschland de Miniboxen unner de Wiehnachtsboom to liggen harr.

De Sömmerurlaub was för de Wiehnachtsmann en Art van Marktforschungstour. He wull weten, wat „in" is un wat he sien „Kunnen" unner de Boom packen kunn. In disse Jahr völlen hum en paar Jungs up. Se drunken Beer ut en Kiste, de mit en eckig Swimmring in't Water dümpelde un se harrn Badebüxen in Ledderbüxenlook.

„Seggt mal Jungs, gahnt ji so in't ‚Oberbayern'?"

„Klar, du Checker! Is perfeeekt! Dien haarige Rendeeren kunnen bi de Schuumparty in de Pool avers ok futt mitmaken, of köhnt de nich swimmen, de Keulen?" Grooded Lachen unner de mit 2,0 Promill stramm versöörgde Jungs ut Varel. Ja, daaran muss sük de Wiehnachtsmann in elke Sömmer erst mal wennen. De Ton an de Ballermann was doch mehr ruug as Wiehnachten an de Kamin. Up Malle wassen all cool, ok de Wichters.

„Ey, mit de Baart un de Büx süchst du ut as de Wiehnachtsmann up Schokolaaentzug. Is dat Sixpack echt? Wo alt büst du dann?"

To vööl Fragen up eenmal, doch de Wiehnachtsmann. De Farv van de Huut van de junge Froo erinnerde hum an en Wiehnachtsgoos na dat Braden. Se harr sük jüst van en riesengroode, runne Luftmatratz in Pizzastyle runnerpuult un na de Ballermann upmaakt. En Bült Kersen wassen all an't Lüchten. Nu wull se de Rest ok noch ansteken.

Ja, he was good traineert! Na sien Wintertour in de lange, rode Mantel, mit Küssen vör de Buuk un sien Müsse up de Kopp, kunn he nu dat Klischee van en goodmodig, övergewichtig un sonor klingende Opa afleggen. Klar, all vööl Winter wassen över hum wegtrocken. Man he harr sük good hallen. Na de harde Job an dat End van't Jahr gung he erst Mal mit de Engels un Rendeeren in't Gym, um sük van de harde Arbeit mit Sauna, Baden un Gerätetraining to verhalen. Darnaa gung he to sien Psychodoktor, um dat, wat he mit sien Chef un de jümmers mallere Kunnen beleevt harr, to verdauen. In'n April was he dann fit för dat Eiland.

„Klar, ick bün de Wiehnachtsmann. Mien Rendeeren parken an de ‚Bierkönig' un supen en Sangriaschorle. Darnaa geiht dat för all an de Pool up de Finca. Schokolaa eet ick gar nich so gern. Ick bün nu so um de 200 Jahre old. Mien Kumpel Nikolaus is all en Tacken oller. De makt jüst Urlaub bi sien Verwandtskup in Myra, in de Türkei."

„Geil, Alter, du büst ja good d'rup! Supende Reenderen. Wat gifft dat denn disse Jahr för mi to Wiehnachten? Kannst mi doch wall seggen!" En van de Jungs, de sien Moderspraak noch nich heel verloren harr, stunn nu vör hum un gaff hum en Beer. Up de rechte Schuller harr he en frisk stoken Barbie-Tatoo. Seker kweem dat van en Wette, de he verloren harr, doch de Wiehnachtsmann.

„Ick weet ja nich, wat in disse Jahr so anseggt is! Ick seh överall disse bunten Sünnbrillen mit Spegelglas, disse Drohnen, de van boven Biller maken un de Jungs, de af un an ut dat Water upduuken un dann nettso drock wedder unner Water sünd!"

„Ja, ey, de Dinger sünd vull krass! Dat sünd Scooter um to duuken. De hebben vörn so en Propeller an, weetst du, un daarachter so en Art van Lenker. Makst unner Water an un de Dinger trekken en dann vull Stoff runner. Kannst heel eenfach lenken un büst flott as Sau. Musst blot up de Wichters uppassen, dat du de nich achtern rin föhrst." Wedder en Brüller för de Jungs.

„Ok, Jungs geiht klar! Ji köhnt mi schrieven, wat ji willen un west leev, dann liggt so en Ding villicht unner de Boom. www.wiehnachtsmann-wünske.de, dat is de Adress! Vööl Pleseer in de Pool!"

„Ey, Jungs, geil! De Kerl is de Wiehnachtsmann, ne vööl beter, van af vandaag büst du de neeie König van Mallorca, nix mehr mit Jürgen Drews! So, Jungs, en Leed för de olle Mann!" Nu harr sük en Bült van junge Minsken an de Beach Club Six versammelt, de de Text utwennig kunnen. „Das Oberbayern ist Dein Schloss, der Ballermann Dein Jagdrevier. Die schicken Straßen Dein Zuhause, und irgendwann, da bleibst du hier. Und alle: Du bist der König von Mallorca, du bist der Prinz von Arenal. Du hast zwar einen in der Krone, doch das ist uns scheißegal."

He drunk noch en Beer mit de Gang. Dann mook he sük up de Weg, um sien Rendeeren intosammeln. De Marktforschung harr klappt. He harr nu en neeie Geschenkliste, daarto noch de Klassiker. Dat Fest kunn kamen. Un ja, dat was echt cool, de Wiehnachtsmann to wesen.

5. Dezember

Kamasutra-Opa

„Na, Hermine! Wollte dir nur die alljährliche Flasche Eierlikör und die selbstgebackenen Kekse von Elise vorbeibringen!“

Geheimnisvoll stand Opa Jan aus Tönning fast Nase an Nase vor der Buchhändlerin seines Vertrauens. Mit Gummistiefeln, schwarzer Cordhose, blauer Manchesterjacke, kariertem Hemd, Dreitagebart und Prinz-Heinrich-Mütze hatte er sich richtig in Schale geworfen.

„Danke, Jan! Stimmt, ist ja schon wieder Advent!“ Hermine musste amüsiert grinsen.

Opa Jan aus Tönning hatte ein Geheimnis, von dem nur er und Hermine Olesen wussten. Sie hatte ihn irgendwann einmal durch ihren Laden schleichen sehen. Zuerst in der Ecke mit den Sachbüchern, dann in der Ecke mit den Liebesromanen, dann in der Ecke mit Ratgebern. Man merkte ihm an, dass er nicht zufrieden war. Sein Blick schweifte suchend durch den Rest des Ladens. Schließlich nahm er sich ein Herz und ging auf Hermine zu.

„Sagen sie mal, junge Frau, ich suche was…"

„Das habe ich mir schon gedacht, so wie sie hier durch die Buchhandlung schleichen. Was genau suchen sie denn?"

„Ein Buch!"

„Damit hätte ich jetzt nicht gerechnet!"

„Ja, ein ganz bestimmtes! Das ist mir jetzt doch etwas peinlich. Ich mag das kaum aussprechen!"

„Nun mal keine Panik, ich bin für meine Kunden fast so etwas wie Notar, Arzt und Pfarrer zusammen. Das, was sie mir erzählen, bleibt absolut unter uns."

„Also, wissen sie: Ich bekomme Besuch an Weihnachten, von einer Frau. Wir haben uns bei ‚bauernelite.de' kennen gelernt. Wir chatten schon seit ein paar Wochen, ist auch schön. Aber jetzt will Elise zu Weihnachten zu mir auf den Hof kommen. Ich hatte gedacht, sie nimmt die Einladung gar nicht an."

„Ist doch schön, dass sie kommt! Sind sie nicht so allein über die Feiertage. Und jetzt suchen sie ein Buch für ihre neue Bekanntschaft."

„Ne, nicht für sie – für mich! Naja, für uns beide… Wissen sie, Frau Olesen, oder darf ich Hermine sagen, wo wir doch schon so vertraut sind?" Er wartete ihre Antwort gar nicht erst ab. „Wir haben uns viel hin und her geschrieben, Elise und ich. Sie hat mir immer so Büchertipps gegeben. Das sind die, die ich in den letzten Wochen bei Ihnen gekauft habe. Sie wissen schon, Rosamunde Pilcher mit Stellen."

„Also, an ‚50 shades of grey' ist nichts auszusetzen! Du glaubst gar nicht, wer die Bücher hier im Ort schon alles gekauft hat!"

„Ja, ne, is klar! Aber jetzt hat Elise für ihren Weihnachtsbesuch so Andeutungen gemacht! So von wegen, dass das ja alles ganz schön beschrieben sei und dass die Leute ja neben der Liebe auch Spaß hätten, und dass man das ja auch mal in Angriff nehmen könne, und so. Was meinst du, dass hört sich doch nach mehr an, als nach ein bisschen Weihnachtskuscheln, oder?"

„Ja, das klingt tatsächlich nach mehr!"

„Siehst du, das habe ich mir auch schon gedacht! Und ich will da doch drauf vorbereitet sein. Meine Frau ist ja schon lange tot, Gott habe sie selig. Da bin ich nicht mehr auf dem neuesten Stand. In der „Apothekenumschau" habe ich von einem Buch gelesen, in dem sich indische Gelehrte schon im 3. Jahrhundert mit der Liebe befasst haben!"

„Ein Ratgeber?"

„Komm' mal ein bisschen näher ran!" Hermine bückte sich wieder über den Verkaufstresen, bis Opa Jan aus Tönning ihr ins Ohr flüstern konnte. „Das sind Liebestechniken aus 1001 Nacht."

„Scheherazade?"

„Ja, ne, pur sozusagen – nur die Stellen, zum Üben. Vor mehr als 1500 Jahren in Indien geschrieben. So ein richtig dickes Buch soll das gewesen sein!"

„Ich glaube, ich weiß, was du meinst. Das Buch heißt ‚Kamasutra'!"

„Genau, so war der Titel! Gibt es das noch, wenn das schon so alt ist? Habe ich bei dir nicht gefunden. Oder hast du dafür einen extra Raum, wo solche Bücher stehen?"

„Das findest du auf dem Tisch mit den Weihnachtsbüchern!" Hermine grinste Opa Jan aus Tönning an.

„Ernsthaft? Das hätte ich da gar nicht vermutet!"

„War auch Quatsch! Das habe ich gerade nicht da, aber ich kann es dir bestellen. Du kannst ja mal auf den Bildschirm gucken. Es gibt viele unterschiedliche Ausgaben, von klein bis groß, mit wenigen oder mit vielen Bildern, gemalt oder mit echten Fotos!"

„Oh, äh, ja denn..."

„Bisher habe ich immer gedacht: Frauen wollen Romane mit Stellen und Männer wollen Stellen mit Romanen. Du bist da offensichtlich komplett anders. Dann wollen wir mal gucken: Willst du Fotos oder Zeichnungen im Buch?"

„Gibt es davon auch eine Weihnachtsausgabe?"

„Nö! Das ist immerwährend. Aber ich kann es dir in Weihnachtspapier mit nackigen Weihnachtsengelchen einpacken!"

„Ich glaube, ich nehme mal lieber das Buch mit den gemalten Bildern. Das findet Elise sicher besser als Fotos mit echten Männern und Frauen."

„Das könnte sein. Dann bestelle ich dir die kolorierte Version mit aufklappbaren Motiven, die Schmuckausgabe mit Pop-Up-Bildern in 3D, Jan. Ist was Besonderes!"

„Ist ja Weihnachten. Außerdem kann ich dann mit Elise schön vor dem Kamin sitzen und erst mal gucken und reden!"

„Das Buch ist morgen da! Wie soll ich dir das jetzt einpacken?"

„Am besten so, dass keiner mitbekommt, was ich kaufe. Das mit den nackten Engelchen finde ich gut. Das deutet schon mal auf was hin, ohne dass es gleich zu direkt ist."

„So machen wir das!", sagte Hermine Olesen und gab die Bestellung auf.

Am nächsten Tag holte Opa Jan aus Tönning sein spezielles und spezial verpacktes Liebesbuch ab, steckte es in die Plastiktüte, die er mitgebracht hatte und fuhr mit seinem Traktor nach Hause.

Der Heilige Abend war gekommen, Elise pünktlich am Bahnhof. Nach dem Essen und ein paar Gläschen selbstgemachtem Eierlikör aus Gänseeiern, mit Whiskey angereichert, wurde es für Elise und Jan so richtig schön. Elise freute sich außerordentlich über das „Kamasutra". Beide saßen am Kamin, unter dem Tannenbaum, hörten Weihnachtsmusik und blätterten stundenlang in der Kunstausgabe des Liebesbuches mit den bunten Pop-Ups, bevor sie zu Bett gingen. Zwei Wochen nach dem Heiligen Abend zog Elise bei Opa Jan aus Tönning ein und war seitdem gern gesehen im Ort.

In jedem Advent fährt Opa Jan aus Tönning seitdem mit seinem Traktor zur Buchhandlung von Hermine Olesen und bedankt sich bei ihr für die besondere Weihnachtsberatung.

„Und, Jan! Wie ist es mit Elise?“

„Ach, Hermine! Ist immer noch genauso schön wie an unserem ersten Heiligen Abend!“

5. Dezember

Kamasutra-Opa

„Na, Hermine! Wull di blot, so as elke Jahr, de Buddel Eierliköör un de sülvs makt Kekse van Elise vörbibrengen!“

En beten arig stunn Opa Jan ut Tönning bold Nöös an Nöös för de Bookhannelsfroo, de he’t all vertellen kunn. Mit Gummistevels, schwatte Cordbüx, blaue Manchesterjopp un kareerde Hemd, Dreedagbart un mit Prinz-Hinnerk-Müss harr he sük rutputzt. Opa Jan ut Tönning harr en Geheimnis, van dat blot Hermine Olesen wuss.

„Danke, Jan! Stimmt, is ja all wedder Advent!“ Hermine muss amüseert lachen.

Un dat kwamm so: Opa Jan ut Tönning stunn up Leevdestellungen ut Indien. Hermine harr Opa Jan för Jahre mal dör de Laden schluren sehn. Toeerst was he bi de Sachböker an’t Kieken, dann gung he in de Eck mit de Schmuseromane un tolest was he bi de Ratgevers landt. Dat was hum antosehn, dat he nich blied daarmit was. Sien Blick wannerde dör de heele Bookhannel. Dann nehm he sük en Hart un wackelde up Hermine to.

„Seggt se mal, jung Froo, ick söök wat!“

„Dat hebb ick mi all dacht, so as se hier dör de Laden tuffeln. Wat söken se denn?“

„En Book!“

„Daarmit harr ick nu avers nich rekent!“

„Ja, klar, man dat is en heel besünnert! Dat is mi en beten schenant. Ick kann dat bold nich seggen!“

„Nu schuven se man kien Panik, ick bün för mien Kunnen bold so wat as de Notar, de Doktor un de Pastoor tosamen. Dat, wat se mi vertellen, blifft unner uns!“

„Weten se, dat is so! Ick krieg Besöök an Wiehnachten, van en Froo. Wi hebbt uns bi ‚bauernelite.de‘ kennenlehrt. Nu chatten wi siet en paar Weken, is ok echt mooi. Man nu will Elise an Wiehnachten bi mi kamen, up mien Hoff. Ick harr docht, dat se up de Inladen gar nich reageeren warde.“

„Dat is doch fein, dat se kummt! Dann sünd se nich so allenig över de Fierdagen. Un nu kiekt wi mal na en Book för her neeie Bekanntskupp.“

„Ne, nich för se – för mi! Weten se, Froe Olesen, of dür ick Hermine an se seggen, wo wi uns nu all so good kennt!“ He wacht her Antwort gar nich af. „Elise un ick hebbt uns all so vööl henn un her schreven. Se hett mi jümmers Tipps för Boken geven. Dat sünd de, de ick in de verleden Weken bi di köfft hebb. Du weetst ja wall, Rosamunde Pilcher mit Stellen.“

„Du, an ‚50 shades of grey‘ is nix uttosetten! Du glöövst gar nich, well bi uns in de Ort de all köfft hett!“

„Ja, ne, is klar! Man nu hett Elise för her Besöök to Wiehnachten so Andüden makt. So van wegen, dat dat ja all so mooi schillert weer un dat de Lüü bi de Leevde ok noch Spaß harrn un dat man dat ja mal utprobeeren kunn un so. Wat meenst du, dat hört sük doch na mehr an as en beten Wiehnachtskuscheln, of nich?“

„Ja, daar kannst' Recht mit hebben, daar geiht wat disse Wiehnachten!“

„Süchst du, dat hebb ick mi ok all doch! Ick will daarop vöörbereid wesen. Mien Froo is ja nu all lang dood, Gott hett her selig. Daar bün ick nich mehr up de neeiste Stand! Also, ick hebb daar in de ‚Afthekenumschau‘ van en Book lesen, in de indische Gelehrte sük all in't daarde Jahrhunnert mit de Leevde befaat hebbt.“

„En Ratgever?“

„Kumm mal bi mi bi!“ Hermine bück sük över de Tresen bit Opa Jan ut Tönning her in't Ohr flüstern kunn. „Dat sünd de Leevdetechniken ut 1001 Nacht.“

„Scheherazade?“

„Ja, ne, man blot de Stellen, to'n öven. Vör mehr as 1500 Jahre in Indien schreven. So en richtig dicket Book schall dat wesen!“

„Ick glööv, ick weet wat du meenst. Dat Book heet ‚Kamasutra‘!“

„Genau, dat was de Titel! Gifft dat dat noch, ok wenner dat all so old is? Ick hebb dat bi di nich funnen. Of hest du daarvör en extra Kamer, waar disse Boken stahnt?“

„Dat finnst du up de Tafel mit de Wiehnachtsboken!“ Hermine muss lachen.

„Echt, dat harr ick nich doch!“

„Was blot Quatsch! Dat hebb ick jüst nich daar, ick kann di't bestellen. Du kannst ja mal even up de Monitor kieken. Dat gift verscheden Boken, van lütt bit groot, mit mehr of minner Beller, malt of mit echte Fotos!“

„Daar kann ick mi heel nich up besinnen!“

„Ick hebb mi doch, dat Froolüü Romane mit Stellen willen un Mannlüü willen Stellen mit Romane. Du büst daar wohl wat anners Denn willen wi mal even kieken: Wullt du en mit Fotos of Tekens?“

„Gifft dat kien Wiehnachtsutgaav?“

„Ick kann di dat in Wiehnachtspapeer mit nackte Wiehnachtsengelkes d'rup inpacken, dann kummt dat wall an dat ran wat du wullt."

„Ick glööv, ick nehm lever dat Book mit de malden Beller. Dat find Elise seker beter as Fotos van echte Froolüü un Kerls."

„Dat is seker so. Dann bestell ick di de koloreerde Version mit upklappbare Motive. Dat is de Schmuckutgaav mit Pop-up-Beller in 3D, Jan. Mann, dat is wat Besünners!"

„Is ja Wiehnachten un ick kann dann mooi mit Elise an de Kamin sitten gahn un erst mal kieken un proten."

„Dat Book is mörgen daar! Wo schall ick dat inpacken?"

„An'n levsten so, dat kieneen mitkriggt, wat daarin is. Dat mit de nackde Engelkes finn ick wunnerbar. Dat wiest all up wat henn, sünner dat glieks klar is, wat dat bedütt un hett kien smerig Snuut."

„So makt wi dat, Jan!", see Hermine Olesen un gaff de Bestellen up.

An de anner Dag haalde Opa Jan ut Tönning sien speziellet Book mit Stellen speziell inpackt af, stook dat in en Plastikbüdel un fuhr mit sien Trecker na Huus.

De Hillige Avend was daar, Elise was up Tied an de Bahnhoff ankomen. Na dat Eten un en paar Glasen sülvs makt Eierliköör ut Gooseier mit Whiskey vermengselt, wurr dat för Elise un Jan so wat van kommood. Elise funn dat „Kamasutra" belevend un nich smerig. Beid satten en paar Stunnen unner de Wiehnachtsboom, hörden Wiehnachtsmusik un bladerden in de Kunstutgaav van dat Book bevör se to Bedd gungen. Twee Weken na dat Fest truck Elise bi Opa Jan ut Tönning in un hörde van daar an to de Ort daarto. In elke Advent föhrt he nu mit sien Trecker na de Bookhannel van Hermine Olesen un bedankt sük för her besünner Wiehnachtsberaden.

„Un, Jan, wo is't mit Elise un di?"

„Ach, Hermine, dat is jümmers noch liek as mooi as an uns ersde Hillige Avend!"

6. Dezember

Der Pfannkuchen der Entscheidung

Der Winter des Jahres 1956 ist dunkel. Im Emsland zieht der Nebel über die weiten Moorflächen. Die Bauern quälen sich damit, ihre Böden für die Landwirtschaft brauchbar zu machen. Seit ein paar Jahren greift der Marshall-Plan, eine millionenschwere Förderung für die Entwicklung des öden Landstriches an der holländischen Grenze. Mit riesigen Pflügen wird der Moorboden aufgerissen, Torf abgebaut, Flächen für die Kultivierung erschlossen. Das „Armenhaus" der Republik erwacht langsam aus seinem Dornröschenschlaf.

Jan Berenkötter lebt in Geeste, mitten im Moorgebiet. Für einen armen Heuermann hat er den Traumjob schlechthin bekommen. Er darf einen Otto-Meyer-Pflug bedienen. Tag für Tag steht er auf einem der Lokomobile, die den Pflug durch den Moorboden ziehen. Fast zwei Meter tief gräbt sich die Schar in die feuchte Fläche. Jan ist gut gelaunt. Vor einem Jahr hat er Gesa kennengelernt. Gesa Schlüter aus Hesepe, einem Nachbarort von Geeste. Sie „gehen zusammen", wie man auf dem Land sagt. Auf Schützenfeste und zu Tanzabenden in den Landgasthäusern der Umgebung. Es ist schön mit Gesa, auch wenn sie sich nur selten sehen. Gesas Vater ist Schlosser, hat eine kleine Werkstatt.

Jan hat Gesa an einem lauen Sommerabend bei einer Kutschfahrt durchs Moor einen Heiratsantrag gemacht. Gesa hat, vor Freude strahlend, zugestimmt. Sie wollen im neuen Jahr vor den Traualtar treten. Die beiden sind sich einig, seinen Eltern hat Jan es auch schon erzählt. Die große Hürde sind die Schlüters. Denn einen Heuermann in einer Familie von selbstständigen Schlossern aufnehmen? Darüber muss der Ältestenrat entscheiden. Kurz vor Weihnachten ist Jan bei Gesas Großeltern und Eltern eingeladen.

„Gesa, ich bin so was von nervös!"

„Mach dir keine Gedanken, Jan. Du warst so oft bei uns, hast bei Vaddern schon mit angepackt, bist fleißig, ein hübscher Kerl, zuverlässig und das Schönste ist: Du liebst mich!"

„Mag ja sein, aber was ist, wenn mir deine Eltern eine ungerade Zahl von Speckstreifen in den ‚Bookweeten Jan Hinnerk' legen?"

„Das wird nicht so kommen, Jan! Da sei dir mal ganz sicher!"

„Das wäre mein schönstes Weihnachtsgeschenk, Gesa!"

Weihnachten im katholischen Emsland ist damals bescheiden. Geschenke gibt es nicht viele. Der erste Höhepunkt der Weihnachtszeit ist es, wenn der Nikolaus mit dem Knecht Ruprecht auf einem großen Pferdewagen über die gepflasterten Straßen der kleinen Dörfer rollt. Alle Kinder fürchten sich besonders vor dem schwarz gekleideten Mann mit der Rute aus Reisig, mit der er den Kindern droht, wenn sie sich vom Nikolaus die Tüte mit Süßigkeiten, Nüssen und Früchten abholen. Auch Jan hat schon einmal den Knecht Ruprecht gegeben. Er ist groß und hat sich für seinen Auftritt die Klamotten vom Schornsteinfeger geliehen. Mit schwarzem Ruß im Gesicht konnte ihn niemand erkennen.

Jetzt hat er allerdings selbst die Hosen voll. Bei den zukünftigen Schwiegereltern um die Hand der einzigen Tochter anhalten, das ist für Jan die bisher größte Herausforderung seines Lebens. Denn der Brauch mit den Pfannkuchen aus Buchweizenmehl und dem Speck steht heute zwischen Gesa und ihm. Im Emsland ist es üblich, dem Anwärter mit einem „Bookweeten-Jan-Hinnerk" klar zu machen, ob er als Schwiegersohn erwünscht ist oder nicht. Ist nach dem Backen eine gerade Anzahl von Speckstreifen auf dem Pfannkuchen, ist er in der Familie willkommen. Ist es eine ungerade Zahl, darf der Freier noch aufessen, aus der Hochzeit wird aber nichts.

Als Jan bei den Schlüters an der Haustür klopft, ist er schon einige Kilometer mit seinem Rad durch den dicksten Schnee gefahren. Räumfahrzeuge gibt es nicht, Straßenlaternen sind Mangelware und der Dynamo am Vorderrad schafft die Schneemengen nur mit Mühe. Gesa macht ihm auf und sieht ihren Freund hoffungsvoll an. Der hat sich heute, trotz der Kälte, seinen Sonntagsanzug angezogen, um eine gute Figur zu machen.

„Du siehst schick aus, mein Schatz!“

„Ich glaube, ich habe mir alles abgefroren. Kann ich erst mal bei euch in der Küche an den Herd?“

„Komm rein, Mama, Papa, Oma und Opa sitzen schon da. Mama hat den Teig für die Pfannkuchen auch fertig. Die Speckstücke liegen auf dem Teller. Ich habe mich noch nicht getraut, sie zu zählen. Ich bin total aufgeregt.“

Vater Schlüter sitzt am Kopfende des Tisches und zieht genüsslich an seiner Zigarette. „Na, komm mal rein, mein Junge. Hast wohl etwas länger gebraucht heute oder hast du aus Schiss noch eine Extrarunde gedreht?“ Dabei zeigt er sein breitestes Lächeln und Jan erkennt die Zahnlücke, die Vater Schlüter sich bei einem Sturz auf den Amboss zugezogen hat.

Es läuft gut, denkt Jan. Die Küche ist rauchgeschwängert, in der Pfanne schmilzt schon der Schmalz, der Teig steht neben dem Stangenofen. Aber auch Jan kann nicht erkennen, wie viele Stücke Speck auf dem Teller liegen. Opa sitzt gemütlich in seinem Ohrensessel und kaut einen Priem. Ab und zu spuckt er in einen kleinen Eimer, der neben seinem Sessel steht. Gesa sitzt neben ihrer Mutter und Oma am Tisch, alle in ihren guten Kleidern.

„So, mein Junge! Wärm dich erst mal auf. Hier haste einen schönen Doppelkorn zur Feier des Tages und weil Advent ist. Passiert ja nicht so oft, dass einer um die Hand unserer Tochter anhalten will!“ Vater Schlüter schenkt die kleinen Pinnchen voll, schaut Jan in die Augen und mit einem kurzen Augenaufschlag läuft der Schnaps die Kehle runter.

„Und jetzt noch einen für den Mut!“

Gesas Mutter steht mittlerweile mit dem Rücken zum Tisch und lässt den Teig des Pfannkuchens in das heiße Fett gleiten. Die Stunde der Wahrheit kommt immer näher. Jan schwitzt Blut und Wasser, was auch an der Hitze aus dem Herd liegen könnte.

„Jan, meine Junge, kannst du Gesa auch den Lebensstandard erfüllen, den sie von uns gewohnt ist?“, fragt Vater Schlüter prüfend.

„Also, der Job beim Landkreis ist eine Anstellung auf Lebenszeit. Wenn ich nicht gerade mit dem Pflug die neue Landstraße aufreiße, dann wird da wohl nichts schief gehen. Das ist ein Job mit Zukunft!“

„Machste wohl recht mit haben!“ Jetzt mischt sich auch Oma ins Gespräch ein. Von Opa aus der Ecke hört man nur, wie er den Rest vom Priem mit einem „Flatsch“ im Eimer entsorgt. Dann steht er auf und guckt Mutter Schlüter beim Backen zu. Während Vater Schlüter und Jan sich noch einen Kleinen genehmigen, stellt Gesa einen Teller mit Messer und Gabel vor Jan ab. Sie kann es kaum noch abwarten bis endlich der Pfannkuchen, mit der hoffentlich geraden Anzahl an Speckstücken, auf dem Teller landet. Jan und Vater Schlüter unterhalten sich angeregt über Fußball und dass Borussia Dortmund den Titel des Deutschen Meisters 1956 eindeutig mehr verdient hat als der Karlsruher SC.

Dann kommt er, der Moment, in dem es um die Zukunft von Gesa und Jan geht. Vater Schlüter schenkt noch mal nach. Die Lampen der beiden leuchten schon fast so stark wie Kerzen am Weihnachtsbaum. „Einer geht noch!“, sagt der Familienvorstand schon etwas undeutlich. Deutsch wird bei den Männern langsam zur ersten Fremdsprache als Mutter Schlüter unter einem allgemein großen „Ahhhh“ den „Bookweeten-Jan-Hinnerk“ auf den Teller legt. Jan ist mit einem Schlag stocknüchtern, denn auf dem Pfannkuchen liegen nur sieben Speckscheiben. In diesem Moment übermannt den ansonsten so starken jungen Mann eine Art Schwächeanfall. Er wagt es kaum Messer und Gabel in die Hände zu nehmen. Er zittert und wirft zuerst einen ungläubigen Blick auf Gesa, dann auf Vater und Mutter Schlüter und Oma. Opa sitzt derweil genüsslich im Sessel und kaut seinen nächsten Priem. Dann erkennt auch Gesa mit Entsetzen, warum Jan so still geworden ist.

„Mama, Papa, Oma? Das ist nicht euer Ernst! Ich dachte, ihr habt Jan genauso ins Herz geschlossen wie ich!“

„Joh, das haben wir doch auch, mein Schäfchen!“, sagt Vater Schlüter etwas angesäuselt. „Was ist denn los?“

„Auf dem Pfannkuchen sind nur sieben Stücke Speck! Das kann doch wohl nicht wahr sein!“

Gesa schießen die Tränen in die Augen, als Mutter Schlüter die Fassung zurückgewinnt.

„Da waren acht Speckstreifen drauf, ganz sicher, Gesa! Jan, hast du schon einen gegessen? Vater, was ist mit dir? Nach so viel Schnaps gönnst du dir doch gern was Deftiges aus dem Kühlschrank! Rück raus mit der Sprache!“

„Also, ich habe nix genascht, die Buddel is’ ja noch gar nich’ leer!“

Während sich alle fassungslos angucken, schält sich Opa ganz langsam aus dem Sessel und schlappt zum Herd. „Wat, dat waren schon alle Speckstriepen! Ich hätte da wohl noch gern einen von! Die sind lecker!“

„Mensch Opa, kaust du da etwa auf dem achten Stück Speck rum? Ist das gar kein Priem, den du da walkst?“, wirft Gesa mit einem vorwurfsvollen Ton in die Runde.

„Wenn ich hier in diesen Haushalt in den Advent schon keinen Schnaps kriege, dann kann ich mir ja wohl wenigstens mit einem Stück Speck ’ne Freude machen. Ihr habt Spaß und ich hungere in meinem Sessel vor mich hin. Das kann doch wohl nich’ angehen.“ Opa ist sichtlich beleidigt.

„Wenn du einen haben willst, dann kannst du das doch wohl sagen. Bist doch sonst nicht auf den Mund gefallen!“ Oma guckt Opa böse an.

„Soll ich den jetzt wieder ausspucken?“ Man sieht Opa nur noch einmal kauen und dann schlucken. Weg ist der Speck.

„Komm man her, Opa! Sollst nicht nüchtern bleiben an diesem schönen Adventsabend. Oma, hol doch noch mal ein Pinnchen aus dem Schrank!“ Und während Oma nach dem Glas greift, holt Vater Schlüter die gute Flasche Sekt aus dem Keller. Mutter Schlüter brät noch einen Streifen Speck nach und legt ihn oben auf Jans Pfannkuchen. Opa bekommt seinen Schnaps, Jan und Vater Schlüter gießen sich auf den Schrecken auch noch mal nach und Oma, Mutter Schlüter und Gesa stoßen an und trinken ein Glas feinsten Sekt auf den glücklichen Ausgang des Antrags. Es wird noch ein sehr lustiger und entspannter Abend. Die Hochzeit soll im kommenden Mai sein und Jan darf heute ausnahmsweise bei den Schlüters bleiben – auf dem Feldbett in der Werkstatt. Bei dem Schnee und dem Schluck und dem Schreck kann man niemanden mehr in der Weihnachtszeit mit dem Rad durch das dunkle Emsland fahren lassen.

6. Dezember

De Wiehnachtsspeck

De Winter van dat Jahr 1956 is duster. In't Emsland treckt de Dook över dat Moor. De Buren targen sük daarmit, her Eer för de Buurderee bruukbar to maken. Siet en paar Jahre treckt de Marshall-Plan, en millionenswaret Programm för dat Entwickeln van de öde Striepen Land an de Grenz to Holland. Mit över de Maten groote Plogen ward de Eer van dat Moor opreten, Törf afbaut, de Kumplexe för dat Kultiveeren erschloten. Dat „Armenhuus" van de Republik wakt up ut sien Dornröschenslaap.

Jan Berenkötter leevd in Geeste, midden in't Moor. He hett de beste Job funnen för en arm Hüürmann. He bedeent en Otto-Meyer-Ploog. Dag för Dag steiht he op een van de Lokomobile, de de Plogen dör de Moorgrund trecken. Bold twee Meter deep grafft sük de Schar in dat fuchtige Feld. Jan is good d'rup. Bold en Jahr is dat nu her, dat he Gesa kennenlehrt hett. Gesa Schlüter ut Hesepe, en Dörp in de Naberskupp van Geeste. Se „gahnt tosamen", as man up't Land seggt. To Schützenfeste un Danz op de Deel in de Gasthusen van de Kuntrei. Dat is so mooi mit Gesa, ok wenner se sük blot selten sehn. De Olle van Gesa hett en lütte Warkstee as Slösser.

Jan hett Gesa bi en Kutschfahrt an en laue Sömmeravend dör dat Moor de Andrag makt. Gesa griende över da heele Gesicht as se „Ja" seggt hett. Se willen in't neeie Jahr vör de Traualtar treden. Beid sünd sük eens, sien Ollen hett Jan dat all vertellt. Slimmer is dat bi de Schlüters. Of en Hüürmann in de Familie van en lütte Unnernehmer hieraden kann, dat weet he nich. Daaröver mutten de Ollen entscheiden. Kört vör Wiehnachten is dat sowiet.

„Gesa, ick föhl mi so klöterig!"

„Mak di man kien Gedanken, Jan! Du büst nu so faken bi uns west, hest bi Vaddern mit anpackt, büst flietig, en smucken Kerl, toverlatig un dat mooiste is: Du hest mie leev!"

„Man, wat is, wenner dien Ollen en unpaar Stücken Speck op de ‚Bookweiten Jan Hinnerk‘ leggen?“

„Dat ward nich passeeren, Jan! Daar kannst di up verlaten!“

„Ach, Gesa! Dat was dat beste Geschenk to Weihnachten! Anners will ick nix!“

Wiehnachten in't katholschke Emsland was domaals bescheden. Gifften gaff dat nich vööl. Dat ersde Mal warde dat besünners in de Wiehnachtstied, wenner de Nikolaus mit sien Knecht Ruprecht up en grooten Peerwagen över de plasterde Straaten van de lütte Dörper rappelde. De Kinner harrn jümmers Schiss in't Büx, besünners vör de swatte Mann mit de Rute ut Spricken, mit de he de Kinner bang mook, wenner se de Tuut mit Söötkram, Nöten un Früchte van de Nikolaus afhalden.

Ok Jan was all mal de Knecht Ruprecht. He is groot, de Klamotten harr he sük van de Schösteenfeger utlennt. Mit swatte Farv in't Gesicht kunn hum nüms erkennen.

Nu hett he sülvs de Büx vull. Bi de tokünftig Swegerollen um de Hand van her eenzig Dochter to freien, is bit nu de gröttste Upgaav, de he in sien Leven klar kriegen will. De Bruuk mit de Pannkoken ut Bookweitmehl un Speck steiht vandaag tüsken Gesa un hum. In't Emsland is dat gewohnt, de Anwärter mit en „Bookweiten Jan Hinnerk“ to verklaren, of he as Swegersöhn wünscht is of nich. Is daar na dat Backen en lieke Antahl van Speckstriepen up de Pannkoken, is he willkommen in de Familie. Is dat en unlieke Tahl, dann dürt de Freier upeten, man ut de Hochtied ward dat nix.

As Jan bi de Schlüters an de Döör kloppt, hett he all en paar Kilometers mit sien Rad achter sük, dör de dickste Schnee. Autos to'n Rüümen gaff dat damals noch nich, Latüchten an de Straate ok nich un de Dynamo vörn an sien Rad schafft dat bold nich tegen de Massen van Schnee.

Gesa makt Jan up, kiekt her Fründ vull van Hoop an. De hett, ok wenner dat kold un natt is, sien Sönndagskluft antrokken, he will en goode Figur maken.

„Du süchst ja schick ut, mien Leevste!“

„Ick glööv, mi is’t all affroren. Kann ick erst mal bi jo in de Köken an de Ovend?“

„Kumm rin, Mama, Papa, Oma und Opa sitten daar all. Mama hett de Deeg för de Pankoken all klar. De Speckstücken liggen up en Teller, man ick hebb mi nich traut, se to tellen. Ick bün ja so upgereegt.“

De olle Schlüter satt an de Kopp van de Tafel un tröck sinnig an en Zigarett. „Na, kumm man rin, mien Jung! Hest wall en beten langer bruukt of hest du ut Schiss noch en extra Runn dreiht?“

He griende un Jan kunn de Lücke tüsken de Tannen sehn, de Vadder Schlüter sük noh dat Anstötten an de Amboos in sien Warkstee totrokken harr.

Dat löpt ja good, doch Jan. De Köken was vull Rook, in de Pann smult dat Smalt, de Deeg stunn tegen de Stangenovend. Man ok Jan kunn nich erkennen, waar vööl Speckstücken up de Teller leegen. Opa satt kommood in sien Ohrensessel un kaude en Priem. Af un an spütterde he dat swatte Mengsel in en Emmer. Gesa satt tegen her Moder un Oma an de Tafel, all in her beste Kledage.

„So, mien Jung! Warm di erst mal up. Hier hest du en dübbelden Koorn, um de Dag to fieren. Dat passeert ja nich so faken, dat en um de Hand van uns Dochter anhallen will!“

De olle Schlüter schunk noch en Pinneken vull, keek Jan in de Ogen und mit en körte Upschlag van de Ogenbrau gung dat mit de Schluck de Kehl andaal. „Un nu noch een för de Mut!“ De Moder van Gesa stunn nu mit de Rügg to de Tafel un leet de Deeg för de Pannkoken in dat heete Fett lopen. De Stunn van de Wahrheit was daar. Jan schweet nu Blood un Water, wat ok daaran liggen kunn, dat de Ovend bold glimmde. „Jan, mien Jung! Kannst du uns Gesa denn ok uthallen, so as se dat van uns wennt is?“, fröög Vadder Schlüter mit en sturen Blick.

„Also, de Job bi de Landkries is en Anstellen up Levenstied. Wenner ick nich jüst mit de Plog de neeie Landstraat upriet, dann sall sük daaran ok nix ännern!“

„Machs wall Recht mit hebben!“ miskede sük Oma nu in. Ut de Eck van Opa höörde een blot, wo he de Rest van en Priem mit en „Flutsch“

in de Emmer snirrtjede. Dann stunn he up un keek Moder Schlüter bi't Backen to. Vadder Schlüter un Jan bösselten sük noch en achter de Binde. In de Tied platzeerde Gesa de Teller mit Mest un Fork för Jan. Se kunn dat nich mehr afwachten, bit de Pannkoken mit de wiss lieke Tahl van Speckstücken up sien Teller land.

Jan und Vadder Schlüter unnerhöllen sük över Football un dat Borussia Dortmund de Titel van de Düütsche Meister 1956 verdeent tegen de Karlsruher SC wunnen harr.

Dann was de Moment kamen, in de dat um de Tokunft van Gesa un Jan gung. Vadder Schlüter schunk noch mal na. De Lampen van de beid wassen all bold so an't Lüchten as de Kersen an de Wiehnachtsboom. „Een geiht noch!“ see de Baas van de Familie all'n beten undüdelk. Düütsch begünn to de ersde Fremdspraak to warden as Moder Schlüter unner een „Ahhhh“ de „Bookweiten Jan Hinnerk“ up de Teller leggde. Jan was mit een Mal stocknöchtern. Up de Pannkoken wassen blot seven Speckschieven. In disse Moment was Jan leep swiemelig. Dat was bold nich mögelk, dat Mest un de Fork in de Hannen to hollen. He trillde un keek toerst Gesa un Vadder Schlüter, dann her Moder un Oma an. Opa satt jümmers noch in'n Sessel un kaude för sük henn. Dann warde dat ok Gesa klar, waarum Jan so still warden was.

„Mama, Papa, Oma? Dat is doch nich jo Ernst. Ick doch, dat ji Jan ok in jo Hart sloten hebbt, so as ick!“

„Joh, dat hebbt wie doch ok, mien seute Deern!“, see Vadder Schlüter en beten bedüdelt. „Wat is denn passeert?“

„Up de Pannkoken ligget blot seven Speckstücke!“ Gesa wull all anfangen to blarren, as Moder Schlüter wedder to Verstand kweem.

„Dat wassen avers acht Speckstriepen, Gesa, seker! Jan, hest Du all en ett? Vadder, wat is mit di? Na so vööl Schnaps gönnst du di doch gern was Deftiget ut de Köhlschapp! Rut mit de Spraak!“

„Also, ick hebb nix nascht! De Buddel is ja noch nich mal leeg!“

All keken benaut as sük Opa ut de Sessel quälde un sachte na de Ovend hensluurde. „Wat, mehr Speckstriepen sünd dat nich? Ick harr daar wall noch gern een van! De sünd lecker!“

„Opa, mümmelst du up dat achte Stück Speck rum? Is dat gar nich dien Priem, de du daar walkst?“, see Gesa in en Ton, de dat Ies in de Hell to'n freesen bracht harr.

„Wenner ick in disse Huus nich mal in de Advent en Schnaps krieg, dann kann ick ja wall en Stück Speck ut de Pann mopsen. Ji hebbt Spaß un ick hunger hier in mien Sessel vor mi hen. Dat kann doch wall nich angahn!“ Opa was leep insnappt.

„Wenner Du wat hebben wullt, kannst ja ok mal wat seggen. Büst doch anners nich up de Snuut fallen.“ Oma keek hum gnaddelig an.

„Sall ick de nu wedder utspukken?“ Man sücht Opa noch en Mal kauen un dann slucken. Weg is de Speck.

„Komm man her, Opa! Sallst nich nüchtern blieven an disse mooi Adventsavend. Oma, haal noch mal en Pinneken ut de Schapp!“ Vadder Schlüter kramt noch en goode Buddel Sekt ut de Keller, Moder Schlüter braadt en Striepen Speck un leggt de op de Pannkoken van Jan.

Opa kriggt sien Schnaps, Jan un de olle Schlüter geten sük up de Schreck noch mal na, Oma, Moder Schlüter un Gesa drinken her fein Sekt up de glückelke Utgang van disse bold missglückde Andrag.

Dat ward noch en lustig un fuchtig Avend. De Hochtied ward för de Mai in't anner Jahr plant. Jan düss vandaag bi de Schlüters blieven. Bi de Schnee un de Schluck un de Schreck kann kieneen mehr mit Rad in de Wiehnachtstied dör dat dunkle Emsland föhrn.

7. Dezember

Missverständnis mit dem Weihnachtsmann

„Hey, **Babo**! Was geht bei Dir?"

Der Weihnachtsmann stand vor dem 14-jährigen Ronny in einem dieser riesigen Hochhäuser in Hamburg Steilshoop und wusste nicht, was der vom ihm wollte. Es kam jetzt immer öfter vor, dass er die Mädchen und Jungs einfach nicht verstehen konnte.

Immer wieder öffneten sich die meist arg ramponierten Türen zu den kleinen Wohnungen und immer wieder standen dann Rotzlöffel in weiten Sporthosen, Turnschuhen und Gangster-Rapper-Shirts vor ihm und faselten unverständliches Zeug. Zumindest für ihn.

„Mein Junge, ich kann dich nicht verstehen! Ich bin mit Goethe, Schiller und Lessing aufgewachsen, später auch noch mit Camus, Sartre oder Kafka. Die sind zwar schwer verdaulich, aber den Übersetzungen auf Deutsch kann man wenigstens folgen!"

„**FU**! Alter, Mann! Wasch laberscht du? Was sollen das denn für **Broes** sein. Noch nie gehört. Wollte nur wissen, was geht, also, ob alles im Lot is oder eher Latte?", lachte Ronny ihn an und wippte dabei von einem Fuß auf den anderen, wobei er seine Arme und Hände rhythmisch vor dem Körper verschränkte.

Der Weihnachtsmann hatte jetzt zumindest eine Ahnung, worauf dieser Ronny hinaus wollte. Er schien anscheinend wissen zu wollen, wie es ihm ging. „Alles, gut! Ist etwas zu viel Verkehr auf der Straße. Bin schlecht durchgekommen!", lächelte der Weihnachtsmann zurück!

„Ey, Verkehr auf der Straße isch aber verboten, weischt du schon, oder? Ne Scherz! Jetzt mach mal **yalla**, damit ich noch 'ne Runde in den **Glutamatpalast** kommen!" Ronny schien dieses Verwirrspiel mit dem Weihnachtsmann richtig Spaß zu machen.

„Wie bitte?“, der Mann im roten Mantel war weiterhin sichtlich überfordert.

„Mann, **fame**! Das ist hier doch keine **Gammelfleischparty**! Die Alten sind unterhopft und knallen sich mit unserem Nachbarn, dem **Bangster**, reichlich **Hausfrauenbrause** in den Schädel. Und wir wollen auch los. Also, bevor du hier deinen Auftrag **failst**, kannst du auspacken!“ Ronny wurde langsam etwas ungeduldiger.

Dem Weihnachtsmann ging das Verhalten des Knirpses jetzt mächtig auf den Wecker. Irgendwie musste er sich gegen dessen freche Art wehren. Er hatte doch im vergangenen Jahr mal dieses Buch mit Jugendsprüchen an einen Lehrer verschenkt. Der war auch nicht mehr auf dem Laufenden gewesen. Krampfhaft versuchte er, sich an einige Worte zu erinnern.

„Du **Honk**, noch keine **Fellsocken** an den Beinen, **Bildschirmbräune** im Gesicht und wahrscheinlich nur am **Egosurfen**. So kommen wir nicht weiter. Dein **Swag** ist zwar cool, aber wer sein **Arschfax** aus der Hose hängen lässt und **Niveaulimbo** tanzt, der bekommt sicher kein Geschenk von so einem **Babo** wie mir!“ Der Weihnachtsmann war beeindruckt von der Leistungsfähigkeit seines Hinterstübchens. Schien doch mehr gespeichert zu sein als gedacht. In der Not schafft es eben auch mal eine Spontaninfo aus den angestaubten Hirnwindungen.

„Krass, Mann, Alter! Echt **gediegen**, was du da raushaust. **Läuft** ja tatsächlich **bei dir**! Hast du das **geguttenbergt** oder **hartzt** du den Rest der Zeit auf deinem Sofa in Weihnachtsmannhausen und googlest den **Shit**?“

Ronny schien jetzt doch ziemlich beeindruckt vom unerwartet ausgerollten Wortschatz des Weihnachtsmannes. Er holte dem alten Mann eine **Flügelbrause** aus dem Kühlschrank und schenkte beiden davon ein. Der Weihnachtsmann setzte sich, trank etwas, das schmeckte, wie flüssige Gummibärchen. Aber egal, dachte er. Der erste freundliche Zug dieses Jüngelchens. Und diese Geste stimmte den Weihnachtsmann freundlicher. Er packte die wenigen Geschenke auf den Tisch, die er für die ganze Familie dabei hatte.

„Ich dachte schon du **merkelst** hier weiter rum. Aber passt schon. Ey, **bam**, ich kann hier aber leider nicht mehr lange **rumoxidieren**.

Wenn du willst, kannst du noch etwas **chillen** und **napflixen**. Ich muss aber gleich los, verstehsch?“ Ronny schaute sich die Geschenke an und nahm sich das neue Handy vom Tisch.

„Du bist zwar noch nicht **tinderjährig** aber so ein **Smombie** wie du, kennt sich aus. **Gönn dir**!“ Der Weihnachtsmann war jetzt richtig in Fahrt gekommen, merkte aber, dass Ronny langsam das Gespräch beenden und den Weihnachtsmann nach draußen komplimentieren wollte.

„Pass auf, **Babo**! **Yolo**, sach ich nur! Hauste rein, ich auch. Sehen uns nächstes Jahr!“ Ronny stand auf und zog sich seine Sportjacke an. Das alles passte überhaupt nicht zum Heiligen Abend, aber der Weihnachtsmann nahm es mit dem nötigen Humor!

„Ich geh dann mal eine Runde an der Shisha ziehen, bevor mich die Angels wieder auf die Spur setzen und ich zu den **Bangster**-Kindern nach Winterhude muss, u mir dort abgefahrenes Flötenspiel anzuhören! Machet jut!“

„**Isso**, Alter isso!“, lächelte Ronny noch einmal.

„Ich bin dann mal weg!“, lächelte der Weihnachtsmann zurück und musste die fünf Stockwerke mit dem Sack zu Fuß wieder herunterklettern, weil irgendein Scherzkeks den Fahrstuhl auf „Störung“ gestellt hatte.

ÜBERSETZUNG

Babo	Boss, Anführer, Chef
FU	Sche....
Broes	Kumpel
Yalla	Schnell, zügig
Glutamatpalast	Pommesbude
Fame	Toll, super
Gammelfleischparty	Party für Menschen über 30 Jahre
Bangster	Kombination aus Banker und Gangster
Hausfrauenbrause	Prosecco
Honk	Hauptschüler ohne nennenswerte Kenntnisse
Fellsocken	Behaarte Beine
Bildschirmbräune	Zu lange vor dem Monitor sitzen
Egosurfen	Sich selber im Netz googlen
Swag	Coole Ausstrahlung
Arschfax	Etikett, welches hinten aus der Hose hängt
Niveaulimbo	Sinnlose Gespräche unter Jugendlichen
Gediegen	Extrem lässig
Läuft bei dir?	Jemand hat es drauf, cool
Guttenbergen	Abschreiben
Hartzen	Rumhängen
Shit	Mist
Flügelbrause	Taurinhaltiges Getränk (Red Bull etc.)
Merkeln	Hände in den Schoß legen
Bam	Variante von cool
Rumoxidieren	Entspannen, abhängen
Chillen	Entspannen, ausruhen
Napflixen	Nickerchen machen während eines Films (Netflix etc.)
Tinderjährig	Alt genug sein, um TINDER zu nutzen
Smombie	Aus Smartphone und Zombie (immer aufs Handy gucken)
Gönn Dir	Viel Spaß dabei!
Isso	Zustimmung

7. Dezember

Verkehrtverstahn mit de Wiehnachtsmann

„Hey, **Babo**! Wat geiht bi di?"

De Wiehnachtsmann stunn för de 14 Jahre old Ronny in en van disse över de Maten groode Hochhuusen in Hamburg Steilshoop un wüss nich, wat de van hum wull. Dat kwamm nu jümmers faken vör, dat he de Wichters un Jungs nich mehr verstahn kunn.

Jümmers wedder mooken se de meist ramponeerden Dören to her lütte Wohnungen up un jümmers stunnen dann disse Rotzlepels in wiede Sportbüxen, Turnschoh un Gangster-Rapper-Shirts vör hum un kaulden Kram de nich to verstahn was. Tominnst he begreep nix.

„Mien Jung, ick kann di nich verstahn! Ick bün mit Goethe, Lessing un Schiller grood warden. Ok noch mit Camus, Sartre un Kafka. De sünd kien lichte Kost, man de Översetten up Düütsch kann en folgen. Wat wullt du van mi?"

„**FU**! Alter, Mann, wat laberscht du? Wat schallen dat denn för **Broes** wesen. Noch noit van hört. Wull blot weten, wat geiht, also, of bi di all up de Rieg is of eheder Latte?", lachde Ronny hum an un wippde daarbi van en Foot up de anner un krüüzde sien Arms un Hannen rhythmisch överenanner.

De Wiehnachtsmann harr nu tominnst en Ahnung, wat Ronny van hum wull, blot weten war hum dat gung.

„All good! En beten to vööl Verkehr up de Straate. Bün nich so gau dörkamen!", griende de Wiehnachtsmann torügg.

„Ey, Verkehr up de Straate is avers verboden, weisch du schon, Alder? Ne, ick wull di blot verklappen. Nu maak man **yalla**, daarmit wi noch en Runn in de **Glutamatpalast** köhnt!" Ronny freide sük daaröver, dat he de Wiehnachtsmann rammdösig mook.

„Wat meenst du?“, de Wiehnachtsmann in sien rode Mantel kunn daar neet tegenan.

„Mann, **fame**, dat is hier doch kien **Gammelfleeskparty**! De Ollen sünd unnerhopft un knallen sük mit uns Naber, de **Bangster**, vööl **Huusfroenbrause** in de Kopp. Un wi willen ok los. Also, bevöör du dien Updragg hier **failst**, kannst all utpacken!“ Ronny warde nu en beten ungedüldig.

De Wiehnachtsmann gung de Art van de Fend bannig up de Senkel. He muss sük tegen disse överkandidelde Spraak wehren. He harr doch in't verleden Jahr so en Book mit Spröök för jung Lüü an en Mester schenkt. De was ok nich up Tied wesen. Nu versöchde he krammhaft, sük an wat to besinnen.

„Du **Honk**, noch kien **Fellsocken** an de Benen, **Bildschirmbräune** in't Gesicht un wall blot an't **Egosurfen**. So geiht dat hier nich wieder. Dien **Swag** is cool, man well sien **Morsfax** ut de Büx hangen latt un **Niveaulimbo** makt, de kann nich mit en Geschenk van de **Babo** reken!“

De Wiehnachtsmann was van sük sülvs beindruckt. Is doch wall dat en of anner hangen bleven. In de Not schafft en mehr as en denkt.

„Krass, Mann, Alter! Echt **gediegen**, wat Du daar ruthaust. **Löppt** ja **bi di**! Hest du dat **geguttenbergt** of **hartzt** Du de Rest van de Tied up dien Sofa in Wiehnachtsmannhuusen un googlest de **Shit**?“

Dat was, as wenner Ronny nu doch Respekt för de Wiehnachtsmann kreeg, wiel de so en Bült van Spröök d'rup harr. He halde för sük un de olle Mann en **Flügelbrause** ut de Köhlschapp un schönk in. De Wiehnachtsmann satt sük hen, drünk en Sluck. Datt smeckde as flüssig Gummibärchen. Man egal, doch he. Dat ersde mal dat Ronny frünnelk was, un he fung an nich mehr so leep kritisch up de Fend to kieken. He verdeelde de Geschenke för de heel Familie up de Tafel.

„Ick doch all, dat du hier wieder **rummerkeln** wullt. Man is ok. Ey, **bam**, ick kann blot nich länger **rumoxidieren**. Wenner du wullt, kannst noch en beten **chillen** un **napflixen**. Ick mutt man gliek los, verstehsch?“ Ronny keek sük de Geschenke an un greep na dat neeie Handy.

„Du büst noch nich **tinderjährig**, man so en **Smombie** as Du, kennt sük ut. **Gönn di**!“ De Wiehnachtsmann was nu richtig in Fahrt kamen. Man he murk ok, dat Ronny dat drock harr, he de Protereei gern to End brengen un de olle Mann an'n Leevsten van Achtern sehn wull.

„Pass up, **Babo**! **Yolo**, segg ick blot! Hauste rein, ick ok. Wi sehnt uns in't anner Jahr.“, see de Wiehnachtsmann. Roonny stunn up un truck sük sien Sportjack an. Dat hier passde nich to de Hillige Avend, man de Wiehnachtsmann nöhm dat mit Humor.

„Ick gah dann mal even en Runn an de Shisha trekken, bevör mi de Engels wedder up de Spur setten un ick to de **Bangster**-Kinner na Winterhude mutt, üm mi daar dat Fleitjen antohören. Vull krass! Mook dat man good!“ De Wiehnachtsmann stunn up.

„**Isso**, Olle, **isso**!“, griende Ronny noch eenmal.

„Ick bün dann mal weg!“, lachde ok de Wiehnachtsmann un muss de fiev Stockwarke mit de sware Sack to Foot wedder runnertrappeln. En Scherzkeks harr de Fahrstohl up „Störung“ stellt.

8. Dezember

La Befana auf Langeoog

Laura Piccolini machte ihrem Namen alle Ehre. Laura, 21 Jahre alt, Au-Pair-Mädchen aus dem Veneto, also aus Venetien, stammte aus Verona. Sie war gerade einmal 1,65 Meter groß. Für eine Italienerin stattlich, aber bei den Elbrechts auf Langeoog gehörte sie zu den kleineren Menschenwesen. Laura hatte den Job als Au-Pair-Mädchen auf der ostfriesischen Insel jetzt seit einem halben Jahr.

Sie hatte etwas Angst vor dem kalten Norden gehabt. In Venetien sind die Sommer warm und das Leben findet auf der Straße und in den Cafés statt. Ihre Freunde hatten sie gewarnt: An der norddeutschen Küste regne es nur und sogar im Sommer müsse man im Pullover an den Strand.

Das hatte sie komplett anders erlebt. Von Mai bis August hatte sie jeden Tag mit den *Bambini* der Elbrechts am Strand verbracht, war Windsurfen gegangen und hatte in der Nordsee gebadet. Pico, wie sie von den Einheimischen mittlerweile genannt wurde, fühlte sich wohl auf der Insel.

Nun war der Sommer vorbei und Weihnachten stand vor der Tür. Sie hatte beschlossen, in diesem Jahr an der Nordseeküste zu bleiben und nicht nach Hause zu fahren. Die *Bambini* waren noch klein. Marie, 4 Jahre alt und Vincent, 6 Jahre alt, waren ihre beiden Lieblinge. Auch mit deren Eltern, Sara und Hans, verstand sie sich prächtig.

„Ciao, Hans! In einer Woche ist Weihnachten. Was kann ich mit euch zusammen dafür vorbereiten?“

„Ach, Pico! Wir sind da schon recht traditionell unterwegs: Den Weihnachtsbaum aufstellen, Weihnachtskekse mit den Kindern backen und vieles mehr. Ich habe mit Sara gesprochen und sie meinte, es wäre doch schön, wenn Du auch etwas aus deiner Heimat machen könntest und uns zeigst, wie man bei euch in Italien feiert.“

„Jepp!“, sagte Pico, die sich schon einiges von der Inseljugend abgeguckt und gehört hatte. „Das ist schön, darauf freue ich mich, dann wird mir auch nicht so hart ums Herz!“

„Du meinst sicher schwer!“, sagte Sara, die gerade in die Küche gekommen war, wo alle am Tisch saßen. „Erzähl doch mal, wie ihr das Fest verbringt.“

„Also bei uns wird das ganze Haus schon am Tag von San Nicolo, also dem Nikolaustag geschmückt. Wir machen auch Lametta, Kugeln und so weiter dran, wie bei euch. Dann gehen wir am Heiligen Abend mit der ganzen Familie zum Krippenspiel und feiern die Nacht durch. Bei uns bekommen die Kinder die Geschenke erst am 25. Dezember. Wenn die Eltern noch mit dickem Kopf im Bett liegen, quengeln die Kinder so lange, bis alle gemeinsam die Geschenke ganz früh auspacken dürfen.“ Laura macht eine Pause.

„Das werden Marie und Vincent sicher nicht mitmachen. Die können es nicht abwarten, bis die Fetzen unterm Baum fliegen“, erklärte Sara.

„Da können die beiden aber froh sein, dass sie nicht auf *La Befana* warten müssen. Bis vor ein paar Jahren gab es die Geschenke erst am 6. Januar“, stellte Pico fest. „Wer ist denn diese ominöse *La Befana*?“, wollte Hans wissen.

„Die stammt noch aus der vorchristlichen Zeit in Italien. Die ganze Dekoration und die weihnachtliche Stimmung steht bei uns noch bis zum 6. Januar. Dieser Tag heißt *La Befana*. Am Abend davor hängen die Kinder Strümpfe an den Kamin. Andere stellen auch Schuhe hin. Die Hexe *Befana* füllt sie dann mit Gaben wie Süßigkeiten und kleinen Geschenken. In der Nacht kommt sie durch den Schornstein gerutscht. Wer nicht lieb ist, bekommt nur Kohle. Das ist keine echte Kohle, sondern *Carbone dolce*, sieht aus wie Lakritz und ist sehr süß. Viele glauben, dass *Befana* die Frau des Weihnachtsmannes ist.“

„Kriegen wir dann auch zwei Mal Geschenke?“, wollte Vincent wissen.

„Nein, Vincent!“, sagte Pico. „So lieb könnt ihr gar nicht sein! Meistens gibt es die großen Geschenke am Heiligen Abend und ein paar süße Sachen an *Befana*.“

„Was gibt es zu naschen?“, fragte Marie neugierig mit großen Augen.

„Ich esse schon *Panettone*, seit ich denken kann. Das ist ein Kuchen aus Milano, also Mailand. Da sind ganz viele Rosinen und andere trockene Früchte drin. Der muss schön saftig sein, damit er schmeckt. Den essen wir den ganzen Tag.“

„Und warum bist du dann nicht dick und groß, sondern dünn und klein?“, machte sich Vincent Gedanken.

„Weil ich mir den *Panettone* einteile und nicht alles auf einmal esse, so wir ihr manchmal!“, lachte Pico.

Hans machte sich mittlerweile Gedanken über die Menüfolge am Heiligen Abend. Bisher hatte es abwechselnd Brathähnchen mit Rotkohl und Rosmarinkartoffeln oder Roastbeef mit Pommes, Chicken Wings und Kartoffelsalat gegeben. Dazu eine Flasche Wein für die Großen und Limonade für die Kinder.

„Also, am *Vigilia di Natale*, dem Heiligen Abend, gibt es bei uns viele Salate, *Insalata di rinforzo*, das sind Gemüsesorten wie Endivien, Blumenkohl, Oliven und Kapern. Auch *Frutti di mare*, alles an Meeresfrüchten, wie *Polpo*, Tintenfisch oder *Ostriche gratinate*, das sind gebackene Austern. Danach gibt es *Minestra marinata*, Gemüsesuppe mit verschiedenen Gemüsesorten, in Fleischbrühe gekocht, *Funghi trifolati*, gehackte Champignons, Tortellini oder Cappelletti in Brühe, *Tortellini o cappelletti in brodo* oder Lasagne und Canneloni. Was besonders gut schmeckt, ist *‚Sartù di riso‘*, ein herzhafter Reiskuchen mit Fleisch, Mozzarella, Pilzen, Erbsen und Parmesan.“

Sara verdrehte die Augen im Kopf. „Da wird man ja schon beim Zuhören satt und dick. Kannst Du denn ein paar von diesen Leckereien für uns kochen?“

„Klar, mache ich doch gern. Dann fühle ich mich auch an der Küste ein wenig wie zu Hause in Venetien. Und, weil ich nicht genau weiß, ob die Kinder das auch mögen, können wir ja trotzdem Pommes und Chicken Wings machen. Die kriegen dann einfach italienische Namen und schmecken dann noch mal besser als sonst“, lachte Pico jetzt über das ganze Gesicht.

Es wurde ein sehr schöner Heiligabend auf Langeoog. Die Eltern von Pico hatten ein Paket geschickt, natürlich mit *Panettone* für die ganze Familie. Pommes hießen diesmal *Patate fritte*, chicken wings waren *Ali di pollo* und es gab reichlich *Vino frizzante*, *Prosecco* und *Orangina*.

Und weil Pico so viel gekocht hatte, wurden am nächsten Tag die Nachbarn eingeladen, um in Ostfriesland mal so richtig original italienische Weihnachten zu feiern. Die Bilder schickte Pico noch am gleichen Tag per Instagram nach Italien.

So hatte man sich die kühlen Norddeutschen dort gar nicht vorgestellt. Alle wurden eingeladen, das nächste Weihnachtsfest in Verona zu verbringen. Darauf wurde ein *Grappa* mit *Birra* heruntergespült, im Norden *Lütt un Lütt*.

8. Dezember

La Befana up Langeoog

Laura Piccolini mook her Naam all Ehr. Laura, 21 Jahre old, Au-Pair-Wicht ut dat Veneto, also ut Venetien, stammde ut Verona. Se was even 1,65 Meter groot. För en Italienerin schötig, man bi de Elbrechts up Langeoog hörde se to de lütten Minskenwesen. Siet en halve Jahr was se nu up dat ostfreeske Eiland.

Se harr en beten Schiss hat för de kolle Noorden. In Venetien sünd de Sömmer warm un dat Leven find up de Straate of in de Cafés statt. Her Frünnen harrn her vertellt, dat dat an de noorddüütsche Waterkant jümmers an't fieseln is un dat man an de Strand de Pullover nich vergeten dürr. Dat harr se so överhaupts nich so belevet. Van Mai bit August harr se bold elke Dag mit de Bambini van de Elbrechts an de

Strand verbracht, was an't Windsurfen west of harr in de Nordsee baadt. Pico, as se van de Inwohners nöömt warde, föhlde sük sauwohl up Langeoog.

De Sömmer was nu vörbi un Wiehnachten nich mehr wiet. Se harr beslaaten in disse Jahr an de Küst to blieven un nich na Huus to föhren. De *Bambini* wassen noch lütt. Marie was veer Jahre old un Vincent sess. Dat wassen her Leevkes. Ok mit de Ollen, Sara un Hans, verstunn se sük leep good.

„Ciao, Hans! In en Week is Wiehnachten. Wat kann ick mit jo tosamen maken un vörbereiden?"

„Ach, Pico! Wi sünd an Wiehnachten traditionell ünnerwegens, mit Boom, Kookjes mit de Kinner backen un wat mehr. Ick hebb all mit Sara proot un se meende, dat was doch mooi, wenner du dat een of anner ut dien Heimat maken kunnst un uns wiest, wo man Wienachten in Italien fiert."

„Jepp!", see Pico, de sük all de een of anner Schnack bi de Jugend van't Eiland ofkeken un hört harr. „Dat ist mooi, dat is en grood Freid för mi. Dann ward mi dat nich so hard um dat Hart."

„Du meenst seker swaar!", see Sara, de in disse Moment in de Köken rinsluurde. All satten an de groode Tafel. „Vertell uns doch mal, wo ji in Italien de hillige Dagen verbrengt."

„Bi uns ward dat heele Huus un de Boom all an de Dag van San Nicolo uprüscht. Dat is Nikolaus. Mit vööl Lametta, Kugels un Figuren, so as hier ok. Dann sünd wi mit de heele Familie an de Hillige Avend in de Kark un kieken uns dat Krippenspööl an. Darnaa fieren wi de heele Nacht dör. Bi uns kriegen de Kinner her Geschenke erst an de 25. Dezember. Wenner de Ollen noch mit en dicke Kopp in de Klapp liggen, randaleeren de Lütten so lang, bit se all tosamen de Gifften leep froh utpacken dürsen." Laura mook erst mal en Pause.

„Dat mit de Gifften an de 25. dürst du Marie un Vincent nich vertellen. Dat maken de seker nich mit", verklaarde Sara. „De köhnt dat nich afwachten, bit unner de Boom de Fetzen fleegen."

„Dann köhnt beid avers blied wesen, dat se nich up *La Befana* wachten mutten. Bit vöör en paar Jahre gaff dat de Geschenke erst an de 6. Januar", kläärde Pico up.

„Well is denn disse *La Befana*?", wull Hans weten.

„De stammt noch ut de Tied, as de Christen noch nich in Italien wassen. De heele Dekoration un de wiehnachtliche Luun geiht noch bit to de 6. Januar. Disse Dag nömt wi *La Befana*. An de Avend daarvör hangen de Kinner Strümpe an de Kamin of stellen Footwark för de Döör. De Töverhex *Befana* makt se dann mit Söötkram un lütte Geschenke vull. In de Nacht kumpt se döör de Schösteen rutscht. Well nich leev is kriggt Köhl. Dat is kien echte Köhl, dat sünd Carbone dolce, sücht ut as Lakritz un is düchtig sööt. En Bült Lüü glöven, dat *Befana* de Froo van de Wiehnachtsmann is.

„Kriegen wi ok twee Mal Gifften?", wull Vincent weten.

„Ne, Vincent!", see Pico. „So leev köhnt ji beid gar nich wesen, dat dat passeert. Meistied gifft dat de Geschenke an de Hillige Avend un en paar sööte Saken van *Befana*."

„Un wat gifft dat to slickern?", froog Marie leep neischierig un mit groot Ogen.

„Ick eet all *Panettone* so lang ick denken kann. Dat is en Koken ut Milano. Daar sünd Sienbohnen un anner dröög Früchten binnen. De mutt mooi saftig wesen, dann smeckt he lecker. De eten wi elke Dag."

„Un waarum büst du dann nicht dick un groot, sünnern dünn un lütt?", kwam Vincent in de Kopp. „Wiel ick de Panettone nich futt freet, jümmers af un an en Stück", lachde Pico.

Hans doch in de Tied daaröver na, wat dat an de Hillige Avend to eten geven sull. Bit vandag gaff dat braden Henn un roode Kohl mit Tuffels un Roastbeef, Pommes un Chicken wings in'n Wessel. Daarto en Buddel Wien för de Grooten un Kribbelwater mit Geschmack för de Lütten.

„Also, an de *Vigilia die Natale*, de Hillige Avend, gifft dat bi uns vööl Salat, *Insalata di rinforzo*, dat sünd Sorten van Gemüüs as Endivien, Blomenkohl, Oliven un Kapern. Ok *Frutti di mare*, allens ut dat Meer, as *Polpo*, Tintenfisk of *Ostriche gratinate*, dat sünd backen Ooster. Daarna gifft dat *Minestra marinata*, Gemüüssopp koket in Fleesknatt, *Funghi trifolati*, hackde Champignons, Tortellini of Cappelletti in Natt, *Tortellini o cappelletti in brodo* of Lasagne un Canneloni. Wat besünners good smeckt is *‚Sartù di riso'*, en herzhafde Reiskoken mit Fleesk, Mozzarella, Pilze, Arven un Parmesan."

Sara verdreide de Ogen in'n Kopp. „Daar waart en joh all bi dat Tohören satt un dick. Kannst du en paar van disse Leckereien för uns koken?"

„Dat mak ick gern! Dann kann ick mi ok hier an de Waterkant bold so as to Huus in Venetien föhlen. Un, wiel ick nich genau weet, of de Kinner dat ok smeckt, köhnt wi joh ok noch Pommes un Chicken wings maken. De kriegen dann italiensche Namen un smecken dann vööl beter", griende Pico nu över her Gesicht.

Dat was en wunnerbar Hillige Avend up Langeoog. De Ollen van Pico harrn noch en Paket schicket. Klar, was daar ok Panettone för de heele Familie binnen. Pommes heeten ditmal *Patate fritte*, Chicken wings wassen *Ali di pollo* un dat gaff en paar Buddel *Vino frizzante*, *Prosecco* un *Orangina*.

Un wiel Pico so vööl koket harr, was en Dag later de heele Naberskupp inladen, um in Ostfreesland mal düchtig original italiensche Wiehnachten to fieren. De Fotos stüürde Pico via Instagram na Italien. So harrn se daar de Noorddüütschen nich verwacht. Alle warden inladen, tokomen Wiehnachten in Verona to verbrengen. Daarop warde erst mal *Grappa* mit *Birra* runnerkippt. In'n Noorden is dat *Lütt un Lütt*.

9. Dezember

Technik, die begeistert

Es ist der zweite Advent. Bei Familie Schröter aus Aschendorf laufen die Vorbereitungen für den Heiligen Abend auf Hochtouren. Die Kartons mit den Weihnachtsutensilien stehen im Vorratsraum. Herr Schröter überprüft, ob noch alles funktionsfähig ist. Die elektrische Weihnachtspyramide dreht sich noch und spielt „Alle Jahre wieder“ im synthetischen Sound aus Südostasien. Warum er das Ding damals gekauft hatte, weiß Herr Schröter nicht mehr.

Frau Schröter backt. Ihr hochmoderner und sehr exklusiver Küchenautomat aus deutscher Produktion quält sich unter lautem Piepen durch den Probeteig für die Weihnachtstorte. Jedes Mal, wenn der Apparat nach einer neuen Zutat verlangt, macht er sich durch ein lautes Heulen in unterschiedlichster Tonlage bemerkbar, damit sie die Zutaten nicht verwechselt. Wie war das noch mit den Robotern, die den Menschen in der Zukunft das Denken abnehmen?

Bei den Schröters war sie schon da. Die Maschine schreit nach Butter, dann nach Eiern, jetzt Zucker, nun noch das Mehl, Backpulver, Milch und so weiter. Weihnachtsbäckerei war früher einfach stiller. Es kostete zwar mehr Anstrengung, die Zutaten zu vermengen und den Teig zu kneten, aber es hatte etwas von einer Andacht.

Sohn Eins der Schröters sitzt derweil vor dem Fernseher und spielt „World of Warcraft“. Hier piept es nicht, hier ballert und scheppert es, wenn sich die Gegner mit Beilen, Äxten, Schwertern und Lanzen sämtliche Gliedmaßen vom Rumpf trennen.

Sohn Zwei sitzt nebenan. Hier pfeift der virtuelle Schiedsrichter gerade die zweite Halbzeit zwischen Real Madrid und Manchester United, unter lautstarken Stadiongesängen der Fans und krachendem Bengalofeuern, an. Das Konsolenspiel kann mit der Kriegskulisse seines Bruders durchaus mithalten.

Inzwischen hat Herr Schröter die Karaoke-Anlage aufgebaut. Sie soll am dritten Advent für die traditionelle Vorweihnachtsfeier mit den Nachbarn eingesetzt werden. „Last Christmas“ ist jetzt als Playback zu hören. Herr Schröter singt den Text, der auf dem Monitor zu lesen ist. Im Schulchor hatte man schnell auf ihn verzichtet, im Fußballstadion erntet er regelmäßig betroffene Blicke.

Tochter Schröter hat inzwischen die Tür zu ihrem Zimmer zugeworfen. Sie fühlt sich gestört, weil sie gerade mit ihrer besten Freundin in Australien scypt. Die ist vor zwei Monaten für „Work and Travel“ zu den Aussies aufgebrochen und in Sydney gelandet. Mit der modernen Technik ist es für die Mädchen problemlos möglich, an den Gefühlsausbrüchen der anderen in Echtzeit und Originalton teilzuhaben.

Das hört Oma Schröter nicht. Zum Staubsaugen nimmt sie immer ihre Hörgeräte heraus. Der Sauger heult sich durch die Wohnung. Ab und zu stößt sie dabei, unter Protest ihrer Enkel, an die Tische mit den Spielekonsolen. Das verleitet die Jungs dazu, ihre Großmutter, mit winkenden Handbewegungen vor dem Kopf, auf ihre angespannte Situation und den Kampf um den Einzug in das nächste Level aufmerksam zu machen. Die stört das nicht weiter.

Mittlerweile hat sich die Kaffeemaschine gemeldet. Nach dem letzten Brühvorgang teilt sie mit, dass der Kaffee entnommen werden möchte. Ein zweiter, wesentlich schrillerer Ton, weist die Familie darauf hin, dass es an der Zeit wäre, sie zu entkalken. Dabei stößt sie nach oben so viel Wasserdampf aus, dass sich auch der Rauchmelder nicht mehr zurückhält und sich an der allgemeinen Kakophonie beteiligt.

Herrn Schröter kommen die Weihnachtsfeste seiner Kindheit in den Sinn. Ach ja, die Blechtrommel war auch schön. Er hatte seine Eltern ziemlich damit genervt. Nach dem er drei Stunden nach der Bescherung ein Loch hineingeklopft hatte, war wieder Ruhe eingekehrt. Bis auf sein Heulen, weil er das Weihnachtsfest jetzt ohne das Instrument verleben würde. Heute vermutete er, dass seine Eltern eine Sollbruchstelle eingeritzt hatten, um den Heiligen Abend gemütlich ausklingen zu lassen. Das Hupen der Waschmaschine reißt ihn aus den schönen Träumen. Die weißen Tischdecken wollen zum Trocknen aufgehangen werden.

Opa Schröter beschneidet jetzt den Weihnachtsbaum mit der Akkusäge im Flur. Wieder mal viel zu früh. Opa glaubt allerdings seit ein paar Jahren, dass er das nächste Fest nicht mehr erleben wird. Da darf der Baum nicht zu spät im Ständer stehen. An der Tür klingelt es. Der Auslieferungsdienst bringt ein Paket für Frau Schröter. Wie sich herausstellt ist es für Opa Schröter. Der technikaffine Senior bestellt gern mal über den Account seiner Schwiegertochter im Netz.

Der Baum steht und Opa legt seine neue Errungenschaft an den Stamm. Kurzes Piepen im Intervall zeigt ihm, dass er noch nachjustiert werden muss. Erst als er im Lot steht, bedankt sich die Waage mit einem erfreut klingenden, lang anhaltenden Brummen und Hupen. Nur noch unten feststellen und fertig. Das Telefon klingelt schrill, damit es sich, bei der mittlerweile auf mehr als 65 Dezibel angestiegenen Akustik im Hause Schröter, gegen die anderen Gerätschaften durchsetzen kann.

Irgendwie hatte sich Herr Schröter die Vorweihnachtszeit anders vorgestellt. Er möchte es gern besinnlich. Als er gerade in die Küche gehen will, meldet sich die Heizung. Sie ist scheinbar ebenfalls durch den Lärmpegel genervt und schaltet aus Protest unter Hupen auf Störung.

Es reicht, denkt sich Herr Schröter. Niemand nimmt Rücksicht in diesem Haus. Er schnappt sich seinen Autoschlüssel, knallt die Haustür zu und setzt sich in seinen Wagen. Er muss hier weg, wenigstens für eine halbe Stunde, um wieder runterzukommen.

Sein Wagen denkt mit: Er sagt ihm technisch ausgereift und unter Zuhilfenahme diverser Klingeltöne, dass er den Gurt anlegen, das Licht anschalten und den Scheibenwischer ausschalten soll. Der entmündigte Autofahrer. Okay, ein letzter Kraftakt und dann endlich ist Ruhe, Ruhe, Ruhe. Er legt den Rückwärtsgang ein und will gerade losfahren, als die Sensoren in der hinteren Stoßstange ihm lauthals signalisieren, dass er dem Weihnachtsbaum für seine Schwiegermutter zu nah gekommen ist.

Herrn Schröter reicht es jetzt endgültig. Sein Puls liegt irgendwo bei hundertachtzig. Er springt aus dem Auto, ballt die Fäuste vor der Brust zusammen, bückt sich und schreit seinen Frust aus der Seele. Nach gefühlt fünf Minuten dreht er sich um.

Auf der Terrasse stehen Frau Schröter, Sohn Eins und Zwei, die Tochter, Opa und Oma und gucken Herrn Schröter mit dem Ausdruck völligen Unverständnisses an. Das hätte ein wirklich besinnliches und ruhiges Weihnachtsfest werden können, hier draußen, vor der Garage, allein.Es beginnt zu schneien. Herr Schröter spürt, wie sich Gelassenheit mit den weißen Flocken sanft auf seine Schultern legt. Schöne, stille Weihnacht überall, denkt er und kehrt ruhig zurück in den Schoß seiner lauten Familie.

9. Dezember

Verwegen Technik

Dat is de tweede Advent. Bi Familie Schröter ut Aschendörp lopen de Vörbereiden för de Hillige Avend up Hochtouren. De Kartons mit de Wiehnachtskram stahnt in de Ruum för de Vörraad. Herr Schröter test jüst, of dat noch all funktioneeren deiht. De elektrisch Wiehnachtspyramide dreiht sük noch un spöölt „Alle Jahre wieder“ in de synthetische Klang ut Asien. Waarum he dat Ding damaals köfft hett, weet he nu ok nich mehr.

Froo Schröter backt. Her hochmodern un düür Kökenautomaat ut düütsche Produktion quält sük unner luded Piepen dör de Proovdeeg för de Wiehnachtstort. Elke Mal, wenner de Apparat nah en Bigaav verlangt, makt he dör Hulen in verscheden Luden up sük upmarksam, daarmit se de Bigaven nich verwesselt. Wo was dat noch mit de Roboters, de de Minsken in Tokunft dat Denken afnehmen? Bi de Schröters is se all daar. De Maschien reep na Botter, dann na Eier, Melk, Backpulver un so wieder. Wiehnachtsbackerei was fröher sinniger. Dat Kneten köstde mehr Tied, man dat harr ok wat van Andacht.

Söhn Een van de Schröters sitt för de Flimmerkist un spölt „World of Warcraft“. Daar piept dat nich, daar ballert un scheppert dat, wenner sük de Tegenparten mit Bielen, Exten, Sweerten un Pieken Arms un

Benen van de Rumpf trennen. Söhn Twee sitt tegenan. Hier fleit de virtuelle Schiedsmann jüst de tweede Halvtied tüsken Real Madrid un Manchester United unner de lude Gesang van de Fans in't Stadion un krachend Bengalofüür an. Dat Konsolenspööl kann good mit dat Gemetzel van sien Bröer mithallen.

In de Tüskentied hett Herr Schröter de Karaoke-Anlaag upbaut. Se sall an de darde Advent för de traditionelle Vörwiehnachtsfier mit de Nabers insett warden. „Last Christmas" is jüst as Playback to hören. Herr Schröter singt de Text, de up de Monitor to lesen is, mit. In de Chor van de School harrn se hum utsorteert, in't Footballstadion gaff dat jümmers schüün Blicken.

Dochter Schröter hett in disse Tied de Döör to her Kamer toslaan. Se föhlt sük stört, wiel se mit her beste Fründin in Australien an't Skypen is. De is för twee Maanten för „Work and Travel" to de Aussies flogen un in Sydney landt. Mit modern Technik is dat för de Wichters kien Problem, an de Geföhlswelt van de anner in reale Tied un originale Ton deeltonehmen.

Oma Schröter hört dat nich. To'n Stoffsugen nümp se her Hörgeräte jümmers rut. De Suger huult sük dör de Wohnen. Af un an stött se daarbi, unner Schandaal van her Enkels, an de Tafels mit de Spööl-konsolen. Dat verföhrt de Jungs daarto her Oma, mit winkend Hand-bewegen för de Kopp, up her anspannde Situation un de Slacht um dat tokomen Level upmarksam to maken. Oma stört dat nich.

Intüsken hett sük ok de Koffjemaschien meld un deelt mit, dat de Koffje nu unner de Lüü kann. En tweede, schrille Luud, wiest de Familie daa-rop hen, dat nu wall de Tied kamen is, se to entkalken. Daarbi stött se na boven so vööl Waterdamp ut, dat sük ok de Rookmeller nich mehr torügghallen kann un sük an de allgemeen Kakophonie bedeligt.

Herrn Schröter komen nu de Wiehnachtsfiern ut sien Kinnertied in de Kopp. Harrijasses nee, wat was de blicken Trummel mooi! Sien Ollen harr he daarmit bannig nervt. Man dree Stünnen na dat Bescheren harr he all en Lock rinkloppt. Daarna was Ruhe. Bit up sien Blarren, wiel he dat Wiehnachtsfest nu sünner sien Instrument verleven muss. Vandaag doch he af un an daaran, dat sien Ollen villicht en Sollbruch-stee daar inritzt harrn, um her Ruhe to hebben. Dat Hupen van de

Waskmaschien reet hum ut sien Drömen. De witten Diskdoken mussen uphangen warden.

Opa Schröter sniddt nu de Wiehnachtsboom mit de Akkusaag up de Deel. Wedder mal to froh. Man Opa glöövt elke Jahr, dat he dat anner Fest nich mehr beleven ward. Daar düürt de Boom nich to laat in de Stänner stahn. Dat pingelt an de Döör. En Paket för Froo Schröter. As sük herutstellt, is dat för Opa Schröter. De technikaffin Senior bestellt gern mal över de Account van sien Swegerdochter in't Netz. Ditmaal en elektronisk Blubber. De Boom steiht un Opa leggt sien neeie Inkoop an de Stamm an. En paar Mal körtet Piepen, en beten drücken, de Blubber klingelt un hupt as de Boom in't Lood steiht. Nu blot noch unnen faststellen, klar! Dat Telefon pingelt schrill. De Akustik in't Huus van Familie Schröter ist nu over de 65 Dezibel weggahn. Blot so kann sük dat Telefon tegen de Radau van de anner Reve dörsetten.

De Wiehnachtstied harr sük Herr Schröter anners vörstellt. He much dat lever besinnelk. Jüst as he in de Köken gahn will, meldt sük noch de Heizung. Se is ok en beten dörnanner van de heel Schandaal un schalt unner Hupen up Stören. Nu is dat good west, denkt sük Herr Schröter. Kieneen nümp Rücksicht in disse Huus. He snappt sien Autoschlödel, knallt de Döör dicht un sett sük in sien Wagen. He mutt hier weg, tominst för een Stünn, um wedder en beten daaltokomen.

Dat Auto denkt mit. Mit de Hülp van en Bült van Pingeltonen seggt hum de Wagen, dat he sük anschnallen, dat Lücht an un de Schievenwisker utmaken sall. De entmündigde Autofahrer. Okay, en lesde Mal anstrengen un dann is Ruhe, Ruhe, Ruhe. He leggt de Rüggelsgang in un will jüst losfahren, as de Sensor in de Stöötstand achtern hum anblafft, dat he to dicht an de Wiehnachtsboom van sien Swegermoder föhrt is. Herrn Schröter reicht dat nu heel un dall. Sien Puls is bold bi hunnerttachentig. He jumpt ut sien Auto, ballt de Fuusten, bückt sük un bölkt sien Frust ut de Seel. Na föhlt fiev Minüten dreiht he sük um.

Up de Terass stahnt Froo Schröter, Söhn Een un Söhn Twee, de Dochter, Oma un Opa un kiekt Herrn Schröter mit de Utdruck van Unverstannen an. Dat harr doch nu en besinnelk un kommod Wiehnachtsfest warden kunnt, hier buten, vör de Garage, allennig. Dat begünnt to sneien. Herr Schröter föhlt, wo sük de Bedaartheit mit de witten Plüüsters sacht up sien Schullers leggt. Mooie, stille Wiehnacht överall, denkt he, un kehrt torügg in de Schoot van sien lude Familie.

10. Dezember

Alter Schwede

„Mann, ist das kalt hier!“ Als Holger Guslarrson kurz vor Weihnachten am kleinen Bahnhof von Storuman in der schwedischen Region Lappland aus dem Zug stieg, wusste er, dass er die Temperaturen im hohen Norden völlig unterschätzt hatte.

Es war der Winter des Jahres 1938. Storuman stand noch nicht auf der Liste schwedischer Skifahrer und Schneetouristen der späteren Jahre. Der Ort hatte eine kleine Kirche, ein noch kleineres Rathaus und eine Schule, in der alle Kinder Storumans von einem Lehrer unterrichtet wurden. Vereinzelte Häuser leuchteten im typischen Schwedenrot in der großzügigen, schneeweißen Landschaft. Die Lappen der Region hatten sich bei den Großstädtern aus Stockholm, Malmö und Göteborg einen Namen gemacht: Sie verkauften Felle, Rentierfleisch, Stockfisch und ihre Kultur.

„Wo finde ich Reinar Mäkinen?“, fragte Guslarrson den erstbesten Lappen, den er auf der Dorfstraße traf. Er erntete einen Blick, als hätte er nach dem Weg zur Behausung des Weihnachtsmannes gefragt. Guslarrson trat von einem Fuß auf den anderen. Seine Füße waren mittlerweile so kalt und gefroren, wie der Stockfisch, der an den Holzständern vor den Häusern des Dorfes hing. Gefühlt dauerte es zwei Minuten, bis der andere endlich antwortete. Es waren aber wohl nur ein paar Sekunden gewesen.

„Sie sind sicher, dass sie zu dem alten Finnen wollen? Rainar Mäkinen ist schon etwas speziell. Er lebt allein im Wald und ist auf Stadtmenschen wie sie nicht gerade gut zu sprechen. Schuld sind wohl seine schlechten Erfahrungen. Die feinen Städter haben ihn schon das ein oder andere Mal hinter eine schwedische Fichte geführt.“

Guslarrson fühlte sich spontan unwohl bei dem Gedanken, allein auf den Einsiedler zu treffen. „Was muss ich denn machen, um ihn zu treffen? Sie hätten nicht zufällig Zeit, mir den Weg zu zeigen? Ich heiße übrigens Holger Guslarrson. Ich bin Handelsvertreter und komme aus Stockholm. Wir suchen Mäkinen, weil wir gehört haben, dass er eine ganz besondere Beziehung zu Bäumen hat. Herr Mäkinen schlägt Mondholz!“

Wieder dauerte es eine Ewigkeit, bis der dick eingepackte Mann antwortete. „Ich heiße Ole Haimanen und bin hier der Bürgermeister. Ich denke, es ist besser, wenn sie den Mäkinen nicht allein aufsuchen. Aber wir kleiden sie besser erst einmal neu ein. In dem Aufzug werden sie hier ganz schnell zur Lachnummer des Dorfes und frieren sich die Nase ab.“ Guslarrson freute sich, dass das Eis zumindest zwischen den beiden zu schmelzen begann. Heimanen war nicht nur hilfsbereit. Als Bürgermeister war er auch daran interessiert, dass Storuman bekannter wurde. Nur mit Land-, Fisch- und Forstwirtschaft würde der Ort nicht wachsen können.

„Kommen sie herein in meine bescheidene Hütte!“ Heimanen gehörte eines der Häuser, die rund um die Kirche gebaut worden waren. Für Stockholmer Verhältnisse war es wirklich nur eine Hütte. Alle Räume waren sehr karg eingerichtet. Es roch nach dem lodernden Kaminofen, heißem Kaffee und Bienenwachskerzen, die überall auf dem Tisch und den Fensterbänken standen. Sie setzten sich an den schweren Holztisch. Die Felle auf den derben Stühlen waren warm und Guslarrson fühlte endlich, dass die Wärme in seinen Körper zurückkehrte. Nach der ersten, stummen Tasse Kaffee traute sich Guslarrson, wieder etwas zu fragen.

„Was ist denn das Besondere und Merkwürdige an Herrn Mäkinen?“

„Also, wenn sie ihn „Herr“ nennen, haben sie schon mal den ersten Fehler gemacht. Rainar hasst es, wenn man ihn anders nennt als ‚Torre‘. Das ist eine alte Bezeichnung der Finnen für einen starken Mann, der in den Wäldern lebt. Sie müssen wissen, dass er aus einer alten, finnischen Familie stammt. Die Lappen denken bis heute nicht in den Staatsgrenzen der Schweden, Norweger und Finnen. Sie sind seit den Zeiten von Donar und Thor in diesem Landstrich frei unterwegs. Torre lebt das. Der zündet noch regelmäßig große Scheiterhaufen zur Sonnenwende an. Um die Zeit von ‚Midsomar‘ zeltet er tagelang auf einem Hügel in ‚seinen‘ Wäldern, wie er sagt. Wir haben regelmäßig Ärger mit ihm, weil er im Jagdrevier des Königs wildert. Was wollen sie denn genau von ihm?“

„Meine Firma in Stockholm beliefert Unternehmer, die Möbel herstellen. Hartholz ist derzeit sehr teuer. Da ist uns die Geschichte vom Herrn Mäkinen, Entschuldigung, Torre, zu Ohren gekommen. Er soll Fichten und Tannen zu einem bestimmten Zeitpunkt schlagen, deren Holz dann wesentlich härter ist als üblich. Das interessiert uns sehr.“

Heimanen dachte kurz nach. „Das stimmt, er schlägt es immer bei Vollmond. Das ist morgen. Sie sollten heute Nacht bleiben und wir machen uns dann morgen ganz früh auf den Weg!“

Es wurde ein kurzweiliger Abend. Sie aßen gekochtes Rentierfleisch, was die Geschmacksnerven von Guslarrson beleidigte und für ihn nach ausgekochten Socken schmeckte. Die große Menge Schnaps beruhigte seinen Gaumen wieder und beide konnten in den mit Rentierfellen ausstaffierten Betten tief und fest schlafen.

Am nächsten Morgen stattete Heimanen seinen Gast mit winterfester Kleidung aus. Fell, Fell und noch mal Fell. Guslarrson hatte das erste Mal das Gefühl, in die Welt der Lappen einzutauchen. Nach einem herzhaften Frühstück aus getrocknetem Rentierfleisch, welches nicht viel besser schmeckte als die gekochte Variante, und einem dezent unterdrückten Würgereiz, spannte Heimanen zwei Rentiere vor einen großen Holzschlitten, packte etwas Proviant auf die Ladefläche und sie fuhren los. Es war noch dunkel, aber der Mond beschien die Schneefläche. Heimanen manövrierte das Gespann leicht und geschickt durch die Wälder.

Sie fuhren stundenlang ohne miteinander zu sprechen. Als sie gegen Mittag aus einem Waldstück auf eine freie Fläche kamen, entdeckte Guslarrson Rauch am Horizont. „Das da hinten, dass müsste Torre sein. Wenn wir da sind, lassen sie mich mit dem Gespräch beginnen. Dann kann ich ihn schon mal auf sie vorbereiten!" Heimanen ließ die Gurte schwingen und die Rentiere gaben Gas.

So müsste man das Weihnachtsfest mit den Kindern verbringen, dachte Guslarrson, als es zu schneien begann. Es waren nur noch ein paar Tage bis zum Heiligen Abend und er war sich das erste Mal nicht mehr sicher, ob er es bis dahin zurück nach Stockholm schaffen würde, wo seine Familie auf ihn wartete.

Als sie die Jurte erreichten, sprang Heimanen vom Schlitten, band die Rentiere an und ging in das Zelt. Es dauerte nicht lange, da kam er mit einem wild aussehenden, groß gewachsenen Mann wieder heraus. Ein Bär von einem Kerl, der in jeder schwedischen Saga den „Thor" hätte spielen können.

„So, Torre! Das ist der Großstädter, der sich für dein Holz interessiert!" Guslarrson spürte, wie er kritisch von oben bis unten gemustert wurde.

Torre sagte irgendetwas in einer Sprache, die Guslarrson nicht verstand. Beide lachten laut und herzlich. Trotz oder gerade wegen seiner Verkleidung machte er offenbar eine komische Figur.

„War nicht schlimm!", sagte Heimanen. „Er sagte, sie hätten genau die richtige Größe und das Gewicht, um als weihnachtliche Opfergabe auf dem Wikingergrill zu landen. Spareribs für hungrige Lappen."

„Da werden die aber nicht satt werden! Unter dem ganzen Fell ist nicht viel, was sie mir von den Knochen nagen können!“ Guslarrson merkte an der Reaktion von Torre, dass seine Antwort gut angekommen war, denn der riesige Finne schien amüsiert und sprach den Stockholmer jetzt auf Schwedisch an.

„Heimanen hat mir von ihrem Anliegen berichtet. Ich nenne es ‚Mondholz‘. Ich schlage die Bäume dann, wenn der Mond die größte Anziehungskraft auf die Erde hat. Dann zieht er das Wasser aus den Adern der Bäume. Wenn ich sie dann fälle, sind sie bei der Kälte so trocken, dass sie wesentlich härter sind als sonst.“ Guslarsson war begeistert. Er war sich sicher, dass er genau den richtigen Riecher gehabt hatte.

„Wir sollten aber jetzt besser im Zelt verschwinden, es zieht ein Schneesturm auf!“ Torre schwang einen großen Felllappen zur Seite. Drinnen prasselte ein Feuer, an einem Gestänge hing ein großer Topf, aus dem es dampfte. Hoffentlich nicht wieder gekochtes Rentierfleisch, dachte Guslarrson. Seine Hoffnung wurde enttäuscht.

Mit einem leichten Ekel und einem gekünstelten Lächeln aß Guslarrson die nicht gerade kleine Portion, die ihm Torre in einem Holznapf vorgesetzt hatte. Das muss jetzt rein, dachte Guslarrson, sonst kann ich das Geschäft vergessen. Der Schnaps, den es dazu gab, war allerdings wesentlich besser, als der, den er bei Heimanen getrunken hatte. Wie sich herausstellte war Torre hier illegal unterwegs, denn er brannte ihn nach einem alten finnischen Rezept selber.

Der Schneesturm wurde immer heftiger. Er riss so sehr an den Zeltbahnen, dass Guslarrson befürchtete, bald im Freien zu sitzen. Aber ein echter, finnischer Lappe wusste, wie man eine Jurte sicher aufstellte.

Die Aussicht, am Heiligen Abend in der Villa in Stockholm zu sitzen, wich immer mehr der Gewissheit, dass der Sturm den Plan durchkreuzen würde. Zwei Tage und zwei Nächte saßen Torre, Heimanen und Guslarrson im Zelt fest. Keine Chance, dem Wetter zu entrinnen. Es hatte auch sein Gutes. Denn nach viel Schnaps, viel Rentierfleisch und vielen Gesprächen, waren sich die drei einig, dass Torre das Holz schlagen, Heimanen es über den Bahnhof in Storuman liefern und Guslarrson es an seine Kunden rund um Stockholm zu einem guten

Preis verkaufen konnte. Darauf tranken sie wieder, und langsam gewöhnte sich auch der Magen von Guslarrson an die verschiedenen Varianten der Zubereitung von Rentierfleisch. Zumindest blieb der Brechreiz aus.

Am Heiligen Abend hörte der Schneesturm genauso plötzlich auf, wie er gekommen war. Als sie gegen Mittag das Zelt aufschlugen, strahlte ihnen die Sonne ins Gesicht.

„Verdammt! Der Schnee türmt sich ja meterhoch!“ Guslarrson war sichtlich irritiert über die Massen, die heruntergekommen waren. Das war’s. Er würde Weihnachten in Lappland mit zwei komischen, liebenswürdigen und trinkfesten Männern feiern. So hatte er sich die Feiertage nicht vorgestellt. Egal, dachte er, dann ist es eben ein anderes Weihnachtsfest ohne Weihnachtsbaum.

„Meine Frau und meine Kinder warten zu Hause auf mich. Ich hatte noch nicht mal Zeit, Geschenke zu kaufen. Zumindest wissen sie ja ungefähr, wo ich bin. Sie werden mich vermissen! Aber wenn ich zurückkomme, dann habe ich eine tolle Geschichte zu erzählen... Am meisten fehlt mir der geschmückte Baum.“

Torre brach als erster das Schweigen. „Ich halte ja nicht so viel von euren bürgerlichen Traditionen, aber das mit dem Weihnachtsbaum, das werden wir sicher auch hier hinkriegen. Wenn dir so viel daran liegt!“ Die nächsten zwei Stunden waren Torre und Heimanen damit beschäftigt, eine kleinere Tanne in der Nähe der Jurte mit allem zu behängen, was sie im Zelt entbehren konnten.

Als es dunkel wurde, war es geschafft. An der Tanne hingen jetzt Näpfe und ein paar Fellstreifen, mit denen Torre sonst seine Schneeschuhe band. Drei Messer blinkten im Schein der Kerzen, die sie zwischen die Äste geklemmt und angezündet hatten. Auf der Spitze thronte ein Rentiergeweih von ungeheurem Ausmaß.

Guslarrson hatte unter einigen Tannen noch große Zapfen gefunden, die er mit Fäden aus Jutesäcken aufgehängt hatte. Es war ein perfekter Tannenbaum. Torre hatte neben dem Baum noch einen Holzhaufen errichtet. Als er den letzten Scheit anlegte, grinste er Guslarrson an. „Na, schon dein letztes Gebet gesprochen, bevor wir dich grillen?“

Als es auf Mitternacht zuging, standen alle am Baum, wärmten sich an dem lodernden Feuer, das Funken in den Himmel schickte und tranken wieder diesen herrlichen Schnaps, der nicht im Hals brannte. Es breitete sich eine wohlige Wärme in seinem Magen aus. Guslarrson wurde sentimental und wünschte sich, dass die Funken bis nach Stockholm fliegen würden, als Weihnachtsbotschaft an seine Lieben.

Er trank heute mehr von Torres Selbstgebranntem als an den Abenden zuvor, um seine sentimentalen Gedanken zu betäuben. „Alter Schwede! Für einen Großstädter hast du ja schnell gelernt, dass Zeug zu kippen, das muss ich dir lassen!“ Torre war von der Standfestigkeit seines neuen Geschäftspartners sichtlich begeistert.

Guslarsson und Heimanen sahen in die Flammen. Ab und zu drehten sie dem Feuer den Rücken zu, um sich auch dort zu wärmen. Nach der dritten Flasche Schnaps überkam es Guslarrson. Was sich zuerst nach einem Wimmern anhörte, wurde langsam klarer. Guslarrson sang „Stille Nacht, Heilige Nacht!“. Auch wenn die beiden Lappen mit dem christlichen Liedgut nicht viel anfangen konnten, sie kannten den Text und die Melodie natürlich auch und sangen mit. Nachdem die letzten Töne verklungen waren, stießen sie noch einmal an. Im Dusel kam Guslarrson noch eine Idee.

„Sag’ mal, Torre, ich weiß, dass nur du dieses alte Familienrezept für den Schnaps kennst. Könnte man neben den Bäumen nicht auch den Schnaps verkaufen?“

„Alter Schwede, du gibst ja richtig Gas bei Deinen Geschäften. Ich kann ja mal ein paar Flaschen zur Probe brennen. Wenn die Südschweden das mögen, könnte ich mir das überlegen!“ Dann guckten alle drei wieder in das prasselnde Feuer.

Ein Jahr später lief der Handel mit den Bäumen auf Hochtouren. Heimanen hatte seine Gemeinde überzeugt, den Bahnhof und die Straßen für den Handel mit Mondholz zu vergrößern. Torre hatte einige Männer aus seiner großen Familie zum Holzschlagen nach Storuman geholt. Guslarsson besuchte seine neuen Freunde und Geschäftspartner jetzt regelmäßig.

Und noch eines hatte Weihnachten am Polarkreis mit sich gebracht. Der weiche Schnaps, nach dem Geheimrezept von Torre, der nicht im

Hals brannte und im Magen diese schöne Wärme verbreitete, war jetzt überall im Land zu bekommen. Der Name erinnerte die drei Männer an die unvergesslichen Nächte im großen Schneesturm rund um den Heiligen Abend: „Alter Schwede“, war das schön!

10. Dezember

Olle Swede

„Mann, is dat kalt hier!“ Dat was kört för Wiehnachten, as Holger Guslarrson an de lütte Bahnhoff van Storuman in de schwedische Region Lappland ut de Bahn steeg. He wüss, dat he mit disse Temperaturen so nich rekend harr.

Dat was de Winter van dat Jahr 1938. Storuman was bi de Skifahrers un Wintertouristen noch nich so bekannt as in de latere Jahre. Dat Dörp harr en lütte Kark, en noch lütter Rathuus un en School, in de all Kinner van een Mester unnerricht warden. Dat een of anner Huus in Swedenrot was in de Schneelandskupp an´t Lüchten. De Lappen in disse Region harrn sük bi de Städter een Naam makt. Se verköffden Felle, dat Fleisk van Rendeeren, Stockfisk un her Kultur.

„War kann ick Rainar Mäkinen finnen?“ Holger Guslarrson froog de ersde Lappe, de hum över de Foten lopen dee. De Blick was so, as harr he noh dat Huus van de Wiehnachtsmann fraagt. Guslarrson trappelte van een Foot op de anner. Se wassen all bold froren, so as een van de Stockfiske, de up de Lienen för de Husen in´t Dörp hungen. He harr dat Geföhl, dat dat bold twee Minüten düürde, bit he en Antwort kreeg.

„Willen se to de olle Finne? Rainar Mäkinen is en beten wat besünners. He wohnt alleen in de Wald un hold nich vööl van de Minsken ut de Stadt. He hett kien goode Erfahrungen makt. De feinen Pinkels hebbt hum all dat een of anner Mal achter de Fichte föhrt.“

Dat grummelte in de Maag van Guslarrson bi de Gedanken, dat he villicht allennig up de schräge Mann drepen kunn. „Wat kann ick denn maken? Se hebben nich tofällig Tied mie de Weg to wiesen? Ick bün Holger Guslarrson, Reisunkel ut Stockholm. Ick söök Mäkinen, wiel wi hört hebben, dat he en besünner Art hett, Bomen umtohauen. Mondholt sall dat heten!"

Dat düürde wedder en Ewigkeit, bit de dick inmummelte Kerl antworden dee. „Ick bün Ole Haimanen, de Börgmester. Ick denk, dat is beter, wenner se Mikänen nich allenig över de Weg lopen. Mann, wie plünnen se erst Mal so an, dat se nich verfresen. Anners fallt se noch de Nöös of."

Guslarrson was blied, dat tominnst tüsken hum un Haimanen dat Iis to smelten anfung un Heimanen was blied to helpen, ok wiel he daaran interesseert was, Storuman bekannder to maken. Blot mit Land-, Fisk-, un Forstwirtskupp kunn ut de Ort nix warden.

„Kamen se man rin in mien lütte Hütte!" Haimanen hörde en van de Husen rund um de Kark. För een ut Stockholm was dat leep lütt. Daar stunnen bold kien Möbels binnen. Dat rook na de lodernde Kaminovend, heete Koffje un Kersen ut Immenwachs. Se stunnen överall up de Tafel un in de Fensters. Beid gungen an de stabile Tafel to sitten. De Felle up de Stohlen wassen warm un ok sien Gesicht kreeg wedder Farv van de Hette ut de Ovend. Na de ersde, stumme Koffje, traude sük Guslarrson wedder wat to fragen.

„Wat is an Herrn Mäkinen denn so besünners un arig?"

„Also, wenner se hum mit ‚Herr' kamen, is dat all de ersde Fehler. Rainar will nich anners as ‚Torre' nöömt warden. Torre is finnisch un meent een starken Kerl, de in de Walden levet. Torre kummt ut en olle, finnische Familie. De Lappen hollen nix van Grenzen. Se sünd all siet de Tieden van Thor un Donar hier free ünnerwegens. Torre makt dat nu noch so. He zünd noch groode Scheiterhopen an to de Sünnwende. Üm de Tied van Midsomar levet he en paar Weken in ‚siene' Walden, as he dat seggt. Wi hebben jümmers wedder Stress mit hum, wiel he ok de Deeren van de König dodschütt. Wat willen se denn van hum?"

„Mien Firma in Stockholm arbeid mit Unnernehmers tosamen, de

Möbels maken. Dat harde Holt is leep düür upstünds. Daar is uns de Geschichte van Herrn Mäkinen, nee, Torre, to Ohren kamen. He sall Fichten un Tannen to een besünner Tied umhauen un dat Holt sall bannig hard wesen. Dor sünd wi gewaltig an interesseert!“

Heimanen överleggde kört. „Dat stimmt, he haut de Bomen jümmers bi Vollmond. Mien Vöörschlag is, dat se disse Nacht blieven un wie uns mörgen tiedig up de Weg maken!“ De Avend wurr bannig lustig, wat nich an dat Rendeerfleisk leeg. Dat schmöck as utkokte Socken. De Schnaps möök dat wedder klar un beide kunnen deep un fast slapen. An de anner Mörgen ward de Gast ut Stockholm van Börgmester Heimanen utstaffeert. Fell, Fell un noch mal Fell. Guslarrson föhlde sük dat ersde Mal, as wenner he in de Welt van de Lappen indukken kunn. Noh en Fröhstück ut drööged Rendeerfleisk, dat nich vööl beter schmeckde as de kokte Variante van güstern, harr he sük bold övergeven, man he kunn dat jüst noch slucken. Heimanen spannde twee Rendeeren vöör sien holten Slee, smeet de Proviant daarup un los gung dat. Dat was noch dunkel, de Mond scheen up de Schnee. Heimanen stürde dat Gespann licht un geschickt dör de Walden.

Se wassen all en paar Stünnen ünnerwegens sünner dat se ok blot een anner Minsk to Gesicht kreegen hebbt. Nüms harr wat seggt. Tegen Middag kwammen se ut en Waldstück rut, as an de Horizont Rook in de Himmel steeg.

„Dat daar achten, dat mutt Torre wesen. Wenner wi daar sünd, laten se mi man toerst mit hum proten. Dann kann ick hum all mal up se vörbereiden.“ Heimanen leet de Tögel noch mal knallen un den Deeren leepen fix los. So was dat doch en feinet Wiehnachtsfest, doch Guslarrson, as dat to schneien anfung. Dat wassen blot noch en paar Dage bit to de Hillige Avend un he was sük dat ersde Mal nich mehr seker, dat he ditmal bi sien Familie unner de Boom sitten kunn, waar se all up hum wachten deen. Se kwammen bi de Jurte van Torre an un Heimanen jumpde van de Slee runner, möök de Rendeeren fast un gung in dat Telt. Dat düürde nich lang as he mit een wilden un grood wassen Mann wedder rutkwamm. En Bär van en Keerl, de ok in en schwedische Saga de „Thor“ harr spölen kunnt.

„So, Torre! Dat is de Keerl ut de Stadt, de dien Holt kopen will!“ Guslarrson spörde, dat he van boven bit unnern genau mustert warde.

Torre see wat in en Spraake, de Guslarrson nich verstunn. Beid fungen luut to lachen an. He möök seker en komische Figur mit sien Verkleiden.

„Was nix dullet!“, see Heimanen. „He hett blot seggt, dat se de richtige Grötte un dat Gewicht hebben, um as Opfergaav up en Wikinigergrill to lannen. Sparerips för smachtig Finnen!“

„Van mi ward avers kieneen satt. Unner dat heele Fell is bald nix, an dat en knabbern kann. Blot Pelle un Bunken.“ De Antwort van Guslarrson kwam bi Torre good an. De groode Finne was amüseert un prootde de Stockholmer nu up Swedisch an. „Heimanen hett mi vertellt, worüm du herkamen büst. Ick sla de Bomen bi Vullmond över Kopp. Dann treckt de Mond de Eer an'n meisten an. Dat treckt dann ok dat Water ut de Aders. Wenner de Bomen dann unnern sünd, sünd se bi dit Weer so dröög, dat se harder sünd as to anner Tieden.“

Guslarrson was leep upgeregt, dat he genau de richtige Riecher hatt harr. „Dat was nu beter, wenner wi in't Telt verswinnen. Dor kummt en Störm up!“ Torre smeet de Felllappen an de Siete. Binnen prasselde en Füür. En grooten Pott hung an en Stange un was an't Dampen. Blot nich wedder kookt Rendeerfleisk, doch Guslarrson. Man dat kwamm as dat nich anners kunn.

He gniffelte un mit en Grusen slung Guslarrson de nich lütte Portion van Torre runner. Dat mutt ick eten, doch Guslarrson, anners kann ick dat Geschäft mit Torre vergeten. De Schnaps was avers vööl beter as de, de he bi Heimanen drunken harr. Nich blot bi dat Scheeten van de Deeren, ok bi dat Brannen van de Schnaps was Torre illegal ünnerwegens. He brannde dat „Rachengold“ na en ollet Rezept ut Finnland. De Schneestörm truck jümmers duller an de Teltbahnen. Eenmal warden se seker unner bloten Himmel sitten. Man so en Lappe wüss, war man en echte Jurte sekern muss.

De Utsichten an de Hillige Avend tosamen mit sien Familie in de Villa in Stockholm to sitten, warden jümmers minner. Twee Daage un Nachten bruusde de Störm. Na vööl Schnaps un Rendeerfleisk un en Bült Protereei wassen se sick enig. Torre warde dat Holt over Kopp hauen, Heimanen dat over de Bahnhof in Storuman an Guslarrson levern, de dat dann an sien Kunnen verkopen warde. Daarna gaff dat noch en ut de Buddel. Un mit de Tied was dat okay för de Maag van Guslarrson ok dat Fleisk to eten. He was nich mehr an't Spucken.

An de Hillige Avend hörde de Störm so drock up as he anfungen harr. As se tegen Middag de Planen an de Siete swungen, scheen de Sünn in dat Gesicht van de dree Mannlüü.

„Düwel un kieneen! De Schnee stapelt sük ja en paar Meter hoog!" Guslarrson was baff över de Massen de daar runnerkamen wassen. Vörbi! Wiehnachten warde he nu mit twee wildfremde Kerls fieren, de ok noch en Buddel Schnaps up ex drinken kunnen. So harr he sük dat nich vörstellt. Egaal, dann is dat even mal en Wiehnachten sünner Boom, doch he.

„Mien Froo un miene Kinner wachten to Huus up mi. Ick harr noch nich mal de Tied, Geschenke to kopen. Tominst weten se ungefähr, war ick bün. Se warden mi vermissen. Avers wenner ick torügg bün, dann kann ick wat vertellen... An'n meisten fehlt mi de Wiehnachtsboom!"

Torre was de ersde, de anfung to proten. „Ick bün ja kien Fründ van disse Traditionen. Man, dat mit de Boom kriegen wi hier ok hen. Wenner di daar so vööl an liggt!" Twee Stünnen wassen Torre, Heimanen un he togang en lütte Boom dicht bi dat Telt mit all vulltohangen, wat se in de Fingers kreegen. As dat dunkel was, harrn se dat schafft. An de Tanne hungen nu holten Schöttels, en paar Fellstriepen, mit de Torre anners sien Footwark tobunn. Dree Mesten glummen in de Schien van de Kersen, de se an de Boom klemmt un anstoken harrn. Up de Spitz van de Boom was dat Geweih van en groodet Rendeer. Guslarrson harr noch en paar Tappen funnen. Dat was en perfekte Wiehnachtsboom. Torre harr tegen de Boom en groode Bült Holt upstapelt. As he dat lesde Stück anleggen dee, griende he Guslarrson an. „Na, hest du all dien Gebet in de Himmel schickt, bevör wi di grillen?"

As dat up Middernacht togung, stunnen se um de Boom un höllen her Hannen in Richtung Füür. De Funken flogen in de Nacht un se drünken de leckere Schnaps, de nich in de Kehl brannde. Daar was blot disse wohlige Warmte, de sük in de Maag verdeelde. Guslarrson was nu leep sentimental. He wiskede sük, dat de Funken bit na Stockholm fleegen, as Botschaft to Wiehnachten an sien Leeven Tohuus.

He drünk noch mehr van de sülvs brannde Schnaps van Torre. „Olle Swede! För en Keerl ut de Stadt hest Du fix lehrt dat runner to kippen!“ Torre imponeerde dat sien neie Geschäftspartner noch up beide Benen stunn. Guslarrson un Heimanen keken in de Flammen. Af un an dreihten se her Rügg to dat Füür hen, um sük warm to hollen. Na de darde Buddel Schnaps was dat sowiet. Wat sük toerst na en Wimmern anhörde, warde jümmers klarer. Guslarrson süng „Stille Nacht! Hillige Nacht!“

Ok wenner Torre nix mit disse christliche Lieder anfangen kunn, kennde he de Text un all dree sungen tosamen. Nadeem dat Lied an’t End was, drunken se noch mal up dat Fest. In disse Dusel harr Guslarrson dann noch en Idee.

„Segg mal, Torre! Ick weet, dat blot du dat Rezept van disse Schnaps kennst. Kunn een nich, neben de Bomen, ok de Brand verkopen?“

„Olle Swede! Du trappelst joh bannig up dat Gaspedal bi dien Geschäfte. Ick kann joh mal en paar Buddels brannen. Wenner de Südsweden dat gefallt, kunn ick mi dat överleggen!“ Se keken sük an un dann wedder in dat prasselne Füür.

En Jahr later leep de Hannel mit de Bomen up Hochtouren. Heimanen harr sien Gemeende klar makt, dat de Bahnhoff un de Straten för de Verkoop van dat Holt grötter warden mussen. Torre harr en paar Mannlüü ut sien Familie daartohalt. Guslarrson was nu faken in Storuman.

Un noch een harr Wiehnachten an de Polarkries mit sük bracht. De weke Schnaps ut dat Geheimrezept van Torre was as en Bombe inslahn un överall in Sweden to kriegen. De Naam erinnerde de dree Kerls an de unvergeten Nachten in de groode Schneestörm an de Hillige Avend: „Olle Swede“, was dat mooi!

11. Dezember

Weihnachten im Watt

„Ich glaube, wir müssen den Heiligen Abend hier auf der Sandbank verbringen!“, sagte Bertus Bakkermann, der Wattführer von Borkum. Da standen sie, zehn Urlauber aus dem Ruhrpott und ein Eingeborener, Nachfahre von Seeräubern und Strandplünderern auf einer einsamen Sandbank vor der ostfriesischen Hochseeinsel.

Ein paar Stunden vorher. Die Pöttler wollten unbedingt vor der Bescherung noch einmal frische Luft schnappen. In dicken Gummistiefeln, die Hälse gerade noch so aus den klimatisierten „Woolwarm“-Jacken ragend. Mit Handschuhen von „John Sheepskin“, Jeanshosen von „Wrong Religion“ und Mützen von „The South Face“. Stylisch voll in Must Haves gekleidet und mit dem „Basiswissen Meer“ von Dr. Google ausgestattet. So blöd kann das laufen, wenn Nordrhein-Vandalen, wie die Urlauber südlich der Linie Münster-Paderborn an der Küste genannt wurden, sich auf den Weg machten, um an ihrer geliebten Nordsee Abenteuerurlaub zu machen. Erfrieren konnten sie sicher nicht, vielleicht ertrinken.

Handies hatten sie zwar dabei, nur Empfang gab es keinen. Eigentlich wollten sie ganz ohne los, so als Herausforderung für die harten Jungs aus Gelsenkirchen. Eine echte Challenge. Die Männer vom Golfclub „Flacher Abschlag" hatten gerade deshalb ihre Frauen an Land gelassen.

Die prosteten sich sicher gerade mit einem Aperol-Spritz oder „Schlumpfberger Prossetscho" zu, gerne gaben die Damen mit abgespreiztem Finger am Glas und Botox-Lächeln ihr Italienisch zum Besten. Sie hatten ihre Gatten für bekloppt erklärt, als die nach der kräftigen Sause im Strandhotel noch einmal frische Luft schnappen wollten.

„Schwimmt nicht so weit raus!", war das letzte, was sie ihren angeschickerten Schalke-Fans noch nachgerufen hatten, bevor die über den Strand in Richtung Festland aufgebrochen waren.

Während die Jungs sich gegenseitig auf die Schulter klopften und sich zu ihrem Mut beglückwünschten, unterhielten sich die Damen über „Robert" und „Carmen", die Mode von Harald Glööckler und ihr eingestaubtes Liebesleben. Thema gerade war, ob das Fett aus dem Po für eine Unterspritzung der Lippen taugen würde oder besser doch das vom schlenkernden Unterarm. Quasi zwei Fliegen mit einer Klappe schlagen und so. Ihre Männer hatten sie noch nicht auf der Verlustrechnung.

„Hömma, Kalle, ich hab' noch gesagt, dat du auf den Tidenkalender in der Kurverwaltung gucken solls. Aber nee, der Herr Autohausbesitzer weiß ja allet besser, nur weil er mit sein Navi, Marke ‚Supergeil', durch den Pott findet. Jetzt hamwe den Mist. Hasse 'ne Idee, wie wir wieder nache Insel kommen?"

„Ne, Herbert, ich hab' mich drauf verlassen, dat der Herr Oberstudienrat mit seinem Allwissen als Geographielehrer nich' nur inne Theorie 'ne große Klappe hat!"

„Jungs, hört auf zu streiten, wir müssen jetzt irgendwie 'ne Lösung finden, sonst können wir uns schon mal drauf einstellen, dat wir hier Gruppenkuscheln machen müssen, damit uns der Arsch nich' abfrieren tut." Bernhard war derjenige, der immer versuchte, die Truppe zusammen zu halten.

„Samma, kann man Wattwürmer eigentlich essen?“, wollte Manfred wissen. Der Schlachtermeister aus Recklinghausen war vor zwei Jahren zu den Golfern gestoßen und kannte sich mit Maurermarmelade, Mettigeln und Mortadellawürsten bestens aus. Als Verpflegungsmeister für die 18-Lochanlage am Rande von Gelsenkirchen hatte er sich in die Herzen und Mägen der alten Truppe kulinarisiert.

„Hier, guck ma, ich habe gerade meine alte App mit'n leuchtenden Tannenbaum gefunden!“, sagte Kalle.

„Wenn ich die jetzt anmache und ihr dann noch Weihnachtslieder von eurer X-mas-Playlist vom Handy abspielt, hammwe sogar 'ne fette Christmasstimmung. Weihnachten auffe Sandbank hatte ich noch nie, irgendwie auch wat geil!“

Die Männer hatten sich schon mit der Situation abgefunden und überlegten noch, ob sie vielleicht in Richtung der Lichter auf der Insel losmarschieren sollten, als sie ein tuckerndes Motorengeräusch hörten. Das kam aus Richtung Südende der Insel. So genau konnten sie das unter den dicken Mützen nicht hören.

„Ist dat die letzte Fähre von'n Festland?“, wollte Jochen wissen.

„Fähre? Genau, die knattert hier auch mit 'nem Zweitakter aussem alten Trabbi lang, oder wat!“ Kalle war jetzt doch etwas genervt. „Lass uns lieber mal 'ne Runde zusammen brüllen, vielleicht hört der uns ja!“

„Is'n bisschen wie beie Schlusszene von den Film „Titanic“, als die Beiboote nach Überlebende suchen. Hat einer von euch 'ne Trillerpfeife dabei?“, fragte Jochen!

„Na, klar, du! Du bist doch Schiedsrichter inne Kreisklasse, die musst du doch immer am Mann haben. Vielleicht leuchten die rote und die gelbe Karte ja auch im Dunklen, wenn man sie anstrahlt. Mann, wat seid ihr bloß für Kapeiken!“

Kalle fing an zu rufen, alle hielten ihre Handies in die Luft und winkten mit der Flashlight-App in Richtung Motorgeräusch.

„Hilfe, hier sind wir! Hallo, Seemann, komm uns retten! Bisse nich beie DGzRS? Hallo, hierher!“ Das wilde Gestikulieren zeigte Erfolg. Aus dem leichten Nebel und der Dunkelheit näherten sich langsam ein weißes, ein rotes und ein grünes Licht in Richtung Sandbank.

Dann konnten sie ihren Augen kaum trauen. In dem kleinen Holzboot saß ein großgewachsener Mann mit Pudelmütze, blauer Seemannsjacke und gelben Gummistiefeln. Vorne im Boot lag ein riesiger, gut gewachsener Weihnachtsbaum. Bertus Bakkermann steuerte seinen Kahn auf die Sandbank und stieg aus.

„Na, Jungs, doof gelaufen, wa?“

Mehr sagte er nicht. Die Stille und der Tannenbaum im Boot sorgten irgendwie für eine skurrile Stimmung auf dem Flecken Land, der immer noch aus dem Wasser ragte.

„Da habt ihr euch ja zum Glück die richtige Stelle für eure Glühweinparty ausgesucht! Ist die einzige, die bei Flut nicht komplett überspült wird. Ihr wisst schon, dass ihr trotzdem ein Problem habt, oder?“, lächelte der Inselbewohner die verwirrte Männertruppe süffisant an. Denen ging gerade der Mors auf Grundeis. Die große Klappe war von jetzt auf gleich einer betroffenen Bescheidenheit gewichen.

„Ich glaube, dann müssen wir den Heiligen Abend wohl hier auf der Sandbank verbringen!“ Bertus Bakkermann genoss die Situation. Er liebte es, wenn er die großmäuligen Landratten am Nasenring über die Insel führen konnte.

„So, wer holt den Tannenbaum aus dem Boot?“

„Wie jetzt?“, fragte Manfred. „Meinsse das jetzt ernst, oder wat! Is dat die einzige Lösung, die du uns anbieten kanns?“

Bertus hörte sich das an, drehte sich um, stieg wieder ins Boot, warf den Außenborder an, winkte noch kurz und rief: „Na denn! Frohes Fest!“

„Hömma, so war dat doch gar nich gemeint, nich abhauen, komm zurück!“ riefen die Jungs fast gleichzeitig.

Der Motor des Bootes röchelte kurz bis Bertus ihn komplett ausstellte und sich wieder an Land treiben ließ. „Ich habe schon gedacht, ihr wollt mit Eurer dicken Lippe nicht nur eine stille, sondern auch eine lange Nacht riskieren. Also, ich habe Zeit. Wir können uns ja erst mal einen Schluck aus der Pulle genehmigen. Unter dem Baum steht noch ’ne Kiste Rum im Boot! Ist nur ein Angebot. Oder habt ihr sonst noch was vor?“

Vier der Männer stapften etwas unmotiviert an das Boot und hievten das Schmuckstück von einem Baum etwas unbeholfen an Land.

Dann stellten sie ihn gemeinsam auf. Weihnachten auf der Sandbank. Die Panik der Ruhrpöttler wich langsam einer rührseligen Stimmung. So pur, so still, so stimmungsvoll hatten sie das Fest seit langem nicht mehr erlebt. Kein Stress mit den Kindern, kein krampfhaftes Essen, keine nervigen Schwiegereltern oder Freunde, die nur auf die Sahne hauten.

So standen die elf Männer auf der Sandbank, tranken Rum aus Flaschen, sangen gemeinsam „Stille Nacht“ und „Oh, Du Fröhliche“! Vielleicht war es ja sogar bis zum Festland zu hören.

„Wo willsse denn mit den Baum hin?“, wollte Kalle dann doch noch wissen.

„Den habe ich mir auf der Schonung dahinten geschlagen. Eigenbedarf für Insulaner mit Seeräubervergangenheit. In diesem Jahr ist leider kein Containerschiff mit Tannenbäumen aus England gestrandet. Da muss man sich anders helfen.“ Bertus griente über das ganze Gesicht und strich sich dabei durch den Bart.

„So, Jungs! Jetzt mal Butter bei die Fische. Also, den Baum graben wir noch etwas ein, dann alle Mann ins Boot und hoffen, dass die Wellen nicht über die Bordwand schwappen. Müsste gehen! Also, macht Euch schlank, Männer!“

Als sich alle in die nicht vorhandenen Ecken des Bootes verteilt hatten, zog Bertus einmal kräftig an der Schnur des Motors und das Boot setzte sich langsam in Richtung Insel in Bewegung. Mit „Das kann doch einen Seemann nicht erschüttern“ als musikalischer Untermalung lief das kleine Boot mit voller Besatzung nach einer halben Stunde in den kleinen Jachthafen von Borkum ein.

„Hömma, willsse noch kurz mit, auf den Schrecken einen trinken?“, fragte Manfred.

Weil Bertus zwar ohne Baum, aber dafür mit einer guten Tat im Weihnachtsgepäck nach Hause kommen würde und sich dafür von seiner Frau sicher was anhören müsste, machte er den Schlenker in die Haifischbar noch mit. Mit einer typisch Borkumer „Fasanenbrause“, einer

Mischung aus Sanddorn und Grappa, ließen sie sich die ganze Geschichte noch mal hochprozentig durch den Kopf gehen.

„Na, denn, haut wech Jungs! Up Wiehnachten in´t Watt!“

11. Dezember

Wiehnachten in’t Watt

„Ick glööv, wi mutten de Hillige Avend wall hier up de Sandbank verbrengen!“, see Bertus Bakkermann, de Wattföhrer van Borkum. Daar stunnen se, teihn Urlauber ut de Ruhrkuntrei un en Ingeborene, Nafahr van Piraten, Liekedelers un Strandrovers up en eensaam Sandbank vör dat ostfreeske Hochseeeiland.

En paar Stünnen vördem. De Pöttler wullen partout vör dat Bescheren noch mal friske Luft snappen. In dicke Gummistevels, de Halsen jüst noch so even ut de klimatiseerde „Woolwarm“-Joppen kiekend. Mit Handsken van „John Sheepskin“, Jeansbüxen van „Wrong Religion“ un Müssen van „The South Face“. Stylisch vull in Must Haves inkledd, man mit dat “Basisweten Meer“ van Dr. Google utrüst. So dösig kann dat lopen, wenner Nordrhein-Vandalen, as de Urlauber südelk van de Lienje Münster-Paderborn nöömt warden, sük up de Weg mooken, um an her leevsde Noordsee Abenteuerurlaub to maken. Verfresen kunnen se seker nich, blot vertrinken.

Handies harrn se daarbi, man kien Empfang. Se wullen all sünner de Dinger los, so as Herutfördern för de harden Jungs ut Gelsenkirchen. En echte Challenge. De Mannlüü van de Golfclub „Flacher Abschlag“ harrn her Froen in’t Hotel laten.

De nuckelden seker jüst an en Aperol-Spritz of „Schlumpfberger Prossetscho“, as de Damen mit afspreiztde Finger an’t Glas un Botox-Lachen her Italienisch to’n Besten gaffen. Se harrn her Kerls för bekloppt verklaart, as de na de düchtig Sause in't Strandhotel noch enmal friske Luft snappen wullen.

„Swemmt nich so wiet rut!“, was dat lesde wat se her anschickerde Schalke-Fans achterarepen, bevör de sük in Richten Fastland upmakt harrn.

De Jungs kloppden sük tegensiedig up de Schuller un graleerden sük to her Kuraag. De Froon unnerhollen sük in disse Tied över „Robert“ un „Carmen“, de Mode van Harald Glööckler un her afstummt Sexleven. Thema: kann man dat Fett ut de Po ok daarto verwennen, de Lippen wedder uptospritzen of daarför doch beter dat ut de wabbelnde Unnerarms nehmen? Quasi twee Fleegen mit en Klapp slahn? Her Kerls harrn se bit nu noch nich vermisst.

„Hömma, Kalle, Ick hebb noch seggt, dat du up de Tidenkalenner van de Kurverwalten kieken sallst. Avers nee, de Herr Autohuuschef weet dat ja all beter, blot wiel he mit sien Navi, Marke “Supergeil“, dör de Pott findt. Nu hebbt wi de Mist. Hest du en Idee, waar wi wedder na de Insel torügg kamen?“

„Ne, Herbert! Ick hebb mi d'rup verlaaten, dat de Herr Oberstudienrat mit sien Allweten as Mester för Eerkunn nich blot in de Theorie en groote Klapp hett!“

„Jungs, hört up to strieden, wi mutten nu en Lösen finnen, anners köhnt wi uns all mal d'rup instellen, dat wi Gruppenkuscheln maken mutten, daarmit sük hier nüms de Mors affreesen deiht!“

„Samma, kann een Wattwurms egentlik eten?“, wull Manfred weten. De Slachtermeester ut Recklinghusen was för twee Jahre to de Golfer stött un kennde sük prima mit Maurermarmelade, Mettigels und Mortadellawursten ut. He was de Kerl för de Versörgen van de Truppe up de Anlaag mit 18 Locken an de Rand van Gelsenkirchen un harr sük so in de Harten un Magen van sien Kumpels „kulinariseert“.

„Hier, kiek mal! Ick hebb hier noch en App mit en lüchtende Dannboom funnen!“, see Kalle.

„Wenner ick noch mien olle Deezer-Liste mit de Wiehnachtsleden afspööl, hebbt wi en düll Christmasluun. Wiehnachten up en Sandbank harr ick noch nie, is eets ok wat geil!“

De Mannlüü harrn sük all mit her Situation affunnen un dochen na, of se villicht in Richten van de Lüchters up dat Eiland losmarscheeren sullen, as se dat tuckernde Gedrüüs van en Motor hörden. Dat kwamm ut de Richten Südend van Borkum. Leep genau kunnen se dat unner her dicke Müssen nich hören.

„Is dat villicht de lesde Fähr van't Fastland?“, wull Jochen weten.

„Fähr? Genau, de knattert hier ok mit en Tweetakter ut en ollen Trabbi lang, of wat!“ Kalle gung de Situation en beten an de Nerven. „Laat uns lever mal en Runn bölken, villicht hören de uns ja!“

„Is en beten as an dat End van de Film ‚Titanic‘, as de Biboten na Överlevende söchden. Hett en van jo en Trillerpiep daarbi?“, froog Jochen.

„Ja, klar, Du! Du büst doch Schiedsmann in de Kreisklass, de musst du doch jümmers bi die hebben. Villicht luchten dien geele un rode Karte ja ok in'n Dunkeln, wenner wi se anstrahlt. Mann, wat sünd ji blot för Kapeiken!“

Kalle fung an to ropen, all hollen her Handies in de Luft un wunken mit de Flashlight-App in Richten van't Knattern.

„Hülpe! Hier sünd wi! Hallo, Seemann, kumm uns redden! Büst doch seker bi de DGzRS! Hallo, hier up an!“ De Schandaal harr würrelk en Wirken. Ut de lichte Nevel un de Düüsternis schillde sük langsaam en wittet, en rodet un en grönet Lücht up de Strandjungs to.

Se kunnen bold nich glööven, man in dat lütte, holten Boot satt en stämmige, groot wassen Kerl mit Pudelmüss, blaue Seemannsjopp un geele Gummistevels. Vörn in't Boot lagg en riesige, good wassen Wiehnachtsboom. Bertus Bakkermann stüürde sien Kahn up de Sandbank un steeg ut.

„Na, Jungs, doof lopen, wa?“

Wat anners see he nich. De Stillte un de Dannboom sörgden för en besünner Stimmung up de Plecken Land, de jümmers noch ut dat Water keek.

„Daar hebbt ji jo avers to'n Glück de richtig Stee för jo Glühwienparty utsöcht! Is de eenzig, de bi Flood nich kumplett överspöölt ward. Ji weten wall, dat ji trotzdeem en Problem hebbt?“, lachde de Kerl van't Eiland de verdadderde Kerls an. De gung jüst de Mors up Grundies. De groode Klapp harrn se nich mehr so as vördeem, se wassen nu leep bescheden worden.

„Ick glööv, wi mutten de Hillige Avend wall hier up de Sandbank verbrengen!“ Bertus Bakkermann genoot de Laag. He funn dat good, wenner he de grootmuulig Landrötten an de Nöösring över dat Eiland trecken kunn.

„So, well haalt nu de Dannboom ut dat Boot?“

„Wat?“, froog Manfred. „Meenst du dat wies so? Is dat de eenzig Lösen, de di infallt?“

Bertus hörde sük dat an, dreihde um un steeg wedder in't Boot, gaff de Motor en Schups, wunk kört un reep: „Na denn! Blied Fest!“

„Hömma, so was dat doch gar nich meent, nich afhauen, kumm torügg!“, reepen de Jungs bold togliek.

De Motor van dat Boot hiemde kört, bit Bertus de Kahn kumplett utstellde un sük wedder an Land drieven leet. „Ick hebb all doch, ji willen mit jo dicke Lippe en lange Nacht riskeeren. Also, ick hebb Tied. Wi köhnt erst mal en Sluck ut de Buddel nehmen. Unner de Boom liggt noch en Kiste Rum in't Boot! Blot en Angebood: Of hebbt ji noch anners wat vör?“

Veer van de Jungs stappden en beten stuur an dat Boot, tillden dat Smuckstück van Boom rut un sluurden hum unbeholpen an Land.

Darnaa stellden se de Dann tosamen up. Wiehnachten in't Watt. De Panik van de Ruhrpöttler was bold verflogen un en leidig Stimmung kwamm up.

So pur, so still, so vull van Glück harrn se dat Fest all lang nich mehr beleevd. Kien Stress mit de Kinner, kien Eten mit Gewalt, kien Swegerollen, de en up de Senkel gahnt of Frünnen, de blot vertellen, wat se all köhnt un hebbt.

So stunnen elf Mannlüü up de Sandbank, drunken Rum ut de Buddel, sungen tosamen „Stille Nacht“ un „Oh, Du Fröhliche“! Villicht was dat sogar an’t Fastland to hören.

„Waar wullt du den mit de Boom hen?“, wull Kalle weten.

„De hebb ick up en Schonen daar achtern slahn. Egenbedarp för Insulaner mit en Vergangenheid as Piraten. In disse Jahr is kien Containerscheep mit Dannbomen ut England strandt. Daar mutt een sük anners helpen.“ Bertus griende över dat heel Gesicht un streek sük dör de Bart.

„So, Jungs! Nu mal Botter an de Fisk. Also, de Boom geiht nu in de Grund, darnaa alle Mann an Bord un hopen, dat de Wellen nich över de Bordwand swappen. Dat geiht seker. Makt jo slank, Männer!“

Nadeem se sük in dat Boot verdeelt harrn, truck Bertus enmal an dat Band van de Motor un tuckerde sinnig in Richten Eiland.

Mit „Das kann doch einen Seemann nicht erschüttern“ as musikaalsk Unnermalen leep dat lütte Boot mit vull Mannskupp na en halve Stünn in de Haven van Borkum in.

„Hömma, wullt du noch kört en up de Schreck mit uns drinken?“, froog Manfred.

Wiel Bertus sünner Boom, man daarvör mit en goode Daad in sien Wiehnachtsgepäck na Huus komen warde un sük daarvör van sien Froeo seker wat anhören muss, mook he de Slenker in de „Haifischbar“ noch mit. An disse Avend gaff dat de spezielle Borkumer „Fasanenbrause“, en Mengsel ut Sanddorn un Grappa. Se leten sük de heele Geschichte up de Sandbank noch eenmal hochprozentig dör de Kopp gahn.

„Na denn, haut weg, Jungs! Up Wiehnachten in’t Watt!“

12. Dezember

LIEBE AUS VERSEHEN

Alex Bergholz war nicht gerade der Vielflieger vor dem Herrn. Er litt unter Flugangst. Trotzdem war er mit Antje in den Flieger nach Reykjavík gestiegen. Antje, die immer noch seine Freundin war, hatte ihn schon seit ein paar Jahren damit gelöchert.

„Komm, Alex, sei nicht so eine Spaßbremse! Das wird schön, du schwärmst schon lange von Island!“ Bei diesem Lächeln konnte er dann irgendwann nicht mehr „Nein“ sagen. Sein Arzt in Rhauderfehn hatte ihm für die Reise in die nördlichste Hauptstadt der Welt eine „Ist-mir-egal-Pille“ verschrieben. Die hatte er auch brav genommen. Kann ja nicht sein, dass dieser spuckende Vulkan mit dem unaussprechlichen Namen schon wieder seine Reisepläne durcheinanderbrachte! Er hoffte nur, dass sich der Eyjafjallajökull solange zurückhielt, bis Antje und er wieder zuhause waren.

Im Moment sah er das ungewöhnlich gelassen. So mussten sich Leute fühlen, die sich einen Joint reinziehen oder zu viel Glühwein im Hirn hatten. „Geht es Ihnen gut? Sie sehen so blass aus!“ Er grinste seinen Sitznachbarn rechts offensichtlich so schräg an, dass der Angst bekam, dass Alex' Frühstück aus Sandwich und Salat auf dessen Schoß landen würde. „Ne, ich bin nur happy. Liegt wohl am Diazepam. Vielleicht hätte ich den Whiskey nicht trinken sollen. Mir ist gerade alles so schön egal.“ Den Sitznachbarn schien das nicht zu beruhigen. Er lehnte sich auf die andere Seite in Richtung Gang! Im Anzug und mit Ledermäppchen, hämmerte er gnadenlos auf die Tasten seines Laptops ein. Er war wohl kein Isländer.

Die Stunden über dem Nordatlantik vergingen durch die Doppeldröhnung, im wahrsten Sinne des Wortes, wie im Flug. Antje war schon kurz nach dem Start eingeschlafen und atmete leicht vor sich hin. Sie träumte sicher schon von Geysiren und Vulkanen.

Alex lehnte sich in seinen Sitz zurück. Wenn bloß der Flug erst überstanden wäre... Was faszinierte ihn eigentlich so an Island? Viel wusste er nicht über die Insel. Ihm war es nur sehr sympathisch, dass sich im gesamten Land alle duzten, ohne Ausnahme. Wie reagierten wohl die Politiker, wenn sie sich zum Gipfel dort trafen? „Herzlich willkommen Angela, dein Zimmer liegt gleich neben dem von Wladimir... Was wollt ihr essen?" Für Alex, der in einem großen Tagungshotel gelernt hatte, einfach unvorstellbar! Gut, dass das nicht sein Problem war. Er hatte Urlaub.

Als ihm die Augen zufielen, dachte er noch an die wilde kalte Landschaft, die sie in den nächsten Tagen sehen würden. Ob sie dort anderes als Eis und Schnee entdeckten? Ihm fiel die Sage von der schlecht gelaunten Trollfrau wieder ein, die im Hochland Islands mit ihren 13 Trollsöhnen wohnt, zerlumpt und zu Streichen aufgelegt. Aus denen sind in Jahrhunderten die 13 isländischen Weihnachtsmänner geworden, die offenbar immer noch nicht viel freundlicher sind als es die Trolle waren. Da war ihm doch der eine Weihnachtsmann aus seinen Kindertagen lieber. Er konnte sich noch gut an das Gefühl erinnern, wenn der bärtige Riese an der Tür klingelte und er sich hinter dem Weihnachtsbaum verkrochen hatte. Seine Eltern machten die Tür auf und der Geschenkbote aus der anderen Welt trat polternd in das Weihnachtszimmer.

„Frohe Weihnachten! Von drauß' vom Walde komm ich her und muss euch sagen, es weihnachtet sehr. Wo ist denn Alex, der kleine Übeltäter?" Allein dieses Wort, „Übeltäter". Da fühlte er sich wie ein Schwerverbrecher. Der Weihnachtsmann musste wirklich sehr alt sein. Wenn er jetzt „Racker" oder „Knirps" oder „Lausejunge" gesagt hätte, aber „Übeltäter"! Ihm wurde ganz schlecht. Alex wusste wirklich nicht, was er falsch gemacht haben sollte.

Er machte sich ernsthafte Sorgen, dass seine Wunschliste in diesem Jahr wieder nicht vollständig abgearbeitet war. Dabei standen nur drei Sachen drauf. Die Kinder waren damals noch bescheidener, die Liste nicht so lang wie ein Quelle-Katalog. Das war in den 80er Jahren so. Er wünschte sich ein „Malefiz", ein Fernrohr für die Piratenspiele mit seinen Freunden und einen großen Malblock mit Buntstiften. Alex konnte richtig gut zeichnen.

„Wo versteckt sich der Racker denn diesmal?" Na gut, das klang schon besser. Aber woher wusste der Kerl, dass er sich verkrümelt hatte?

„Der Lausejunge hat sicher Angst vor der Rute, lieber Weihnachtsmann. Er war wirklich sehr brav in diesem Jahr!“, beteuerte seine Mutter.

Na klar, dachte Alex, so war es ja auch, er war echt lieb gewesen. Gut, abgesehen von dem Tag, an dem er die Schule geschwänzt und sich lieber mit Antje getroffen hatte. Die war auch nicht hingegangen. Antje war seine große Liebe. Für sein Alter, er war gerade zehn geworden, fühlte er sich schon sehr reif. Und, er hatte sich schwerstens verliebt. Er dachte damals sogar schon übers Heiraten nach. Deshalb hatte er heimlich 5 Mark aus dem Portemonnaie seiner Mutter genommen und es beim Bäcker in lauter 10-Pfennig-Stücke eingetauscht. Damit war er dann zum Kaugummiautomaten geschlichen und hatte so lange am Rad gedreht, bis er den goldenen Ring in die eiserne Schale fallen hörte. Den wollte er Antje zum richtigen Zeitpunkt an den Finger stecken. Wann das sein würde, wusste er noch nicht. Aber die 5 Mark hatte er später von seinem Taschengeld wieder heimlich zurückgelegt. Insofern war es ja nur ein „Kredit“ für das wichtigste Ereignis in seinem Leben gewesen.

Aber dafür als „Übeltäter“ beschimpft zu werden, das fand er einfach unfair. Und jetzt hockte er hinter dem Weihnachtsbaum und überlegte, was er machen sollte. Und dann fiel ihm „Hoss“ Cartwright ein, der es hasste, wenn man ungerecht behandelt wurde. Er nahm seinen ganzen Mut zusammen, kroch hinter der Blaumanntanne hervor und stellte sich breitbeinig vor den Weihnachtsmann.

„Da ist ja der kleine Knirps!“, sagte der Weihnachtsmann. Jetzt reicht es aber, dachte Alex und wollte dem Mann im roten Mantel mal so richtig den Marsch blasen.

„Also, Du willst der Weihnachtsmann sein? Dann müsstest Du doch eigentlich von oben gesehen haben, dass ich mich in diesem Jahr echt zusammengerissen habe! Oder bist Du schon so alt, dass Du Dir das alles nicht mehr merken kannst? Dann würde ich mir mal eine Assistentin anschaffen, wenn Du das nicht mehr auf die Kette kriegst. Und außerdem bin ich kein „Übeltäter“, kein „Racker“ und erst recht kein „Knirps“. Ich bin nett und lieb, da kannst Du ja Antje mal fragen. So, und jetzt kannst Du auch wieder gehen!“

Der Weihnachtsmann war geschockt. Er guckte völlig verdattert aus der Wäsche und brauchte einen Moment, um sich zu berappeln.

„Ja, mein lieber Alex! Das mit der Assistentin ist vielleicht kein so schlechter Gedanke. Ich habe für dich leider die falschen Geschenke dabei. Da muss in der Buchhaltung irgendetwas schief gelaufen sein: Eine Barbiepuppe, ein Schminkset und noch eine Haarbürste mit Edelsteinen oben drauf."

Das haute Alex um. Was sollte er denn damit anfangen? Das konnte doch gar nicht sein. Litt der Weihnachtsmann tatsächlich unter Gedächtnisverlust? Das gab ihm stark zu denken. Und dann fiel ihm ein, dass sich seine große Liebe Antje genau diese Sachen gewünscht hatte.

„Also, Herr Weihnachtsmann. Da haben sie aber einen fetten Bock geschossen. Das sind doch Geschenke für Mädchen! Und was bin ich? Ein Junge! Was soll ich denn damit jetzt machen?" Alex war wütend, dann hellte sich sein Gesicht auf. „Ich könnte das höchstens meiner Freundin Antje schenken! Können sie alles hier lassen!" Das würde Antje gefallen, wenn er ihr seine falsch gelieferten Geschenke bringen würde. Er freute sich über seine Idee und versöhnte sich mit dem Weihnachtsmann. Der entschuldigte sich und versprach Alex, noch einmal in seine Liste zu gucken und die richtigen Geschenke nachzuliefern.

Als Alex am nächsten Morgen aufwachte, sprang er in seine Klamotten, frühstückte mit seinen Eltern, packte die Geschenke in seinen Rucksack, setzte sich auf sein Fahrrad und brauste los.

Er klingelte bei Antjes Eltern und sein Herz hüpfte, als seine Liebste die Tür öffnete. Alex grinste über das ganze Gesicht.

„Frohe Weihnachten, Antje!"

„Dir auch, Alex!" Antje strahlte! Sie gingen zusammen ins Wohnzimmer, wo der Weihnachtsbaum stand. Antje schien ganz aufgeregt zu sein, als sie Alex ihr Päckchen in die Hand drückte.

„Das ist für Dich, Alex! Hat der Weihnachtsmann Dir gebracht."

Wieso denn hierher, dachte Alex. Er packte es aufgeregt aus. Was er sah, verschlug ihm fast den Atem. Das „Malefiz", das Fernrohr und der

Malblock mit Stiften. Jetzt konnte er auch Antje sein Geschenk geben. Sie machte ganz große Augen, als sie die Barbiepuppe, das Schminkset und die Bürste mit den Edelsteinen sah. Antje und Alex lächelten sich an und nahmen sich in die Arme.

Erst viel später dachte Alex darüber nach, dass der Weihnachtsmann Antje und ihn mit diesem Kuddelmuddel zusammengebracht hatte. Wie er heute wusste, war es das größte und tollste Geschenk, welches er jemals bekommen hatte, seine Antje!

Als er aufwachte, spürte er den Blick von Antje, die gerade ihren Reiseführer über Island aus der Hand legte. „Na, du! Bist du immer noch angetüdelt von den Tabletten und dem Whiskey?“

„Nein, ich bin nur glücklich und betrunken von dir, und das schon seit 30 Jahren! Reykjavík kann kommen und Weihnachten auch!“

12. Dezember

De Wiehnachtsmann as Amor

Alex Bergholz was kien Kerl, de veel fleegen dee. He harr sogaar Bammel daarvör. Liekers was he mit Antje in de Fleeger na Reykjavik steegen. Antje, de jümmers noch sien Fründin was, harr hum all siet en paar Jahre daarmit löchert.

„Kumm Alex, wess nich so en Spaaßbrems! Dat ward mooi, du swaarmst doch all so lang van Island!“ Wenner se gniffelde, kunn he nich mehr „Ne!“ seggen. Sien Doktor ut Rhauderfehn harr hum för de Reis in de noordelske Hoovdstadt van de Welt en „Is-mi-all-egaal-Pille“ verschreven. De harr he ok nohmen. Kann ja nich wesen, dat disse spütternde Vulkan mit de Naam, de kieneen utspreken kann, all wedder sien Reisplanen dörenannersmeet! He hoopde blot, dat de Eyjafjalla jökull so lang kien Mucks van sük geven warde, bit Antje un he wedder to Huus wassen.

In'n Moment was he mehr gelaten as dat anners de Fall was. So mussen sük Lüü föhlen, de en Joint dörtrucken of sük to vööl Glühwien in de Kopp knallt harrn. „Geiht se dat good? Se kiekt so bleek ut de Waske!" He griende sien Naber up de rechte Kant openbaar so schüün an, dat de bang was, dat Alex sien Fröhstück ut Sandwich un Salat up de sien Schoot lannen kunn. „Ne, ick bün blot blied. Liggt wall an dat Diazepam. Villicht harr ick de Whiskey nich drinken sullt. Mi is't jüst all so egaal." De Naber was na disse Antwoord nich beruhigt. He lennde sük an de anner Kant in Richten Gang. In'n Anzug un mit en Leermappe utstaffeert, hämmerde he sünner Verstand up de Tasten van sien Laptop in. He wass seker kien Islänner.

De Stunnen över de Noordatlantik vergungen um de Dübbeldröhnen, as man so seggt, as in'n Flüggt. Antje was all kört na de Start inslaapen un was ruhig an'n Aam halen. Se dröömde seker van de Geysire un Vulkanen.

Alex lennde sük in sien Sitz torügg. Wenner blot de Flüggt all överstahn was... Wat faszeneerde hum egentlik so an Island? Vööl wuss he nich över dat Eiland. Dat was so symphatisch, dat sük in dat heele Land all Lüü dutzten, sünner Utnahm. Waar reageerden wall de Politikers, wenner se sük daar to en Gipfel drepen? „Van Harten willkomen, Angela, dien Kamer liggt liekes tegen de van Wladimir... Wat wullt du eten?" För Alex, de in en groote Hotel för Tagungen lehrt harr, was dat nich vörtostellen! Good, dat dat nich sien Problem was. He harr Urlaub!

As hum de Ogen tofallen wassen, doch he an de wilde un kolle Landskupp, de he sük in de tokomen Dage ankieken warde. Of se daar ok anner Saken as Ies un Schnee finnen warden? Hum full de Saag van de kiebige Trollfroo wedder in, de in dat Hochland van Island mit her 13 Trollsöhne wohnde, plunnerig antrucken un to Fisematenten upleggt. Ut de sünd in dat 13. Jahrhunnert de islännisch Wiehnachtsmannen entstahn. De wassen openbaar nich vööl frünnelker as de Trolle.

Daar was hum de Wienachtsmann ut sien Kinnerdage avers doch lever. He kunn sük noch good an dat Geföhl besinnen, wenner de Ries mit Bart an de Döör pingelde un he sük achter de Wiehnachtsboom verkrupen dee. Sien Ollen maken de Döör up, un de Bood mit de Geschenke ut de anner Welt tradd pulternd in de Wiehnachtskamer.

„Blied Wiehnachten! Van buten, van de Wald, daar kumm ick her un mutt jo seggen, dat wiehnachtet sehr. Waar is denn Alex, de lütte Quaaddoner?" Alleen disse Woord, „Quaaddoner". He föhlde sük as wenner he en Swaarverbreker was. De Weihnachtsmann muss leep old wesen. Wenner he nu „Racker", of „Knirps" of „Lausejung" seggt harr, man „Quaaddoner"! Hum wurr slecht. Alex wuss nich, wat he verkehrt makt harr.

He was full van de Sörg, dat sien Liste mit de Wunsken in disse Jahr wedder mal nich full afarbeid warden was. Daarbi stunnen daar blot dree Saken up. De Kinner gaffen sük domaals noch mit en beten minner tofree. De Liste was nich so lang as en Katalog van Quelle. Dat was in de 80er Jahre. He wiskede sük en „Malefiz", en Feernkieker för de Piratenspööle mit sien Frünnen un en grooten Tekenblock mit Buntstiften. Alex kunn richtig good teken.

„Warr hett sük de Racker denn ditmaal verstoppt?" Na good, dat klung all beter. Man, dunners blixems, waarher wüss de Kerl, dat he sük en Versteek söcht harr, um de rode Mann nich futt in de Arms to lopen?

„De Lausejung hett seker Bammel för de Rute. Man, leeve Wiehnachtsmann, he was in disse Jahr echt nüüt!", hörde he sien Moder seggen.

Na klar, doch Alex, so was dat ja ok, he was brav wesen. Good, nich över de Dag to proten, as he de School swänzdt un sük lever mit Antje drapen harr. De was ok nich hengahn. Antje was sien groote Leevde. För sien Oller, he was man jüst teihn Jahre worden, föhlde he sük bannig riep. Un, he was swaar verleevd. He doch damaals all över't Hieraden na. Daarum harr he fiev Mark ut dat Knippke van sien Moder nahmen un bi de Backer in 10-Pennig-Stücken umtusked.

Daarmit was he to de Automaat mit Kaugummis sleken un harr so lang an't Rad dreiht, bit he de gülden Ring in de iesdern Schaal klötern höörde. De wull he Antje to de richtige Tied an de Finger stoppen. Wenner dat wesen kunn, dat wuss he noch nich. De fiev Mark harr he later van sien Taskengeld wedder stiekum torüggleggt. Also was dat ja blot en Art van „Kredit" för de wichtigst Vörfall in sien Leven wesen.

Man daarvör as „Quaaddoner" beschimpt to warden, dat funn he nich fair. Un nu satt he achter de Wiehnachtsboom un överleggde, wat he maken sull. He was ja nich up de Kopp fallen. Dann föll hum „Hoss" Cartwright in, ut de Fernsehsennen „Bonanza". De harr dat nich good funn, wenner dat ungerecht togung. He nehm sien heele Kuraag tosamen, kroop achter de Blaumanntann wech, un stellde sük mit breede Benen vör de Wiehnachtsmann up.

„Daar is ja de lütte Knirps!", see de Wiehnachtsmann. Nu is dat avers good west, doch Alex un wull de Kerl in de rode Mantel mal düchtig de Marsk fleitjen.

„Also, du wullt de Wiehnachtsmann wesen? Dann harrst du doch van Boven sehn musst, dat ick mi in disse Jahr echt tosamenreten hebb! Of büst du all so old, dat du di dat all nich mehr marken kannst? Dann wurr ick mi an dien Stee um en Assstetin kümmern, wenner du dat all nich mehr up de Kett kriggst. Un, ick bün kien „Quaaddoner", kien „Racker" un eerst recht kien „Knirps". Ick bün nüüt un leev, daar kannst ok Antje na fragen. So, un nu kannst du ok wedder gahn!"

De Wiehnachtsmann was schockeert. He keek verdattert ut de Waske un bruukde en Moment, um sük wedder to berappeln.

„Ja mien leeve Alex! Dat mit de Assistentin was villicht gar kien so övel Idee. Ick hebb för di leider de falske Gifften daarbi. Daar mutt wat in de Bookholleree scheep lopen wesen: en Barbiepupp, en Sminkset un en Haarbössel mit edel Stenen d'rup."

Dat haude Alex nu um. Wat sull he denn daarmit anfangen? Dat kunn doch wohl nich wesen. Leed de Wiehnachtsmann an de Verlüst van't Behallen? Daaröver muss he erst mal nadenken. Un dann full hum in, dat sük sien groote Leevde Antje genau disse Saken wisked harr.

„Also, Herr Wiehnachtsmann. Daar hebbt se avers en fetten Buck schoten. Dat sünd doch Geschenke för Wichters! Un wat bün ick? En Jung! Wat sall ick daarmit nu maken?" Alex was vergrellt, man dann hellde sük sien Gesicht wedder up. „Ick kunn dat ok mien Fründin Antje schenken! Dat köhnt se hier laten!" Dat wurr Antje behagen, wenner he se sien falske Geschenke brengen wurr. He freide sük over sien Idee un versöhnde sük mit de Wiehnachtsmann. De see, dat hum dat leed dee un versprook Alex, noch en mal up sien Liste to kieken un de richtige Geschenke to levern.

As Alex an de anner Mörgen upwakde, sprung he in sien Klamotten, fröhstückde mit sien Ollen, packde de Geschenke in de Rucksack, swung sük up dat Rad und bruusde los. He pingelde bi de Ollen van Antje un sien Hard wüppde, as sien Leevste de Döör open mook. Alex lachde över dat heele Gesicht.

„Blied Wiehnachten, Antje!"

„Di ok, Alex!" Antje strahlde. Se gungen tosamen in de Wohnstuuv, waar de Wiehnachtsboom stunn. Antje scheen leep upgereegt to wesen, as se Alex her Packje in de Hand gaff.

„Dat is för di, Alex! Hett de Wiehnachtsmann die brocht."

Waarum denn hier up an? He packde dat Gifft upgeregt ut. Wat he seeg, verslaag hum bold de Aam. Dat "Malefiz", de Feernkieker un de Tekenblock mit Buntstiften. Nu kunn he ok Antje her Geschenk geven. Se mook groote Ogen, as se de Barbiepupp, dat Sminkset und de Haarbössel mi edel Steenen d'rup seeg. Antje un Alex keken sük an un föllen sük in de Arms. Eerst en Bült later doch Alex daaröveer na, dat de Wiehnachtsmann Antje un hum mit disse Kuddelmuddel tosamenbrocht harr. As he vandaag wuss, was dat dat gröttsde un beste Geschenk, dat he in sien Leven kreegen harr, sien Antje!

As he upwaakde, spöörde he de Blick van Antje, de jüst her Reisföhrer over Island ut de Hand leggde. „Na, du! Büst du jümmers noch antüdelt van de Tabletten un de Whiskey?"

„Ne, ick bün blot glückelk un besopen van di, un dat nu all siet mehr as 30 Jahre! Reykiavik kann komen un Wiehnachten ok!"

13. Dezember

Die 12 heiligen Hamster

Nena wünschte sich schon seit vielen Jahren ein Haustier. Wobei, ein Haustier stimmte nicht so ganz. Es sollte ein Hamster sein. Sie konnte es aber nicht lassen, immer wieder darauf hinzuweisen, dass ein Hamster allein in soziale und mentale Schieflage geraten würde. Seelische Verkrüppelung durch Vereinsamung und Verhaltensauffälligkeiten, wie Knabbern an den Füßen, stumpfe Schreie in der Nacht oder absichtliches Pinkeln durch die Gitter nach draußen auf die Fensterbank.

Warum nur ein Hamster oder schlimmer noch, gleich zwei, dachte sich ihre Mutter. Konnte es nicht ein Stofftier sein, auch ein teures von Steiff, vielleicht noch mit Batterie und Ton, wenn es denn unbedingt sein musste? Dafür war sie sogar bereit, etwas tiefer in die Tasche zu greifen. Aber ein Hamster? Die kleinen Nager waren dafür bekannt, dass sie vor allem nachts am Rad oder besser im Rad drehten und dabei jede Menge Alarm machten.

Trotz aller Angebote wie „weniger Spülen und Abtrocknen", „kein Hausarrest wegen Schulschwänzen" oder „sonntags nicht zum Frühstück wecken": Nena war nicht von der Hamsteridee abzubringen. Dabei war sie schon achtzehn Jahre alt. Lange hatte sich Nenas Mutter um die Entscheidung gedrückt, aber jetzt, vier Wochen vor Weihnachten, musste sie Butter bei die Fische geben oder eben weglassen: Hamster oder Stress unterm Weihnachtsbaum.

Der Heilige Abend näherte sich mit eiligen Schritten. Der Tannenbaum lag schon hinten auf der Auffahrt, natürlich nicht unter dem Dach, sondern im Regen. Das würde wieder Ärger geben. Es war wie in jedem Jahr. Der nasse Baum, in der Terrassentür eingeklemmt, danach aufgeploppt wie ein Regenschirm und quer über den Wohnzimmerteppich gezogen, hinterließ immer eine Spur aus Wasser, Tannennadeln und, wenn es ganz schlecht lief, Baumharz.

Im Vergleich zum Hamsterwunsch von Nena war das gerade noch verkraftbar. Das Schmücken des Weihnachtsbaumes war Chefsache, also auch von „Muttern", wie „Vattern" sagte. Sie hatte immer wieder versucht ihm beizubiegen, dass er sie lieber mit ihrem Vornamen, Elisabeth, ansprach. Aber da hätte sie eher dem Weihnachtsmann erklären können, dass er für die Bescherung mit seinem Schlitten nicht im absoluten Halteverbot vor dem Haus parken darf, als ihrem Mann dieses schlimme „Muttern" abzugewöhnen. Zum Glück sagte er es nicht mehr so oft in Gesellschaft wie früher.

„Vattern" war einkaufen, Elisabeth schmückte den Baum. Dieses Jahr im klassischen Rot und Weiß. Das würde ihrem Mann, eingefleischter Schalke-Fan und Bayernhasser, zwar überhaupt nicht gefallen, aber sei's drum, dachte sie sich. Er würde auch diesmal wieder dem Jesuskind in der Krippe einen blau-weißen Minischal um den Hals wickeln, mit den Worten: „Damit es nicht friert!" So, als könnte Jesus auf Rechtsaußen irgendwann einmal wie ein Messias Schalke 04 zum Meistertitel schießen. Sie hatte schon überlegt, auf das Kind in der Krippe zu verzichten oder einen Bayernaufkleber auf den Giebel der Stirnseite zu kleben. Aber sie wollte nichts provozieren. Weihnachten war auch ohne diese Nicklichkeiten eine sensible Angelegenheit mit reichlich Krisenpotential.

Die Krippe stand, der Baum war geschmückt, der Einkauf war, unter

Weglassen einiger unwichtiger Kleinigkeiten wie Marzipan, Kaffeepulver und Sahnesteif, fehlerfrei von ihrem Mann absolviert worden. Die Geschenke waren eingepackt, bis auf - ja, bis auf die Hamster. Sie hatte sich entschlossen, Nena unter Hinweis auf die besonderen Pflegeanleitungen der Zoohandlung, die zwei gewünschten Nervennager zu schenken. Der Käfig sollte gleich neben der Krippe stehen, mit Stroh aus dem Stallungsbereich und der Erlaubnis der Schäfer und der Heiligen Drei Könige. Sie hatten bereits ihre Positionen eingenommen und warteten auf die Geburt des Christuskindes.

Es war so weit. Die Tür zum Weihnachtszimmer wurde geöffnet, der Tannenbaum erstrahlte im Licht, die Weihnachtspyramide drehte ihre Runden, die CD mit den Weihnachtsliedern spielte. Alles war wie immer. Fast! Was quietschte da so, fragten sich alle. Diese wimmernden, aufgeregten und in Teilen ängstlichen Laute kamen definitiv aus Richtung Tannenbaum. Bei näherer Ortung sogar eindeutig aus der Ecke unter dem Tannenbaum, wo die Krippe stand.

Nena löste sich als erste aus der Schockstarre. Sie bückte sich und es war nicht eindeutig festzustellen, ob es Freudenschreie, ein Panikschub oder eine Mischung aus beidem war. „Die kriegen Junge! Die kriegen Junge! Wie süß!“ Nena strahlte über das ganze Gesicht.

Elisabeth war entsetzt. Nicht nur, dass der Mitarbeiter der Zoohandlung ihr versichert hatte, dass es zwei Jungs waren, die sie da kaufte. Jetzt war die Krippe in einen tierischen Kreißsaal verwandelt und „Muttern“ auch noch zur „Hamsteroma“ gemacht worden. Das Kind mit dem Schalkeschal war plötzlich Nebensache. Der Hamsternachwuchs bestimmte die Szene. Zehn kleine Knäuel lagen im Stroh.

Nachdem die ganze Familie den Zuwachs mit tatkräftiger Hilfestellung begutachtet hatte, saßen „Vattern“, „Muttern“ und Nena gegen Mitternacht entspannt am Tisch. Mittlerweile hatte Nena die Krippe neben den Käfig gestellt, die Ochsen, Esel und Schafe an die Seite geräumt und die Heiligen Drei Könige vor der Käfigtür drapiert. Es war der Abend der 12 heiligen Hamster. Die einzige, die schon über diesen Abend hinausdachte, war Elisabeth. Sie überlegte, ob sie die Zoohandlung verklagen und wen sie mit dem heiligen Nachwuchs versorgen könnte. Aber das waren Gedanken, die sie auf den ersten Weihnachtstag verschieben würde.

13. Dezember

De 12 hilligen Hamster

Nena wiskede sük all siet Jahre en Huusdeer. Se wull Hamster. Un, se kunn dat nich laten, jümmers wedder daarvan antofangen, dat en Hamster alleen dat sozial un mental nich uthollen kunn. De Seele warde verkrüppeln, mal daarvan af, dat dat Verhallen ok leiden kunn: Knabbern an de Foten, sachted Brullen in de Nacht of moodwillig Pinkeln dör dat Gitter up de Fensterbank. Warum blot en Hamster, of slimmer noch twee, dat kunn her Moder nich verstahn. Kunn dat nich en Deer ut Stoff wesen, ok gern en düüret Stück van Steiff? Man en echte Hamster! De lütte Nager wassen daarför bekannt, dat se meest nachens an't Rad dreihen of beter in't Rad un en Bült Alarm maken.

Nenas Moder möök Angebote, so as „minner Spölen un Afdröögen", „kien Huusarrest för nich to School gahn" of „sündags nich to'n Fröhstück upwecken": Nena was van de Hamster nich aftobrengen. Daarbi was se all 18 Jahre old. Lange harr sük Nenas Moder um en Entscheiden drückt, man nu, veer Weken vöör Wiehnachten, muss Butter bi de Fiske: Hamster of Stress unner de Wiehnachtsboom.

De Hillige Avend kwamm mit groode Stappen. De Dannenboom lagg all achtern up de Upfahrt, natürelk nich unnert Dack, daarvöör in de Regen. Dat wurr Arger geven. Dat was as in elke Jahr. De natte Boom, in de Döör to de Terrasse inklemmt, dann upploppt as en Regenschirm un quer över de Teppich in de Wohnstuuv trucken, gaff jümmers en Spoor ut Water, Dannennadels, un wenner dat slecht leep, Kattjegold.

Vergleeken mit de Hamsterwunsk van Nena avers jüst noch to verkraften. Dat Smücken van de Boom was de Saak van de Baas, also ok van „Muddern", as „Vaddern" jümmers see. Se harr so faken versöcht hum bitobrengen, dat se lever bi her Vöörnaam, Elisabeth, anproot warden wull. Man daar harr se eheder de Wiehnachtsmann verklaren kunnt, dat he för dat Bescheren sien Slee nich in dat absolut Parkverbood för dat Huus parken duss, as her Mann disse mall „Muddern" aftowennen. Tominst see he dat nich mehr so faken in Gesellskupp as fröher.„Vaddern“ was inkopen, Elisabeth, smückde de Boom. Dit Jahr in klassisch Rood un Witt. Dat wurr her Mann, Schalke-Fan un Bayern-Haater, överhoopt nich gefallen. Egal, doch se sük. He warde ok dit Jahr dat Jesuskind wedder en blau-witten Schalke-Schal umhangen un seggen: „Daarmit he nich früst!“ So as kunn Jesus eenmal up de rechte Siete van dat Footballfeld as Messias Schalke 04 to de Meistertitel scheten. Se harr all överleggt up dat Kind in de Krippe to verzichten of en Bayernupklever an de Gevel to bappen. Man se wull nix provozeeren. Wiehnachten was ok sünner disse Spijöök en Ritt up de Kanonenkugel.

De Krippe stunn, de Boom was bunt, de Inkoop was, bit up dat Vergeten van Marzipan, Koffjepulver un Rohmstief, bold sünner Fehler van her Mann schafft worden. De Geschenke wassen inpackt, bit up, ja, bit up de Hamster. Se harr sük reselveert, Nena de Hamster to schenken. De Käfig sull tegen de Krippe stahn, mit Stroh ut de Stall van Jesus un de Verlööv van de Scheepker un de hilligen dree Könige. Se harrn all her Positionen innahmen un wachtden up de Geburt van dat Christuskind.

Dat was so wiet. De Döör to de Wiehnachtsstuuv ward open makt, de Boom strahlde in’t Lücht, de Wiehnachtspyramide dreide her Runnen, de CD mit de Leder over Schnee, dat Christkind un de Geburt leep. Dat was bold as jümmers. Bold! Wat wimmerde daar? Disse bangen Luden kwammen wies ut Richtung Dannenboom, daar war de Krippe stunn.

Nena was as ersde wedder up Rieg. Se bückde sük runner un dann gaff dat en Schrei van Freid: „De kriegt Junge! Lütte Hamster! So sööt!“ Nu was ok klar, warum Nena so utflippen dee. Nich blot dat de Mitarbeider in de Zoohannel „Muddern“ klipp un klar seggt harr: „Dat sünd twee Jungs, garanteert“, nu was de Krippe ok noch to en tierische Kreißsaal worden un se nu „Hamsteroma“. För dat Kind mit de Schalkeschal harr nüms mehr Ogen. De „fleegende Geburt“ van de Hamsternawass stunn van nu an in de Middelpunkt van’t Fest. Teihn lütte Kloontjes legen nu up dat Stroh.

Dat düürde, bit de Familie dat schafft harr. Tegen Middernacht satten „Vaddern“, „Muddern“ un Nena en beten wat entspannter an de Tafel un drünken up de Schreck en rode Wien. Nena harr de Krippe tegen de Hamsterkast stellt, de Ossen, Schape un Esel achter dat Kind. De Hilligen Dree Könige stunnen tegen de Döör van de Käfig Wache. Dat was de Avend van de 12 hilligen Hamster.

De eenzigste de över dissen Avend wieder doch was Elisabeth. Se was an't Överleggen en Klaag tegen de Zoohannel up de Weg to brengen. Un daaröver, well se de Nawass wall andreihen kunn. „De sünd ja so wat van nümig, wullt en of twee hebben, umsünst?", kunn bi de Frünnen van Nena klappen. Man dat wassen Gedanken, de se erstmal up de ersde Wiehnachtsdag schuven warde.

14. Dezember

Rudolphs roter Rüssel

„Deine Nase leuchtet ja knallrot und von innen. Welches Leuchtmittel hast du denn geschnupft?“

Rudolph saß gebeugt über dem Tresen in der „Reindeer’s Bar“ in Detroit. Völlig frustriert sah er auf seinen Drink. Ein „Manhattan“, und das in der heruntergekommenen Arbeiterstadt von Michigan an der Grenze zu Kanada. Noch zeigte die Mischung aus Canadian Whiskey, rotem Wermut, Angostura und einer Cocktailkirsche keine Wirkung. Die Kirsche sortierte Rudolph gleich aus. Zu viele Erinnerungen an seine Misshandlung.

New York, Manhattan, das wäre heute wohl der bessere und sicherere Auslieferungsort für die Geschenke gewesen. Aber Detroit, am Heiligen Abend, ein Elend, selbst oder gerade an Weihnachten.

„Die haben mich einfach gepackt und mich festgehalten, einfach festgehalten! Die Beine zusammengebunden und mich auf den Boden gelegt. Ich konnte mich überhaupt nicht wehren!“ Rudolph war immer noch spürbar geschockt. Neben ihm saß Dancer, der ihm seine Klaue tröstend auf die Schulter gelegt hatte und ihm Mut zusprach.

„Deine Fesseln sehen aus, als ob sie dir Handschellen angelegt hätten!“

„Waren Spanngurte! Die haben sich echt einen gefeixt.“

„Ich weiß, du willst gerade nichts davon wissen. Aber, erzähl doch mal, was da gelaufen ist. Das hilft.“

„Ich hatte schon ein so ungutes Gefühl als ich die Geschenkeliste gesehen habe, die mir der Chef zugemailt hat. Eine Lederweste, genietet mit einem fetten Harley-Sticker, eine Sonnenbrille mit Spiegelverglasung und Chrombügeln, eine Shisha-Pfeife mit Totenkopfaufdruck, ein schwarzer Stahlhelm im Wehrmachtslook, ein Nietenarmband und ein schwarzes Halstuch mit lauter Spinnen, Schlangen und Käfern. Da habe ich schon das erste Mal geschluckt. Wer wünscht sich so etwas zum Fest der Liebe? Und dann die Lieferadresse: ‚Harrys Motogarage‘, Clubhouse, in der Bagley Avenue, direkt am Hafen.“

„Wer hat denn da beim Boss diese Bestellung abgegeben?“

„Ich hatte schon befürchtet, dass das ein Clubheim einer Rocker-Gang sein könnte. Aber es heißt ja immer: Auch wenn die martialisch aussehen, die tun nichts. Wie bei Hunden, die bellen, aber nicht beißen!“

„Gebissen haben die dich auch?“

„Nein! Das nicht. Einige hätten das auch gar nicht gekonnt, die hatten kaum noch Zähne im Mund. Die Kohle, die die für ihre Maschinen ausgeben, hätten sie besser in ihre dritten Zähne investieren sollen!“

„Muss ja ein übler Schuppen sein, in dem die hausen!“

„Es war ja noch alles noch gut bei der Landung mit dem Schlitten. Ihr seid dann ja alle zu euren Adressen rüber. Ich habe mir meinen Sack geschnappt und bin runter zum Hafen. Die Straßen wurden immer dunkler. Und dann stand ich in dieser Avenue, die diesen Namen überhaupt nicht verdient. Die sah genauso aus wie in diesen amerikanischen Splatter-Movies. Rauch aus den Gullideckeln, wackelnde Straßenlaternen. Fehlten nur noch die Zombies, die um die Ecke wanken. Da wollte ich das erste Mal auf den Hufen kehrt machen.“

„Echt gruselig!“, sagte Dancer. „Wie ging es weiter?“

„Ich bin dann mit einem echt üblen Gefühl an die Tür vom Club. Dickes Holz und so ein kleines Fensterchen zum Aufklappen. Ich habe geklingelt und gewartet. Dann guckte mich durch das kleine schwarze Loch so ein bulliges Gesicht mit Vollbart und rotem Kopftuch an. Ich sagte ‚Ho, ho, ho!‘ und zurück kam ein ‚Hey, hey, hey, Alter! Du hast ja ’nen geilen Fummel an!‘ Dann rief er nach hinten: ‚Jungs, da steht so ein warmer Kuschelbruder vor der Tür und will unsere Geschenke abliefern. Stellt Euch mal auf!‘“

„Das hört sich doch so an, als ob die sich gefreut hätten!“

„Und wie, die Truppe konnte vor lauter Vorfreude kaum noch auf den Beinen stehen. Die hatten schon mächtig getankt. Ich bin rein, war gerade am Türsteher vorbei, da schrie der in die Runde ‚Members only!‘ und hat hinter mir abgeschlossen. Die anderen brüllten im Chor: ‚Ohne

Aufnahmeritual kommt hier keiner wieder raus!‘ Das war der Anfang der Bescherung, die sie sich für mich überlegt hatten.“

„Mein Gott“, sagte Dancer. „Die fackeln wohl nicht lange!“

„Ne! Ruckzuck hatten die mich eingekreist und mir den Sack vom Rücken gerissen. Bevor ich noch was sagen konnte, hatte ich schon ein Glas in der Hand. ‚Jedem Öhrchen sein Likörchen!‘, haben sie dann geschrien und mir ein Glas Whiskey in die Klaue gedrückt. Das musste ich sofort auf ex kippen. Dann auf mein zweites Ohr noch einen unter einem lauten ‚Hopp, hopp, rinn in’n Kopp!‘ Das waren keine kleinen Gläser. Ich war voll angetrunken.“

„Das ist ja ekelig, wo du doch nie Alkohol trinkst, weil du sonst so eine rote Rotznase bekommst."

„Die fing dann auch gleich an zu glühen und zu laufen." Rudolph ekelte sich immer noch vor sich selbst. „Das fanden selbst die Rocker unappetitlich und haben mir die Schnauze mit einem Spüllappen von der Theke umwickelt, damit es nicht auf die Fliesen tropft. Daraufhin musste ich niesen und der Lappen rutschte mir über die Augen. Als nächstes haben mir die Jungs den Boden unter den Füßen weggerissen und mir die Fesseln mit Spanngurten festgebunden."

„Wie bist du denn jetzt zur roten Nase gekommen, mal abgesehen vom Alkohol?"

„Ich habe mich wohl zu weit aus dem Fenster gelehnt: ‚Wenn ihr mich nicht sofort wieder losmacht, sage ich das dem Weihnachtsmann und der wird alle Geschenke wieder abholen!', habe ich geschrien. Da fingen die laut an zu lachen. Sie haben behauptet, dass mein Boss den Schuppen gar nicht findet. Ich habe dann geantwortet, dass er meine rote Nase noch aus zwei Kilometern Höhe sehen könne. Dumme Idee!"

„Das hat sie nicht eingeschüchtert?", warf Dancer ein.

„Ganz im Gegenteil. Das Gegröhle und Gelächter wurde nur noch größer! Sie hätten überhaupt keinen Schiss vorm Chef und dass sie sich ihre Geschenke auch selber kaufen oder klauen könnten. Und dann haben sie mir diese batteriebetriebene, rote Glühbirne in die Nase geschoben, mich auf die Straße getragen, die Fesseln abgemacht und mir 'nen freundlichen Schups gegeben. ‚Grüß' deinen Chef! Nach unserer Nasen-OP wird er dich auch noch vom Mond aus sehen können!'. Dann haben sie sich unter Gelächter in den Club verzogen und die Musik aufgedreht und ihre Party mit meinen Geschenken gemacht!"

„Und, was hat der Chef dazu gesagt?", fragte Dancer besorgt.

„Der war bedient, als er mich mit dem Schlitten eingesammelt hat. Ich habe Rotz und Wasser geheult. Er hat mich getröstet, musste dann aber lachen. ‚Rudolph, das rotnäsige Rentier! Perfekt als neuer Werbeslogan für die weihnachtliche Auslieferungstour', meinte er, und: ‚Die rote Glühbirne lassen wir da drin.‘ Und dann hat er bei Frau Holle angerufen und den Rockern eine volle Ladung Schnee auf das Clubheim abkippen lassen. Die kommen jetzt bis Silvester nicht da mehr raus!“, grinste Rudolph und schlürfte den Rest seines „Manhattan“ genüsslich zu Ende.

14. Dezember

De rode Rüssel van Rudolph

„Dien Nöös lücht ja knallrood, un dat van binnen. Wecke Lüchtmiddel hest du denn snüüfket.“

Rudolph seet buggt över de Tresen van de „Reindeer´s Bar“ in Detroit. Total frustreert keek he up sien Drink. En Manhatten, un dat in de fuulste Malocherstadt van Michigan an de Grenz to Kanada. Bit nu föhlde he kien Wirken ut de Mengsel van Canadian Whiskey, rode Wermut, Angostura un en Cocktailkars. De Kars sorteerde Rudolph futt ut. To vööl Erinnern an sien Quäleree.

New York, Manhattan, dat was vandaag wall de betere Wahl west de Geschenke to verdeelen. Man Detroit, an de Hillige Avend, dat was en Selbstmordmission, en Elend an de Hillige Avend.

„De hebbt mi man so packt, eenfach so, eenfach fasthallen. De Been hebbt se mi tosamen bunnen un mi up de Grund leggt, ick kunn mi nich wehren!“

Rudolph was noch benaut un schockeert. Tegen hum satt Dancer, de hum sien Pote trööstend up de Schuller leggt harr un Rudolph Kuraag toproode.

„Dien Fiddels sehn ut, as of se di mit Handschellen bunnen hebbt!“

„Spanngurte wassen dat. De hebben sük dodlacht. De wassen total besapen!“

„Ick weet, du wullt nix vertellen, man segg doch even, wat daar lopen is? Dat helpt.“

„Ick harr ja van Begünn an so en blödet Geföhl, as ick de Gifftenliste sehn hebb, de mi de Chef tomailt hett. En Weste ut Leer, tackert mit en fette Harley-Sticker, en Sünnbrill mit Speegelglas un verchromde Bügels, en Shisha- Piep mit Dodenkoppdruck, en Helm, de utkeek as ut de tweede Weltkrieg un en Halsdook mit Slangen, Spinnen un Käfers up. Kannst du mi mal seggen, well sük so wat to Wiehnachten wünsket? Un dann de Adress: ‚Harrys Motogarage‘, Clubhouse, in de Bagley Avenue, liek an de Haven.“

„Well hett de Bestellen denn bi uns Boss afgeven?“

„Ick harr so wat all in’n Urin, dat dat en Clubheim van so en Rocker-Gang wesen kunn. Avers dat heet doch jümmers: ok wenner de blaffen, de bieten nich.“

„Beten hebben se di ok noch?“

„Ne! Dat nich. De een of anner harr dat avers ok nich mehr kunnt. Daar wassen bold kien Tannen mehr in’t Muul. De harrn de Kohle lever för en neie Kaulieste as för her Maschinen utgeven sullen.

„Dat mutt ja en öveln Schuppen wesen, in de se dor husen.“

„Bi’t Lannen mit de Slee was dat ja noch all good. Ji sünd all to jo Adressen henn. Ick hebb mi mien Sack snappt un bün runner na de Haven. De Straten wurren jümmers düsterer. Un dann stunn ick in disse Avenue, de her Naam sowat van nich verdeent hett. Da was nettso as in disse amerikansch Splatter-Filme. Rook ut de Gullideckels, swabbelnde Latüchten. Daar fehlden blot noch de Zombies, de um de Eck wankden. Daar wull ick all dat ersde Mal up mien Hofen kehrt maken.“

„Wat gruselk!“, see Dancer. „Waar gung dat wieder?“

„Ick bün mit en flau Geföhl an de Döör van de Club. Dicket Holt un so en lütte Fenster to’n Upklappen, dör dat een kieken kann. Ick hebb pingelt un wacht. Dann keek mi en bullig Gesicht dör dat lütte, swatte

Gatt an, mit Vullbart un rode Dook up de Kopp. Ick see: ‚Ho, ho, ho!' un he torüch: ‚Hey, hey, hey! Alter du hest di ja en geilen Fummel antrocken.' Dann reep he na achtern: ‚Jungs, daar steiht so en warme Kuschelbröer vör de Döör un will de Geschenke brengen. Stellt jo man up!'"

„Dat hört sük doch so an, as of de sük freit hebbt!"

„De Jungs harrn all düchtig tankt un kunnen bold nich mehr stahn. Ick also rin daar, was jüst an de Typ an de Döör vörbi, daar mook he dicht un reep in de Runn: ‚Members only!' De anner brüllden torüch: ‚Sünner Ritual kump hier nüms mehr rut' Dat was de Begünn van dat Bescheren."

„Jasses nee", see Dancer. „De fackeln nich lang!"

„Ne! Ruck zuck harrn se mi to packen un mi de Sack runner reten. Ick kunn nix mehr seggen, daar harr ick all en Glas in de Pote. ‚För elket Öhrken sien Likörken!' hebben se brüllt un mi dat Glas mit Whiskey vull makt. Ick sull up ex drinken. Un dann up mien tweede Ohr futt en achteran. ‚Hopp, hopp, rinn in'n Kopp!' was de Spröök. Un dat wassen kien lütte Glasen. Ick was gau betüdelt."

„Dat is ja ekelg! Daarbi drinkst Du doch gar kien Sprit. Daarvan kriggst du jümmers en Rotznöös."

„De fung dann ok an to glimmen un lopen." Rudolph ekelde sük jümmers noch. „De Rockers repen, dat dat jo wall vull fies weer un hebbt mi de Schnuute mit en stinkig Lapp van de Theke tobunnen, daarmit dat nich mehr up de Floor plöörde. Ick muss prusten un de Lapp slidderde mi over de Ogen. Dann hebb ick blot noch mitkreegen, war mi de Jungs de Benen unner't Mors wegreten un mien Fiddels mit Spanngurte fastbunnen hebbt."

„Un war büst du dann to de rode Nöös kamen, ick meen nich de Alkohol?"

„Ick hebb mi wall to wiet ut dat Fenster lennt. ‚Wenner ji mi nich drock lossmakt, segg ick dat de Wiehnachtsmamn un de haalt de Geschenke wedder af!', hebb ick brüllt. Daaröver hebbt se blot luud lacht. Se meenden, dat uns Boss de Schuppen nich find. Dann hebb ick seggt, dat mien rode Nöös daarvör all sörgt un he de ok ut twee Kilometer Höchte noch sehn kann. Dat was en doofe Idee."

„Harrn de daarna kien Schiss?", see Dancer.

„Heel neet! Dat Gröhlen waarde jümmers luuder. Se latten sük doch nich bang maken van de Wiehnachtsmann. Her Gifften kunnen se sük ok sülvs kopen of klauen un dann hebbt se mi disse rode Glimmlücht mit Batterie bit to de Anslag in de Nöös schoven, mi up de Straat buxeert, de Fesseln afmakt un mi en frünnelk Schups geven. ‚Gröten an dien Chef un na uns Nöös-OP kann he di ok in de schlimmste Schneestörm finnen!' hebben se noch ropen, sünd torügg in de Club, hebbt de Musik updreiht un Party mit de Gifften makt."

„Un wat hett de Chef seggt?", wull Dancer weten.

„De was lepp stinkig un hett mi mit sien Slee upsammelt. Ick hebb Rotz un Water brullt. He hett mi trööst un dann lacht. ‚Rudolph dat Rendeer mit de rode Nöös!', dat is perfekt as neeie Werbeslogan för Wiehnachten. ‚Dat laten wi nu so!' Dann hett he even Froo Holle anbimmelt, dat se en groote Laden Schnee över dat Clubheim afkippen sull. De Rockers komen daar nu bit Silvester nich mehr rut!", freide sük Rudolph un slubberde de Rest van sien „Manhattan" sinng to End.

15. Dezember

Training für den Ventoux

„Pass auf Thilo, da vorn kommt eine Eisplatte!" Zu spät! Gunnar sah Thilo zwar noch kurz anbremsen, aber der Rennradfahrer aus Leer hatte keine Chance. Es sah aus wie in Zeitlupe beim Giro d'Italia. Langsam und ohne viel Lärm, hörten die anderen, wie *El Capitano*, so nannten ihn seine Freunde, über die angeeiste Straße glitt. Die Pedale machte ein knirschendes Geräusch auf dem Asphalt. Mit einem knappen „Ploff!" landete Thilo samt Rad in einer Schneewehe in den Serpentinen von Surwold im Emsland. Sein Glück: Mit gleich vier Ärzten im Team war die Radkohorte medizinisch überversorgt. Zwei Orthopäden, ein Chirurg und ein Gynäkologe in der Hinterhand. Es war die sogenannte „Brötchenrunde" der eingeschworenen Truppe aus Ostfriesland. Oft waren sie am Sonntag früh unterwegs und zirkelten nach einer Stunde Ausfahrt kurz beim Bäcker vorbei, um sich eine Tüte mit Backwaren für das Frühstück zu Hause zu holen. Heute, an einem sonnigen, hellen und kalten Tag im Winter, nur noch etwas mehr als eine Woche bis Weihnachten, hatten sie sich bei Temperaturen um die null Grad, etwas mehr vorgenommen. Eine Runde aus Leer heraus, über den „Höhenzug" des Hümmlings, dann an die Ems und nach Ostfriesland zurück. Der Hümmling war eine Erdanhäufung mit einer Höhe über dem Meeresspiegel von 25 Metern. Die Ausfahrt würde ein paar Stunden dauern. Die Räder hatten sie von den schmalen Sommerslicks auf breitere Reifen mit Profil umgerüstet. Warm genug angezogen waren sie auch. Alle im schwarz-blau-roten Ostfriesentrikot. „Lever dood as Slaav" stand provokant auf einem der Jackenärmel.

Es war ein kleines Bergtraining für ihr neues Ziel, den Ventoux, einem der Klassiker der Tour de France. Der Mont Ventoux in Frankreich ist von drei Seiten aus zu erreichen. Der schwerste der Anstiege von Bédoin im Südwesten überwindet auf rund 21 Kilometern mehr als 1600 Höhenmeter bei einer durchschnittlichen Steigung von 7,6 Prozent. Manche Autofahrer im Norden halten das schon für eine unüberwindbare Hürde. Und dann kommen später noch Kehren mit 13,9 Prozent bis auf knapp 1.900 Meter. Ein Berg, den jeder Radrennfahrer der Welt mit Ehrfurcht und Hochachtung aussprach. Ein Kampf gegen den inneren Schweinehund und den Schmerz in den Oberschenkeln, der nur mit eisernem Willen bezwungen werden konnte.

Die leichte Anhöhe in Surwold war schon mal ein Anfang, wenigstens ein Antritt von zwei Kilometern mit mehr Watt als üblich. Und trotzdem: In Ostfriesland gab es solche Steigungen nicht. Bei diesen Wetterverhältnissen war es allerdings nicht so einfach, den „belgischen Kreisel" auf die Straße zu bringen. Der letzte Fahrer muss dabei nach vorne fahren, wenn der erste seine Kilometer an der Spitze und im Wind hinter sich hatte und abgelöst werden wollte. Jeder kann somit eine Zeit lang im Windschatten seiner Vorderleute fahren und sich erholen, bis er wieder das Schlusslicht ist und nach vorn sprinten muss.

Die sechs Pedalisten stiegen von ihren Rädern, um ihrem Leader zu helfen. Nichts passiert, zum Glück. Der Schnee verdeckte den Namen von Thilo, der auf seinem Po zu lesen war. Die gepolsterten Trikotflächen für die Hintern zierten die Namen der Jungs: Thilo, Gunnar, Gerhard, Knut, Norbert und Ludger. Als sie die Shirts und Hosen im Sommer abgeholt hatten, waren sie anfangs verwundert darüber, dass sie bei ihren Ausfahrten mit ihren Vornamen angesprochen wurden. Mittlerweile war das normal, gehörte dazu und schweißte zusammen. Wie auf Mallorca, dem Auftakttraining für jedes Radjahr, als eine Gruppe Hamburger Sportler sie auf dem Weg nach Alcudia überholte und wegen der Landkarte, die den Rücken der Jacken mit dem Umriss von Ostfriesland schmückte, eindeutig als Flachländer identifiziert hatte.

Die Tornantes auf der Mittelmeerinsel waren gegen die drei Schwünge im Emsland eine ganz andere Herausforderung. Da ging es schon mal ein paar hundert Höhenmeter nach oben auf den Col d'Orient, das Cap de Grau oder den Puig Major: Jeder für sich, alle für einen. Belohnt wurden sie mit rasanten Abfahrten und genialer Aussicht.

Thilo hatte sich wieder berappelt, den Schnee abgeklopft und sein Fahrrad inspiziert. Alles war gut gegangen, nur ein paar Kratzer an der Pedale. „So, Jungs! Wir haben Zeit verloren! Das holen wir wieder rein. Alles aufsitzen und Kette rechts!" Der Schlachtruf „Kette rechts" bedeutet, vorne nach rechts auf das große Kettenblatt zu schalten, um dann schneller zu fahren, also so etwas wie „Gib Gas!" Eine klare Ansage, die sich so bestimmt anhörte, dass alle schnell wieder auf den schmalen und harten Sätteln saßen. Sie genossen die letzten Tage vor Weihnachten. Die härteste Zeit des Jahres in ihren Jobs lag hinter ihnen und jetzt ging es nur darum, die Strecke von etwas mehr als 100 Kilometern ohne Frostschäden an den Füßen oder Händen zu absolvieren. Eine Belohnung für das Durchhalten wartete zu Hause auf die Männer. Vorher ging es nach Sögel „runter". Als Abfahrt konnte man das nun wirklich nicht bezeichnen. Am Schloss Clemenswerth in Sögel, einer barocken Schlossanlage, machten sie einen Stopp. Ludger stammte aus dem Emsland und kannte sich hier aus. Der Stand auf dem Weihnachtsmarkt verkaufte neben einer leckeren Bratwurst auch heißen, alkoholfreien Punsch. Genau das Richtige vor dem zweiten Teil der Strecke. Thilo fror leicht an den Händen und klammerte sich an der heißen Tasse fest. Gunnar war der Längste in der Truppe, Norbert und Knut die Kürzesten. Gerhard fuhr grundsätzlich auf dem größten Blatt und während die anderen schon kämpfen mussten, schien es für ihn eine Kaffeefahrt mit Frau und Kindern zu sein.

Trotz der Kälte machte es Spaß. Vor drei Wochen waren sie mit Ihren Mountainbikes im Heseler Wald unterwegs gewesen. Sauwetter, Matsch, tiefe Spurrillen von den Waldfahrzeugen, Wasser von oben und von unten. Bei Norbert und Knut waren die Schutzbleche auf der Strecke geblieben, bei Gerhard hatte sich die Kette verheddert und Knut hätte fast einen Ast vor den Kopf bekommen, als er den Schwung an einem Hügel für den Sprung etwas zu motiviert angenommen hatte. Alle sahen danach aus wie Schlickrutscher im Wattenmeer und mussten nicht nur sich, sondern auch die Klamotten und die Räder einweichen.

Das würde heute nicht nötig sein. Von Clemenswerth ging es über Lathen an die Ems. Hier gab es einen gut ausgebauten Radweg, der an dem Fluss entlang auch an Papenburg vorbeiführte. Sie waren schon oft hier gewesen, wenn eines der riesigen Kreuzfahrtschiffe der Meyer-Werft ausgedockt im Wasser vor sich hin dümpelte. Jetzt sah man auf dem martialischen Hallendach nur einen Tannenbaum stehen, dessen Schein der Glühbirnen schwach über das Hafenbecken leuchtete. Immer wieder beeindruckend.

Der größte Teil der Strecke war geschafft. Es ging zurück in die Stadt an der Leda. In den Straßen von Leer war die Weihnachtsbeleuchtung angebracht, am Hafen würde am kommenden Sonntag wieder

der historische Weihnachtsmarkt tausende Besucher anlocken.

Es war nicht der typische Budenzauber, wie er in vielen Städten zu finden war. Einige Leeraner hatten sich vor Jahren entschlossen, mit alten, kleinen und gediegenen Fahrgeschäften, echten Tieren und liebevoll gestalteten Ständen dem Konsum etwas entgegenzusetzen und es funktionierte. Die Leute liebten diese Atmosphäre.

Jetzt mussten die Jungs aber zusehen, dass sie die letzten zwei Kilometer noch hinter sich brachten. Es ging zu Knut in den Garten. Eine Feuertonne brannte auf dem Rasen und gab urige Wärme ab. Erst mal die Hände aufwärmen und einen Glühwein trinken. Die Tonne mit den großen Holzscheiten gab dem ganzen Ambiente einen Hauch von Bronx und Rapper-Romantik. Nach der ersten Runde gingen alle duschen und danach in die heiße Sauna. Der Tag hatte sich gelohnt, die „Bergetappe“ war erfolgreich gemeistert, der Sturz hatte nicht einmal einen blauen Fleck verursacht. So saßen sie, wie die Hühner auf der Leiter, philosophierten über das nächste, perfekte Rennen, die Berge von Mallorca und den Traum, alle gemeinsam einmal den legendären Mont Ventoux zu bezwingen. Prost Glühwein!

15.Dezember

Training för de Ventoux

„Pass up, Thilo, daar vöörn kumpt Ies!“ To laat! Gunnar sach Thilo noch kört anbremsen, man de Rennradfahrer ut Leer harr kien Chance. Dat sech ut as in Zeitlupe bi de Giro d'Italia. Sinnig un sünner Radau höörden de annern, wo El Capitano, as Thilo van sien Frünnen nömt wurr, över de iesglatte Straate sluurde. De Pedale mook en gniestern Luud up de Asphalt. Mit en körte „Ploff!“ lande Thilo mit sien Rad in en Schneebült in de Serpentinen van Surwold in't Emsland. Sien Glück: In dat Team wassen gliek veer Doktors an de Start. Daarmit was de

Radkohorte en beten oververversöörgt. Twee Orthopäden, en Chirurg un en Gynäkologe vör de Achterhand. Se nömen de Utfahrt „Broodje-runn“. Faken wassen se sönndags froh unnerwegens un zirkelden na en Stünn kört bi de Backer vörbi, um för de Familie wat to eten to kopen. Vandaag, an en sünnigen, hellen un kollen Winterdag, was dat blot noch en beten mehr as en Week bit Wiehnachten. Se harrn sük bi Temperaturen um null Grad wat vörnahmen. En Runn ut Leer rut, över de „Höhenzug“ van de Hümmling, dann an de Ems un na Ostfreesland törügg. De Hümmling was en Erdbült mit en Höchte van 25 Meter över de Speegel van't Meer. De Utfahrt warde en paar Stünnen düren. De Raden harrn se van smale Sömmerslicks up bredere Reifens mit Profil umrüst. Warm genoog antrucken wassen se ok. All in swatt-rood-blaue Ostfreesentrikots. „Lever dood as Slaav“ stunn provokant up de Ärmels van de Joppen.

Dat was en lüttet Bargtraining för her neeiet End, de Ventoux, en van de Klassiker van de Tour de France. De Mont Ventoux in Frankriek is van dree Sieden to winnen. De swaarsde van de Ansteege van Bédoin in de Südwesten överwinnt up knapp 21 Kilometer mehr as 1600 Meter in de Höchte bi en Stiegen van 7,6 Prozent in dat Middel. Mennig Autofahrer in de Noorden hollen dat all för nich to schaffen. Un later kwammen dann Kehren mit 13,9 Prozent bit up bold 1.900 Meter. En Barg, de elke Radfahrer in de Welt mit Ehrfurcht un Hochachten utsprook. En Slacht tegen de innere Swienhund un de Pien in de Schenkels, de blot mit iesdern Willen overwunnen warden kunn.

De lichte Höchte in Surwold was all mal en Begünn, tominnst en Antritt van twee Kilometer mit mehr Watt in de Benen as normaal. Un doch: In Ostfreesland gaff dat disse Stiegen nich. Bi disse Weer was dat nich so eenfach, de „belgische Kreisel“ up de Straate to brengen. De lesde Fahrer muss daarbi na vörn fahren, wenner de ersde sien Kilometer an de Topp un in de Wind achter sük laten hett un aflöst warden wull. Elk un een kann en Tied lang in de Windscharr van de Vörderlüü fahren un sük verhalen, bit he wedder an de End is un na vörn sprinten mutt.

De sess Pedalisten steegen van her Raden, um her Leader to helpen. Nix passeert, to'n Glück. De Schnee verdeckde de Naam van Thilo, de up sien Mors to lesen was. De polsterde Trikotplaat för de Achterdelen smückde de Namen van de Jungs: Thilo, Gunnar, Gerhard, Knut,

Norbert un Ludger. As se de Shirts un Büxen in'n Sömmer ofhaalt harrn, wasen se to Begünn leep verwunnert daaröver, dat se van elk un een bi her Utfahrten mit her Vörnamen anprot worden wassen. Nu was dat normaal, hörde daarto un sweißde tosamen. As up Mallorca, de Begünn van dat Training in elke Jahr. Daar harr se en Gruppe ut Hamborg up de Weg na Alcudia överhaalt. Se harrn de Jungs um de Landkaart mit de Muster van Ostfreesland, de de Rügg van Trikots zierdee, as echte Noorddüütsche utmakt.

De Tornantes up dat Eiland in dat Middelmeer wassen tegen de dree Kehren in't Emsland en heel anner Herutfordern. Dat gung all mal en paar hunnert Meter in de Höchte up de Col d'Orient, dat Cap de Grau of de Puig Major: Elk un en för sük, man all för een. Belohnd warden se dann mit snelle Affahrten un en geniale Utsicht.

Thilo harr sük wedder berappelt, de Schnee afkloppt un sien Rad unnersöcht. Dat was all good gahn, blot en paar Krabbers an en Pedaal. „So, Jungs! Wi hebbt Tied verloren! De haalen wi wedder rin. All upsitten un Kedde rechts!“ De Slachtroop „Kedde rechts!“ bedütt, vöörn na rechts up dat groote Keddenblatt schalten, umdat en drocker fahren kann. So wat as „Giff Gas!“. En klare Anseggen, de sük so düdelk anhörde, dat se drock wedder up her Saddels seten. Se muchen de lesden Dage för Wiehnachten. De harde Tied van't Jahr in her Jobs lagg achter se un nu gung dat blot daarum, de Strecke van en beten mehr as 100 Kilometer sünner an Hannen un Foten to freisen, to schaffen.

En Belohnen wachtde all to Huus up de Kerls. Vördeem gung dat na Sögel „runner“. Affahrt kunn man dat wies nich nömen. An dat Kasteel Clemenswerth in Sögel, en barocke Slöttanlaag, mooken se en Stopp. Ludger kwamm ut dat Emsland un kennde sük hier ut. De Stand up de Wiehnachtsmarkt verköffde en lecker braden Wurst un ok heet Glühwien sünner Alkohol. Dat was jüst to de rechte Tied kamen vöördem dat up de tweede Etappe van de Strecke gung. Thilo was an sien Hannen en beten an't Freisen un klammerde sük an de Tasse fast. Gunnar was de langste van de Truppe, Norbert un Knut de lüttjesten. Gerhard fuhr jümmers up dat gröttsde Blatt. Wenner de annern all an't Kämpen wassen, was dat för Gerhard so wat en Koffjefahrt mit sien Familie.

Ok wenner dat kold was, dat mook Spaß. Vöör dree Weken wassen se mit her Mountainbikes dör de Heseler Wald kachelt. Swieneweer, Mudder, deepe Sporrillen van de Maschinen van de Waldarbeiter, Water van boven un unnen. Bi Norbert un Knut wassen de Schuurblicken up de Strecke bleven, bi Gerhard harr sük de Kedde verheddert un Knut harr bold en Tacken för de Kopp kreegen, as he de Swung an en Högel för de Jump en beten to dull nahmen harr. All sehn daarna ut as Slickslipper in't Wattenmeer. Se mussen nich blot sük, anners ok de Klamotten un de Raden inweiken.

Dat was vandaag nich nodig. Van Clemenswerth gung dann över Lathen an de Ems. Hier gaff dat en goode Radweg, de an de Ems langes ok an Papenbörg vörbiföhrde. Se wassen all faken daar west, wenner en van de Krüüzfahrtschepen van de Meyer-Warft utdockt wurr un in dat Water vör sük hendümpelde. Nu harrn se up dat beindruckende Dack van de gröttsde Hall en Dannboom plant, van de de Schien van de Glühperen swack över dat Havenbecken lüchde. Jümmers wedder imponerend.

De gröttsde Deel van de Strecke was schafft. Nu gung dat torügg in de Stadt an de Leda. In de Straaten van Leer wassen de Wiehnachtslüchten anbracht, an de olle Haven wurr an de tokomen Sönndag de historisch Wiehnachtsmarkt wedder dusend van Besöker anhalen. Dat was nich de typische Budenkökelee, as man se ut veel anner Städte wennt was. En paar Leeraner harrn sük vör en paar Jahre in de Kopp sett, en Markt mit olle, lütte un gediegen Fahrbedreeven, echte Deeren un mooi utstafferde Stannen uptobaun um de Konsum wat tegentostüüren, un dat leep van de ersde Dag an. De Lüü wassen beindruckt van de besünner Atmosphäre.

Nu mussen de Jungs avers Gas geven för de lesde twee Kilometer na Huus. Dat gung to de Tuun van Knut an. En Füürtunn brannde up de Rasen un gaff en urig Warmte. Toerst mal de Hannen upwarmen un en Glühwien drinken. De Tunn mit de grooten, holten Stücke gaff de heel Ambiente en Bild van en Rapper-Party in de Bronx. Na de ersde heet Runn gungen all tosamen dusken un daarna in de Sauna. De Dag harr sük utbetahlt, de „Bargetappe“ was schafft, de Stört vergeten. So satten se as up en Höhnerledder un protden över dat perfekte Rennen, de Barge van Mallorca un de Drööm, all tosamen eenmal de legendär Ventoux to bedwingen. Prost Glühwien!

16. Dezember

Eine Frage der Ehre

Da lag der Weihnachtsmann auf seinem Schlitten, er war völlig erledigt. Dicke Füße, geschwollene Knie, rote Nase und tränende Augen. Es wird immer schlimmer, dachte er sich, und meinte damit nicht sein Alter. Klar, er war leicht übergewichtig, passte nicht mehr durch alle Schornsteine und hatte auch sonst nicht mehr so viel Puste. Aber die Kinder von heute waren einfach nicht mehr wie früher. Was hatte er sich nicht alles gefallen lassen müssen. „Süßes oder Saures?“ hatten sie ihm vorgeschlagen. Hier hatten Eltern und Schule anscheinend kollektiv versagt. Falsches Fest, falsche Jahreszeit. Unsitten aus „Trumpland“, genauso degeneriert wie der Mann an der Spitze! „Idiot in Chief“, wie ein deutscher Kabarettist ihn nannte. Er hatte überhaupt nichts übrig für Halloween, Valentinstag oder den anderen importierten Quatsch, der nur der Industrie einen Vorteil brachte.

Da hatte er doch im November ein Schreiben vom Zahnärzteverband bekommen. Darin wurde darum gebeten, nicht mehr so viel Süßigkeiten zu verschenken, wegen Karies und anderer Mund- und Zahnkrankheiten, von adipös veranlagten Bälgern mal ganz abgesehen. Stattdessen vielleicht eine Zahnbürste mit der passenden Creme dazu im Geschenkset. Das forderten die Richtigen! Wie sollte das denn gehen? Einen auf Gesundheitsengel machen, aber unterm Tannenbaum auf Kostem der anderen Champagnerkorken knallen lassen und Blätterkrokant aus der Schweiz in sich reinstopfen.

Er war einfach zu alt geworden für diese ganzen Allüren, Spielchen und dieses immer mehr, mehr, mehr – größer, teurer, bunter, lauter! Gereizte übermüdete Mütter, genervte Väter, quengelige Dreijährige und dauerbeleidigte Pubertiere – scheinbar passte es keinem, wie sich das Fest der Liebe entwickelt hatte. Trotzdem machte jeder mit und er, der Weihnachtsmann, hatte die Folgen zu tragen. Diese Kinder, die ihm, weil er nicht die breite Auswahl an Süßigkeiten eines Supermarktes bei sich hatte, Saures gegeben hatten. Ein Tritt vor sein Schienbein, dann mit dem Fuß auf sein Hühnerauge und Eltern, die es auch noch witzig fanden, wenn er sich vor Schmerzen krümmte. „Na, Vatti, auch nicht mehr der Jüngste!“, um sich danach vor die Kinder zu stellen, die ja nur einen Spaß gemacht hätten. Manchmal wünschte er sich, dass dieses Märchen der Gebrüder Grimm, „Knüppel aus dem Sack“, nicht nur eine Geschichte wäre, sondern ihm bei seinem Job helfen würde. Eine Art Bodyguard für gequälte Weihnachtsmänner.

Er war einfach zu lieb und zu bescheiden geblieben. Für ihn war Weihnachten noch immer das Fest der Liebe. Er hatte an seiner Art festgehalten, die Welt hatte sich rasend schnell verändert. War das sein Fehler? Nein, er blieb konsequent und überlegte, ob er den ganzen Zirkus im kommenden Jahr noch mitmachen würde. Vielleicht sollte er rumänische Hilfskräfte aus den Karpaten auf 450-Euro-Basis für den Transport der Weihnachtsgeschenke engagieren. Da müsste er keine Angst um sein Schienbein mehr haben. Oder er gab seine Lizenz an diese Onlineversender ab! Da gab es ja alles, sogar mit Abholgarantie und Umtausch zwischen den Jahren.

Er hatte jetzt erst mal die Nase voll. Er rutschte vom Schlitten und nahm auf dem Weg ins Haus ein paar Schneebälle mit. Damit konnte er seine Schienbeine prächtig kühlen, während er seine Füße im Kamin wärmte. Vielleicht würde sich sein Groll irgendwann im Laufe des Jahres ja wieder verziehen und er seine Gewerbeanmeldung doch nicht zurückgeben.

16. Dezember

Nich utohollen

Daar leeg de Wiehnachtsmann up sien Slee un was total bedeent. Dicke Foten, swullen Knejen, rode Nöös un traande Ogen. Dat wurr jümmers maller, doch he, un meen daarmit nich sien Oller. Klar, he was en beten to dick, passde nich mehr dör all Schostenen un harr ok anners nich mehr so vööl Puust. Man de Kinner van vandaag wassen nich mehr mit de van fröher to verglieken. Wat harr he sük nich all anhören musst dit Jahr. „Sötet of Suuret?“ harrn se hum vörslaan. Hier harrn de Ollen un de Mesters kollektiv verseggt. Verkehrdet Fest, verkehrde Jahrstied. Unsitten ut „Trumpland“, nettso degenereert as de Mann an de Topp van disse arig worden Nation. „Idiot in Chief“ as en düütsche Kabarettist hum all nömt hett.

He harr nix över för Halloween, de Valentinsdag of de anner inföhrt Kraam, van de blot de Industrie Vördeelen harr. Noch in'n November harr he Post van de Verband van de Kusendoktors kregen. Se wullen van hum, dat he nich mehr so vööl Söötkraam verschenken sall, van wegen Karies un anner Kusenlieden, van dicke Kinner gar nich to proten. Villicht en Kusenbössel mit en hannig Creme daarbi. En up Gesundheitsengel maken, man up Kostem van anner Lüü unner de Dannboom de Champagnerkorken knallen laten un Bladenkrokant ut de Schwizz freten.

He was eenfach to old worden för disse Allüren, Spööle un dit jümmers mehr, mehr, mehr – grötter, dürer, luder, bunter! Anfreten, overmööit Moders, rappelige Vaders, quakerk Kinner vanaf twee Jahre un jümmers insnappt Puberdeeren – kieneen van de pöss, wat ut dat Fest van de Leevde worden was. Man elk un een mook mit un he, de Wiehnachtsmann, harr de Folgen to dragen. Disse Kinner, de hum, blot wiel he nich de bredd Utwahl an Söötkraam ut de Supermarkt daarbi harr, so richtig Suuret geven harrn. En Trapp för sien Scheenbenen, dann mit de Foot up sien Höhneroog un dann de Ollen, de dat ok noch to'n Lachen funnen, wenner he sük för Pien krümmen dee. „Na, Vatti, ok nich mehr de Jüngste, wa!“, un sük daarna för de Kinner stellen, de ja man blot en Spaß makt harrn. Mitunner wiskede he sük, dat disse Märchen van de Bröer Grimm „Knüppel ut de Sack!“, nich blot en Geschicht was, sünnern hum ok bi sien Job helpen dee. En Art Bodyguard för piesackde Wiehnachtsmannen.

He was to leev un bescheden bleeven. För hum was Wiehnachten jümmers noch dat Fest van de Leevde. He harr an sien Art fasthollen, man de Welt harr sük to snell ännert. Was dat sien Versehn? Nee, he bleev konsequent un doch daaröver na, of he de heele Rummel ok in dat anner Jahr noch maken wull. Villicht was dat good, so as de annern dat ok mooken, en paar Lüü ut Rumänien ut de Karpaten up 450-Euro-Basis intostellen, för de Transpoort van de Geschenke. Dann muss he kien Angst mehr um sien Scheenbenen hebben. Of gaff he sien Lizenz an disse Onlinehannelslüü af! Dat gifft dat ja all langer, ok mit de Garantie, dat se dat bi di tüsken de Jahre wedder umtusken.

He harr de Snuut so wat van vull. He slidderde van sien Slee un namm up de Weg in’t Hus noch en paar Schneeballen mit. Daarmit kunn he sien Scheenbenen in de Tied köhlen, in de he sien kolle Foten an de Kamin warmen dee. Villicht warde sien Dullereei över dat Jahr verfleegen un he dat Geschäft mit de Geschenke doch noch wieder maken.

17. Dezember

Pater Illic

Auf dem Hof des Kulturspeichers in Leer stehen Übertragungswagen des NDR. Seit 1953 wird auch in der ostfriesischen Stadt an Ems und Leda der „Gruß an Bord“ aufgezeichnet und am Heiligen Abend den Seeleuten in die ganze Welt gesendet. Deren Frauen, Kinder, Eltern, andere Verwandte, Freundinnen, alle vermissen gerade an Weihnachten ihre Lieben, die über die ganze Welt verteilt sind. Weihnachten am Strand von Rio de Janeiro, im verschneiten Hafen von Oslo oder unterwegs auf den Meeren der Welt. Mit Weihnachtsromantik hat das oft nichts mehr zu tun.

An der Kaffeetafel im Vorraum des provisorisch eingerichteten Studios sitzt Bata Illic, 1939 in Belgrad geboren, im damaligen Königreich Jugoslawien. Seitdem er seine „Michaela“, gesprochen „Mikkaela, aha!“, besungen hat, gehört sein Hit in jede Plattensammlung. Besonders in die einer der ältesten Radiosendungen der Welt, die noch ausgestrahlt werden.

Also, sitzt Bata Illic, Jugoslawe, Sohn eines Finanzbeamten, Lehrer, Musiker und Sänger auf seinem Stuhl und unterhält sich mit zwei netten Damen aus Moormerland, die ihren Enkeln ein plattdeutsches Lied ins Mikro singen wollen. Zumindest bemüht er sich, ihnen zu folgen.

„Wat maken ji denn hier, Herr Illic?!“, fragt die ältere der beiden.

„Bitte?“, kommt vom Balkanbarden.

„Wat se hier willen?“, möchte die andere wissen.

„Ich verstehe kein Plattdeutsch, aber ich glaube, ich weiß was sie meinen. Ich habe heute hier einen kurzen Auftritt, weil sich einer der Seeleute zu Weihnachten ‚Michaela‘ gewünscht hat.“

„Is dat ’ne Puppe oder so wat?“, will die Ältere wissen.

„Du Dussel!", kommt von der Jüngeren. „Das ist doch ihn sein bekanntes Lied, was er auch schon inne ZDF-Hitparade gesungen hat. Schon ein bisschen wat her, ne? Aber das ist doch gar kein Weihnachtslied!"

„Ne, aber das geht doch um Liebe!", ergänzt die ältere Dame und grübelt sichtlich nach. Und dann fällt ihr ein, wie das mit Michaela so war und fängt leise an zu singen. „Du bist alles für mich, denn ich liebe nur Dich, Michaela, und mit dir ganz allein will ich nur glücklich sein, Michaela, jeder Tag ist so schön, weil wir zwei uns verstehn, Michaela, du bist mein Sonnenschein, lass mich nie mehr allein, Michaela."

„Was haben sie denn sonst noch so an Weihnachtsliedern gesungen, Herr Bata?", will die jüngere der beiden Ostfriesinnen wissen.

„Der heißt Illic, du Dussel!"

„Also, meine anderen bekannten Lieder sind ‚Ich hab noch Sand in den Schuhen von Hawaii' und ‚Mit meiner Balalaika war ich König von Jamaika!'"

„Das sind aber komische Weihnachtslieder! Aber sie sind ja auch Jugoslawe, die haben ja sowieso viel mehr Feuer im Blut! Vielleicht ist das bei ihnen da so!"

Schweigen! Bata Illic ist ein freundlicher Mann und lächelt die beiden Damen noch mal an. Die wissen auch nicht mehr, was sie sagen sollen. In diesem Moment kommt der Aufnahmeleiter für die Sendung um die Ecke. Bata Illic atmet sichtlich auf und verabschiedet sich freundlich von den beiden Ladies.

„Herr Illic, wir haben diesmal einen neuen Moderator für den ersten Teil der Sendung! Ein ganz junger Typ, sein Vater ist Kapitän zur See. Der ist etwas aufgeregt. Vielleicht können sie ihm als Profi etwas unter die Arme greifen. Wäre schön!"

„Mache ich sehr gern. Haben sie die CD mit dem Playback da? Dann kann ich gleich nach dem Interview singen!"

„Schau ich nach, Herr Illic, aber das geht klar! So, das ist ihr Platz, ihr Mikro, das ist der Moderator. Er weiß Bescheid. Viel Spaß! Es geht gleich los. Alles auf Anfang, die Bänder laufen.“

Der junge Mann am anderen Ende des Tisches sitzt vor seinem Mikrofon. Der Kugelschreiber in seiner Hand zittert, der Blick ist etwas abwesend. Da kann auch der Weihnachtspullover mit dem angetrunkenen schwedischen Elch nicht mehr viel retten. Das Rotlicht leuchtet auf, die Sendung beginnt.

„Herzlich willkommen, liebe Zuhörer zur Kultsendung „Gruß an Bord“. Auch in diesem Jahr wieder aus dem Kulturspeicher in Leer. Mein erster Gast ist Pater Illic. Schön, dass sie heute dabei sind und sogar noch ein Lied singen werden. Pater Illic, wenn sie an Weihnachten denken, was ist ihnen in dieser hektischen Zeit als Pater besonders wichtig?“

Bata Illic scheint im ersten Moment verwirrt, was wiederum den Moderator etwas ins Schleudern bringt.

„Pater Illic, als Geistlicher, was bedeutet ihnen das Weihnachtsfest?“

Okay, denkt sich Bata Illic, da muss ich meine Erinnerungen aus der Zeit als Ministrant rauskramen.

„Wenn ich als kleiner Junge in Belgrad Kirchendienst hatte, dann waren die Menschen meistens sehr still und andächtig, besonders an Weihnachten. Auf den Straßen lag Schnee, es gab keinen Lärm und in den Kaufhäusern war von Hektik nichts zu spüren. Heute ist viel zu viel Rummel, da kann ich auch mit meinen Liedern den Menschen etwas helfen.“

„Welche geistlichen Lieder sind das denn?“

„Ich weiß nicht, ob die als geistliche Lieder durchgehen aber da wären zum Beispiel: ‚Wo Liebe ist, da ist auch ein Weg!‘, ‚Schwarze Madonna‘, ‚Da war ein Engel‘ oder, passend zu den Männern auf See, ‚Nach jedem Abschied‘.“

„Das hört sich ja schon fast weltlich an. Wie feiern sie denn Weihnachten in ihrer Kirche?“

„Ich feiere Weihnachten immer in der Mitternachtsmette. Das geht mir immer sehr zu Herzen. Aber meine Kirche ist das nicht!“

„Ja, ne, ist klar, die Kirche gehört natürlich allen Gläubigen und denjenigen, denen das Weihnachtsfest etwas bedeutet. Danke, Herr Illic, für den geistlichen Impuls! Und jetzt hören wir von Pater Illic für alle Seeleute da draußen und besonders für Tjarko Eilts aus Westgroßefehn, der gerade mit dem Containerschiff ‚Ambrosia‘ in der Straße von Malakka unterwegs ist, den Song ‚Michaela‘! ‚Mikkaela‘ wird das ausgesprochen, aber das hören Sie jetzt selbst. Einen Gruß an Bord für Tjarko!“

Der Techniker startet das Playback, Bata Illic singt seine „Michaela“. Die Gäste im Studio hören zu und klatschen und summen in den Refrains sogar mit. „Du bist alles für mich, denn ich liebe nur dich, Michaela, und mit dir ganz allein will ich nur glücklich sein, Michaela, jeder Tag ist so schön, weil wir zwei uns verstehn, Michaela...“

„Das war schon etwas merkwürdig!“, sagt Bata Illic danach zum Aufnahmeleiter. „Ich weiß gar nicht, warum der mich solche kirchlichen Sachen gefragt hat.“

„Der muss sie irgendwie mit einem Priester verwechselt haben. Ist eben noch ganz jung. Haben sie aber toll hingekriegt!“, lobt der Aufnahmeleiter.

Der Moderator ist offensichtlich schwer beeindruckt vom Auftritt des Sängers. Am späten Abend treffen sich alle Beteiligten noch an der Bar des Hotels. „Dieser Pater Illic war ja echt gut drauf. Und dass der sich für die Sendung ein Liebeslied ausgesucht hat, finde ich für einen Pater ganz schön mutig!“, sagt der junge Mann.

Der Aufnahmeleiter findet, dass es jetzt an der Zeit ist, seinen jungen Kollegen aufzuklären. „Du weißt schon, dass das kein Pater war. Wir haben uns alle gewundert, dass du den Schlagersänger Bata Illic dauernd Pater Illic genannt hast!“

„Ach du großer Gott! Warum hat mir das denn keiner gesagt. Ihr habt mich da voll ins offene Messer moderieren lassen. Was denkt sich der Chefredakteur denn jetzt? Da kann ich mich doch nie wieder sehen lassen. Das kostet mich sicher meinen Job!“

„Keine Panik. Der Chef hat schon angerufen und meinte, dass das genauso drin bleibt. Ist mal ein echtes Highlight für die Sendung, hat er gesagt und tierisch gelacht. Ein echter Brüller! So, auf den Schrecken gebe ich jetzt einen Schnaps aus. Nich lang schnackn, Kopp in'n Nacken. Frohe Weihnachten!"

Und, nachdem beide den Kurzen gekippt haben: „Pater Illic, wie geil ist das denn!"

17. Dezember

Pater Illic

Up de Hoff van de Kulturspieker in Leer stahnt de Wagen för dat Överdragen van de NDR. Siet 1953 ward ok in de ostfreeske Stadt an Ems un Leda de Sennen „Gruß an Bord" upteikend un an de Hillige Avend na de Seelüü in de heele Welt stüürt. De Froen, Kinner, Ollen, Verwandte, Fründinnen: All vermissen jüst an disse Dag her Leeven, de in de heele Welt verdeelt sünd. Wiehnachten an de Strand van Rio de Janeiro, in de verschneide Haven van Oslo of meesttied up See. Mit de Romantik van Wiehnachten hett dat nich vööl to doon.

An de Koffjetafel in de Vöörruum van dat up Tied baude Studio sitt Bata Illic. He was 1939 in Belgrad, domaals hööřde dat to dat Königriek Jugoslawien, up de Welt kamen. Siet he över „Michaela", utproot „Mikkaela, aha!", sungen hett, hört disse Hit in elke Plattensammeln, besünners avers in en van de ollsten Radiosennen van de Welt, de noch utstrahlt ward.

Also sitt Bata Illic, Jugoslaw, Söhn van en Finanzbeamte, Mester, Musiker un Sänger up sien Stohl un unnerhollt sük mit twee nette Damen ut Moormerland, de her Enkel en plattdüütschet Leed in't Mikro singen willen. Tominst deiht he so, as of he de Proot folgen kann.

„Wat maken Se denn hier, Herr Illic?!“, froog de ollere van de beiden.

„Bitte?“, kummt van de Balkanbarde.

„Wat se hier willen?“, will nu de annere weten.

„Ick verstah kien Platt, man ick glööv, ick weet, wat se meenen. Ick heff hier vandaag en körte Uptritt, wiel sük en paar Seelüü ‚Michaela‘ wünscht hebbt.“

„Is dat ne Puupe of sowat?“, meent de ollere.

„Du Dussel!“, kummt nu van de jüngere. „Dat is doch sien bekannt Leed, wat he ok all in de ZDF-Hitparade sungen hett. Is all wat her, ne? Avers dat is doch gar kien Wiehnachtsleed!“

„Ne, avers dat geiht um Leevde!“, latt de oller ruthangen. Dann fallt her in, wo dat mit Michaela so was un fangt sacht an to singen. „Du bist alles für mich, denn ich liebe nur Dich, Michaela, und mit Dir ganz allein will ich nur glücklich sein, Michaela, jeder Tag ist so schön, weil wir zwei uns verstehn, Michaela, Du bist mein Sonnenschein, lass mich nie mehr allein, Michaela.“

„Wat hebbt se denn anners noch so för Wiehnachtsleder sungen, Herr Bata?“ will nu de ollere van de beiden Ostfreesinnen weten.

„De Kerl heet Illic, Du Dussel!“

„Mien anner bekannde Leder sünd ‚Ich hab noch Sand in den Schuhen von Hawaii‘ und ‚Mit meiner Balalaika war ich König von Jamaika!‘“

„Dat sünd avers putzig Leder to Wiehnachten! Man se sünd ja ok Jugoslaw, de hebbt dat ja ehrder mit Füür un Blood un so. Villicht is dat ja bi jo so!“

Swiegen! Bata Illic is en frünnelk Mann un lacht beid Omas noch mal an. De weten ok nich mehr, wat se seggen sallen. In disse Moment kumpt de Upnahmeleiter för de Sennen um de Eck. Bata Illic aamt dör un segg „Tschüß!“ an de beiden Damen.

„Herr Illic, wi hebbt ditmaal en neeie Moderator för de ersde Deel van de Sennen! En heel junge Typ, sien Vadder is Kaptain up See. He is en beten klöterig. Villicht köhnt se hum as Profi wat unner de Arms griepen. Dat was leep mooi!“

„Maak ick gern. Hebbt se de CD mit dat Playback? Dann kann ick futt na dat Interview singen!“

„Ick kiek mal even, Herr Illic, man dat will wall klappen! So, dat is her Platz, her Mikro, dat is de Moderator. De weet Bescheed. Vööl Pleseer! Geiht futt los. All up Begünn, de Bannen lopen.“

De junge Kerl an dat annere End van de Tafel sitt för sien Mikrofon. De Pen in sien Hand is an't Trillen, he kiekt, as wenner he gar nich daar is. Daar kann ok sien Wiehnachtspullover mit de andrunken, swedisch Elch nix mehr redden. Dat rode Lücht fangt an'n Blinken an, de Sennen löppt.

„Hartlik willkomen, leeve Tohörer to uns Kultsennen ‚Gruß an Bord'. Ok in disse Jahr wedder ut de Kulturspieker in Leer. Mien ersde Gast is Pater Illic. Mooi, dat se vandaag daarbi sünd un uns ok noch en Leed mitbracht hebbt. Pater Illic, wenner se an Wiehnachten denkt, wat is se in disse drocke Tied as Pater besünners wichtig?“

Bata Illic is in de ersde Moment en beten verdattert, wat to de lieke Tied de Moderator up de Schöfels brengt.

„Pater Illic, se as Geistliche, wat bedütt dat Fest för se?“

Okay, denkt Bata Illic, daar mutt ick mal mien Erinneren ut de Tied as Missdeener rutkramen.

„Wenner ick as Büdel in Belgrad Karkendeenst harr, dann wassen de Minsken meesttied still un andächtig, besünners an Wiehnachten. Up de Straaten lag Schnee, dat gaff bold kien Schandaal un in de Koophusen was van Stress nix to marken. Vandaag is daar to vööl Rummel, daar kann man de Lüü mit mien Leder wedder en beten to Besinnen brengen.“

„Welke geistliche Leder sünd dat dann?“

„Ick weet nich, of de as geistliche Leder dörgahnt. Daar sünd to'n Bispööl: ‚Wo Liebe ist, da ist auch ein Weg!‘, ‚Schwarze Madonna‘,

‚Da war ein Engel', of, passend to de Jungs up See, ‚Nach jedem Abschied'."

„Dat hört sük all bold weltlick an. Wo fieren se Wiehnachten in her Kark?"

„Ick fier Wiehnachten jümmers in de Miss um Middernacht. Dat geiht mi an't Hart. Man mien Kark is dat nich!"

„Ja, ne, is klar, de Kark hört all Lüü de glööven un de, för de Wiehnachten wat besünners is. Bedankt, Herr Illic, för de geistliche Impuls! Un nu hört wi van Pater Illic för all Seelüü daar buten un besünners för Tjarko Eilts ut Westgrootfehn, de jüst mit dat Containerscheep ‚Ambrosia' in de Straate van Malakka ünnerwegens is, dat Leed ‚Michaela'! ‚Mikkaela' ward dat utproot, man dat hört se nu sülvs. En Grööt an Bord för Tjarko!"

De Techniker drückt up de Knoop, dat Playback geiht los, Bata Illic singt sien „Michaela". De Gäste in't Studio lustern un klappen un summen in de Refrains sogar mit. „Du bist alles für mich, denn ich liebe nur Dich, Michaela, und mit Dir ganz allein will ich nur glücklich sein, Michaela, jeder Tag ist so schön, weil wir zwei uns verstehn, Michaela..."

„Dat was en beten arig!", see Bata Illic daarna to de Upnahmeleiter. „Ick weet gar nich, warum de mi mit disse Karkensaaken kamen is."

„De mutt se eets mit en Preester verwesselt hebben. Is even noch bannig jung, de Fend. Dat hebbt se avers leep good makt!", loovt de Upnahmeleiter.

De Moderator is swaar beindruckt van de Uptritt van de Sänger. An de Avend sitt he mit all Lüü van't Team tosamen an de Hotelbar.

„Disse Pater Illic was ja good d'rup. Un dat he sük för de Sennen en Leed över Leevde rutsöcht hett was för en Pater modig!" , see de junge Kerl.

De Upnahmeleiter denkt, dat dat nu wall an de Tied is, sien junge Kolleg uptoklären. „Du weest wall, dat dat kien Pater was. Wi hebbt uns all wunnert, dat du ut de Schlagersänger Bata Illic jümmers wedder Pater Illic makt hest!"

„Ach, du leeve Gott! Warum hett mi dat denn kieneen seggt? Ick bün vull in't open Mest rannt. Wat denkt de Chefredakteur denn nu? Daar kann ick mi doch noit nich wedder sehn laten. Dat köst mi seker mien Job!"

„Nu man kien Panik. De Chef hett all anropen un meende, dat dat so as dat is in de Sennen blifft. Is mal en echtet Highlight, hett he seggt un luud lacht. En echte Brüller! So, up disse Schrecken geev ick nu en Runn Kuur ut. Nich lang schnackn, Kopp in'n Nacken! Blied Wiehnachten!"

Un, nadeem beid de Kuur kippt hebbt: „Pater Illic, waar geil is dat denn!"

18. Dezember

Die Rache der Rentiere

Die Nase von Rudolph blinkte, als der Lastwagen die komplette Ladung feinen Kieses in der Hauseinfahrt von Herrn Zimmermann in Timmel auf die Auffahrt kippte, direkt vor dessen nagelneuen SUV einer bekannten deutschen Marke. Es war früh am Morgen und der Verkehr rollte in unregelmäßigen Abständen an der noblen Villa des Baustoffhändlers vorbei.

„Meinst Du, das reicht?“ Donner stand neben Rudolph, dessen leuchtende Nase den Verkehr auf die Gefahrenstelle hinwies.

„Oder wollen wir noch eine Fuhre bestellen?“, fragte Rudolph zurück.

„Lass mal stecken. Bis der das alles aus der Auffahrt geschaufelt hat, dauert es ein paar Stunden. Damit hat er reichlich zu tun, selbst wenn er sich den Radlader aus seiner Firma bringen lässt. Und aus den Fugen und dem Rasen kriegt er das so schnell nicht raus.“

Diese unbestellte Lieferung hatte einen Grund. Die Rentiere des Weihnachtsmannes fühlten sich in den letzten Jahren immer häufiger an der Nase herumgeführt. Noch schlimmer als die Kinder waren die Eltern. Was waren das für Zeiten gewesen, als sie bei ihren Besuchen Hafer, Mohrrüben, Wasser und Zuckerstücke vorgefunden hatten! Jetzt waren die Grundstücke abgezäunt, die Spitzen mit Stacheldraht umschlungen, kaum noch Platz zum Landen und wenn sie es mit dem Schlitten dann doch irgendwie geschafft hatten, gingen Alarmsirenen und Halogenstrahler an. Sie blendeten die Augen der Tiere und sorgten für einen unangenehmen Tinnitus. Das war einfach kein Zustand mehr. Deshalb hatten sie sich entschlossen, in diesem Jahr „angemessene“ Geschenke zu liefern. Die Ladung feiner Kies für Zimmermann war erst der Anfang.

„Rudolph, was hat der Mann denn gemacht, dass der den Kies zu Weihnachten gratis geliefert bekommt?“, fragte Cupid, der dafür bekannt war, dass er nicht die hellste Kerze an der Tanne war. Cupid hatte vor lauter Fresserei die Gesamtplanung für die unangemeldeten Besuche mal wieder verpennt.

„Also, erstens bekommt der wehrte Herr Zimmermann die Ladung nicht kostenfrei geliefert. Die haben wir auf seinen Namen und mit seiner Rechnungsadresse bei seinem größten Konkurrenten bestellt. Der wird sich gewundert haben, was das soll. Und zweitens: Kannst Du Dich an den kleinen Alexander erinnern, der unbedingt eine Armbrust zu Weihnachten wollte, damit er auf Playmobilfiguren im Garten schießen kann?“

„War das dieser halslose, dickliche Racker, der die ganzen Pfeile dann auf uns geschossen hat, weil sein Vater gesagt hat, dass Playmobilfiguren langweilig sind und dass man doch besser auf fliegende Rentiere anlegen sollte?“, fragte Cupid.

„Genau der! Und der Vater ist der schlimmste. Wenn ich diese Arrogantniks schon sehe, mit ihren Wohlstandsbäuchen, den aufgetakelten Frauen, die das Personal schikanieren und die Blagen komplett verziehen, dann trifft das genau den Richtigen!“ Rudolph war immer noch auf Krawall gebürstet, wenn er darüber nachdachte, dass die Pfeile zwar nicht besonders scharf waren, aber bei Treffern doch ganz schön gepiekt hatten.

„Kein Mitleid mehr mit diesen Kulturbanausen der Oberklasse, die glauben, sie können jeden behandeln wie sie wollen, nur weil sie die dicke Kohle auf dem Konto haben. Da packe ich mal ganz schnell die ganze Palette der APO aus, damit die auch spüren, dass der Bumerang nicht immer nur wegfliegt, sondern auch zurückkommt.“

„Wer ist der nächste?“, wollte Dasher wissen.

„Wir fliegen jetzt weiter nach Aurich! Da gibt es doch diese Apothekerin, die uns aus Spaß Abführmittel auf die Zuckerstücke geträufelt hat. Erst einen auf nett machen und sich dann freuen, wenn wir mit gekreuzten Beinen weiterfliegen müssen.“ Rudolph hatte sich fast beruhigt. Als er aber an Frau Tannenboom dachte, schwoll nicht nur seine Nase, sondern auch sein Hals merklich an vor Wut. Dabei war er gar nicht so, ihn konnte eigentlich fast nichts aus der Ruhe bringen. Aber nach der Tannenboom musste das ganze Team, ausgenommen der Weihnachtsmann, die Auslieferung der Geschenke für ein paar Stunden unterbrechen. Als alles wieder rund lief, mussten sie richtig Gas geben, um alle Termine einzuhalten. Danach waren sie völlig abgekämpft und verschwitzt wieder am Stall angekommen und so platt, dass sie den Heiligen Abend kaum noch genießen konnten.

„Und was hat diese Frau mit dem schönen Namen gemacht?“ Jetzt war Blitzen neugierig geworden.

„Diese Frau Tannenboom hatte sich für ihre Kinder ein Schlagzeug gewünscht. Das haben wir vor zwei Jahren auch geliefert. Wie es sich gehört! Die drei Kiddies hatten das ganze Fest nichts Besseres zu tun, als Tag und Nacht wild drauf rum zu kloppen. Am zweiten Weihnachtstag war das Trommelset ein Trümmerfeld. Sie hat uns dafür die Schuld in die Hufe geschoben. Dafür haben wir dann im vergangenen Jahr die Zuckerstücke mit dem Abführmittel bekommen.“

„Die war das! Ich erinnere mich heute noch dran. Der Kräuterschnaps danach hat auch nur bedingt geholfen!“ Blitzen verdrehte die großen, dunklen Augen im Kopf.

„Wie wollen wir Frau Tannenboom denn beglücken?“ Prancer war schon tierisch neugierig, was sich Rudolph für die Dame mit den fiesen Tropfen ausgedacht hatte.

„Das wirst Du schon sehen!“, sagte Rudolph, pfiff die Truppe zusammen, damit sie rechtzeitig in Aurich vor dem Tannenboomschen Haus landen würden.

Es war schon dunkel, die Häuser geschmückt, in den Fenstern sah man Licht und den Schein von Kerzen. Neben den wild zuckenden Geschmacklosigkeiten einiger Nachbarn war das Haus der Giftmischerin nur dezent verschönert worden. Drinnen würde die Familie sicher gerade zusammensitzen und essen. Jetzt war der richtige Zeitpunkt für die kleine Racheaktion. Pünktlich und wie bestellt trafen die Kinder des Grundkurses Violine der Musikschule Aurich mit ihrer Lehrerin vor dem Haus am Wall ein.

Und wer weiß, dass sich die ersten Töne auf einer Violine, gespielt von fünf- bis siebenjährigen Novizen der Streicherkunst, schlimmer anhören als eine Kreissäge, die sich quietschend und schreiend durch ein Stück nasses Holz quält, der wusste, was nun kommen würde. Die Kinder bauten sich vor der Haustür auf, stellten ihre Notenständer auf Terrasse und Rasen, legten die Noten auf und holten ihre Folterinstrumente aus den Geigenkästen.

„So, ihr Lieben, jetzt könnt ihr euch und vor allem die Tannenboom auf etwas gefasst machen!" Rudolph strahlte vor Vorfreude. Die Musiklehrerin klingelte an der Tür. Es dauerte eine ganze Weile, bis die Kinder der Apothekerin die Tür öffneten. Die Eltern kamen kurz darauf hinterher. Jetzt ging die Streicharie los. Die hörte sich nicht nach Mozart, sondern eher nach dem Soundtrack der Apokalypse an. Es fühlte sich selbst auf der anderen Straßenseite, wo die Rentiere des Weihnachtsmannes in einiger Entfernung warteten, an, als sei ein Zahnarzt gerade dabei, unter großem Kraftaufwand die Wurzel eines widerspenstigen Backenzahnes frei zu legen. Das hatte so wenig mit Musik zu tun wie sächsische Weihnachtspyramiden mit Ägypten. Die Instrumente wurden Minute um Minute für Familie Tannenboom gequält.

„Wie lange spielen die denn?", wollte Dancer wissen.

„Also, bezahlt habe ich die Musikschule für eine Stunde. Dafür habe ich denen eine Extralieferung neuer Instrumente versprochen. Ich denke, die ziehen das durch!" Rudolph war sichtlich begeistert von seiner Aktion, auch wenn er sich wünschte, jetzt Ohrenschoner zu tragen. Familie Tannenboom hatte sich mittlerweile Jacken und Mäntel aus dem Flur geholt, um sich mit verzerrten Gesichtern dem Musikgenuss auch wärmetechnisch anzunähern.

„Ich verstehe gar nicht, warum die Tannenbooms den Kindern nicht einfach 50 Euro in die Hand drücken und die Qual beenden!", wunderte sich Cupid.

„Das kann ich Dir erklären!", antwortete Rudolph. „Die bleiben deshalb so brav in der Tür stehen und hören sich das Violinenmassaker E-Dur, Köchelverzeichnis 08/15 an, weil Frau Tannenboom die Vorsitzende der ‚Freunde der Musikschule' ist. Die wird nie wieder auf die Idee kommen, uns etwas ins Futter oder auf den Zucker zu tropfen. Die muss gleich sicher in die Apotheke und sich erst mal Ohrentropfen holen, damit sie den Abend übersteht."

Mit einem breiten Grinsen beendeten die Rentiere des Weihnachtsmannes die Geigensession, ließen die Familie in der Tür stehen, drehten sich um und flogen langsam in Richtung Stall zurück. Wenn sich ihre Aktionen rumsprechen würden, dann hätten sie vielleicht endlich wieder ein Weihnachtsfest, an dem sie sich erfreuen konnten. Man musste eben auch mal fies sein, um sich Respekt zu verschaffen.

18. Dezember

De Rache van de Rendeeren

De Nöös van Rudolph was an't Blinken, as de groote Laster mit de komplett Laden fiene Kies in de Huusinfahrt van Herrn Zimmermann in Timmel up de Upfahrt rusde. Un dat för sien nagelneeie SUV van en bekannde düütsche Marke. Dat was froh an'n Mörgen un de Verkehr rullde leep nötelg an de noble Villa van de Hannelsmann för Bausttoffe vörbi.

„Meenst du, dat reicht?" Donner stunn tegen Rudolph, de mit sien lüchtende Nöös daarbi was, de Verkehr up de Gefahrenstee hentowiesen.

„Of willen wi noch en Fuhre bestellen?", fröög Rudolph torügg.

„Latt man stecken. Bit de dat all ut sien Upfahrt wedder rutschaufelt hett, düürt dat en paar Stunnen. Daarmit hett he en Bült to doon, ok wenner he sük en Radlader ut sien Firma brengen latt. Un ut de Fugen un de Rasen kriggt he dat ok nich so drock wedder rut."

De Grund för disse unbestellde Levern was, dat sük de Rendeeren van de Wiehnachtsmann in de verleden Jahre jümmers wedder van de Ollen van de leeve Kinner veremmert föhlden. Dat wassen noch Tieden, as se bi her Besöök Hafer, Wuddels, un Zuckerstücken kreegen harrn. Nu wassen de Grundstücken afsloten, de Spitzen mit Stiekelwier umwickelt un daar was bold kien Platz mehr to'n Lannen mit de Slee. Un wenner se dat doch schafft harrn, dann gungen de Sirenen un Strahlers an, so dat de Ogen blend warden un se bold en Tinitus kreegen. Dat was kien Tostand mehr un mook kien Spaß.

Darum harrn se besloten mit leep spezielle Gifften torüchtoslahn. De Laden fiene Kies was erst de Begünn.

„Rudolph, wat hett de Kerl denn makt, dat he de Kies to Wiehnachten umsünst levert kriggt?", fröög Cupid, de daarvör bekannt was, dat he nich de hellste Kerse an de Dann was. Cupid harr för luter Freeterei de Planung för dat unanmelde Attentat wedder mal verpennt.

„Also, de wehrde Herr Zimmermann kriggt de Laden nich umsünst. Wi hebben dat bi sien gröttstde Konkurrent up sien Reken bestellt. De hett sük seker wunnert. Kannst di noch an de lütte Alexander besinnen, de en Armbrust as Geschenk hebben wull, daarmit he up Figuren ut Playmobil scheten kunn?“

„Was dat nich disse Kind sünner Hals, de de heel Piele up uns schoten hett, wiel sien Vadder seggt hett, dat de Figuren vööl to langwielig sünd un he doch beter up de fleegende Rendeeren ballern schull?“, frööｇ Cupid.

„Genau de! Wenner ick disse upblasen un arroganten Neeirieken all seh, mit her dicke Buken un uptakelt Froon, de her Personal schikaneeren un de Blagen total vertrecken.“ Rudolph was jümmers noch vull up Krawall bösselt wenner he daaröver nadoch , dat de Piele nich besünners scharp wassen, man doch leep piekst harrn.

„Kien Mitleed mit disse Anarchos ut de Geldadel, de glööven, dat se elk un en behanneln köhnt as se willen, blot wiel se Köhlen up her Konto hebben. Daar pack ick doch de heele Palette van de APO ut, daarmit de ok marken, dat de Bumerang nich jümmers blot wegflüügt, anners af un an mal torüchkummt.“

„Un, well kummt nu?“

„Wi fleegen na Auerk. Daar gifft dat disse fiese Afthekerin, de uns ut Spaß Afföhrmiddel up de Zuckerstücken geven hett. Erst en up nett maken un sük dann freien, wenner wi mit krüüzde Benen wieder fleegen mutten.“ As Rudolph an Froo Dannboom doch, kreeg he wedder en dicken Hals. Daarbi was he gar nich so. Man dat heele Team mussde dat Utlevern van de Geschenke för en paar Stünnen unnerbreken. As se wedder up de Padd wassen, mussen se Gas geven, um de Termine intohollen. Darnaa wassen se total platt na Huus kamen un kunnen de Hillige Avend blot noch slapen.

„Un waarum hett disse Froo mit de mooi Naam dat makt?“ Nu was Blitzen neeisgierig worden.

„Disse Froo Dannboom harr sük för her Kinners en Slachtüch wünsket. Dat hebbt se för twee Jahre ok kreegen. Dann harrn de Blagen nix beter to doon as dat Ding so to verkloppen, dat dat an de tweede

Wiehnachtsdag all kött was. Daarför hett se uns dann de Schuld geven un uns in't verleden Jahr bold vergift.

„De was dat! De Kruiden darnaa hett ok nich holpen!“ Blitzen verdreihde de Ogen in'n Kopp.

„War willen wi Froo Dannboom denn beglücken?“, wull Prancer weten.

„Dat will ick di noch nich verraden!“, see Rudolph. De heele Truppe was klar, um na Auerk to fleegen.

Dat was all dunkel worden, de Huusen wassen smückt, in de Fenster wassen Lücht un de Schien van de Kersen an de Dannboom to sehn. An de anner Huusen wassen de Lüchter wild an't Blinken, sünner Geschmack as dat nu faken so was. Dat Huus van de Giftmixerin was daartegen sacht un mooi uprüüscht. Binnen satt de Familie to eten. Dat was de richtige Moment för de Racheaktion. As bestellt kwammen nu de Kinner van de Musikschool. Well weet, dat sük de Novizen van de Striekerkunst anhören as en Kreissaag, de sük quietschend un bölkend dör nattet Holt quält, de kunn ahnen, wat nu kamen warde.

De Musikschöler bauden sük för de Huusdöör up, stellden her Notenstänner up de Terrasse un de Rasen, leggden de Noten henn un halden her Folterinstrumente ut de Geigenkasten.

„So, leeve Lüü, nu köhnt ji jo up wat gefaat maken, un de Dannboom ok!“ Rudolph strahlde för Freide. De Musikmesterin pingelde an de Döör. Dat dürde en Sett, dann möken de Kinner van de Afthekerin de Döör open. De Ollen kwammen kört achteran.

Nu gung dat Theater los. De Arie hörde sük nich na Mozart an, dat was mehr de Soundtrack van de Apokalypse. Dat föhlde sük sülvs up de anner Kant van de Straat, waar de Rendeeren an't Wachten wassen, an, as en Wuddelbehanneln bi de Kusendoktor de mit Kraft in dat Lock rumbohrde.

Dat harr so vööl mit Musik to doon as sächsisch Wiehnachtspyramiden mit Ägypten. Un de Instrumente warden Minüt up Minüt van de junge Schöler quält un Familie Dannboom ok.

„Wo lang spölen de dann?“, wull Dancer weten.

„Betaalt hebb ick de Musikschool för en Stünn. Daarför hebb ick en Extralevern van neeie Instrumente versproken. Ick denk de trekken dat dör.“ Rudolph was begeistert van sien Aktion, ok wenner he sük Ohrenschützer wünskede.

Familie Dannboom harr sük in disse Tied Joppen ut de Diele halt un lusterde dat Musikspektakel mit stuur Gesichter to.

„Ick verstah överhoopt nich, warum de Dannbooms de Kinner nich enfach 50 Euro in de Hand drücken, daarmit de Qual en End hett.“, wunnerde sük Cupid.

„Dat kann ick di verklaren!“, antworde Rudolph. „De blieven darum so brav an de Döör stahn un hören sük dat Violinmassaker E-Dur, Köchelverzeichnis 08/15 an, wiel Froo Dannboom Vörsitterin van de ‚Fründe de Musikschool‘ is. De ward noit nich wedder op de Idee kamen wat in uns Futter to mixen. De mutt seker futt in her Afthek un sük Ohrendrüppen halen.“

Mit en brede Grienen up de Nüstern, was de Geigensession för de Rendeeren an't End. Se latten de Familie alleen an de Döör stahn un fleegen sacht in Richtung Stall torügg. Wenner sük dat unner de Lüü rumproten warde, dann harrn se villicht in Tokunft Wiehnachtsfeste, over de se sük ok freien kunnen. Dat was nodig ok mal fies to wesen, daarmit de Minsken wedder Respekt för de Arbeit van de Wiehnachtsmann un de Rendeeren kreegen.

19. Dezember

Reise nach Bethlehem

In den 2000ern: Caspar, Melchior, Balthasar auf dem Weg mit dem Auto nach Bethlehem.

Caspar: Wer hat denn die Karte von Sinai verbuddelt?

Melchior: Guck mich nicht so an!

Balthasar: Ich habe völlig die Orientierung verloren!

Caspar: Da blinkt ja auch eine Menge am Himmel.

Melchior: Vor 2000 Jahren war noch Verlass darauf: Ein Stern, eine Richtung!

Balthasar: Einen Stern haben wir auch, auf der Haube, aber der hilft nicht wirklich. Wie weit ist es denn noch?

Stimme: In 2000 Metern bitte rechts abbiegen in Richtung Hasna!

Caspar: Zwei Kilometer bis Bethlehem, das kann doch gar nicht sein!

Melchior: Ne, die meint abbiegen - in Richtung Küste, Israel, Bethlehem, Krippe!

Balthasar: Unsere Weihnachtsrevivaltour hatte ich mir anders vorgestellt!

Caspar: Vom Kamelgeschaukel war ich damals zwar seekrank, aber es war schön ruhig!

Melchior: Wieviel Gramm Weihrauch hast du denn eingepackt?

Balthasar: Keine Ahnung. Muss ich mal nachsehen!

Stimme:	In einem Kilometer bitte rechts abbiegen in Richtung Hasna!
Caspar:	Ein Kilogramm? Ist das nicht übertrieben? Damit kannst du ja ganz Bethlehem einräuchern. Damals hatten wir nicht so viel dabei!
Balthasar:	Das hab' ich doch überhaupt nicht gesagt!
Melchior:	Und was ist mit Myrrhe? Die Preise sind ungeheuer gestiegen!
Stimme:	In 900 Metern bitte rechts abbiegen in Richtung Hasna!
Balthasar:	900 Gramm! Damit kannst du nicht nur Jesus, sondern gleich noch die ganzen Jünger einbalsamieren. Musst du so viel ausgeben? Das sprengt mein Weihrauch-Budget!
Caspar:	Also von mir hat Melchior das Geld nicht! Wo ist überhaupt der Stern?
Melchior:	Immer noch auf der Haube. Der bringt aber nix, sieht alles gleich aus!
Balthasar:	Ich meine den da oben, ein paar tausend Kilometer über uns!
Stimme:	In 800 Metern rechts abbiegen und der Autobahn 55 weiter folgen!
Caspar:	Wie, der verfolgt uns, was soll der Quatsch? Und das sind doch mehr als 800 Meter, die der über uns steht?
Melchior:	Der leuchtet auch irgendwie anders als sonst. Der blinkt. Will der auch abbiegen?
Balthasar:	Der macht ja mächtig auf sich aufmerksam... Hoffentlich weiß er, wo er stehen bleiben muss!
Stimme:	Noch 700 Meter bis zur Ausfahrt in Richtung Hasna!

Caspar: Schöne Ausfahrt ist das! Nur Sand, Dieselqualm und Motorlärm. Dem Händler in Kairo dreh ich den Hals um, uns so eine Schrottkarre aufzuschwatzen.

Melchior: Hasna, wieso Hasna? Ich denke wir wollen nach Bethlehem, Balthasar?

Balthasar: Hab' ich die Route festgelegt? Das Auto meint, es ist schlauer als wir! Damals mit den Kamelen waren Wüstensand und Dünen kein Problem – auch wenn wir länger unterwegs waren! Da konnten wir einfach quer durch reiten.

Stimme: In 600 Metern erreichen Sie die Ausfahrt nach Hasna, dann weiter in Richtung Küste!

Caspar: Davon bin ich noch nicht überzeugt! Hat einer von euch noch einen Zwischenstopp am Mittelmeer geplant? Dafür haben wir keine Zeit, selbst wenn es um die Ecke wäre!

Melchior: Sind mir auch zu viele Touristen. War vor kurzem in Scharm-el-Sheikh. Das hat mir gereicht. Diese verbrannten Europäer. Sehen aus wie rote Krebse!

Balthasar: Apropos rot! Der Stern blinkt jetzt rot, und da noch einer und noch einer, ganz viele! Die halten uns wohl für kurzsichtig!

Stimme: In 500 Metern bitte einordnen und der Autobahn 55 folgen in Richtung Hasna!

Caspar: Ne, 500 sind das nicht! 55 könnte stimmen. Das sind Windkraftanlagen. Die blinken, damit man sie von Landebahnen unterscheiden kann.

Melchior: Landebahnen produzieren Strom? Hier gibt es doch genug Öl!

Balthasar: Bald nicht mehr. Bei der nächsten Revivaltour fahren wir mit Strom, das ist dann wieder schön leise.

Stimme: In 400 Metern erreichen Sie die Ausfahrt in Richtung Hasna!

Caspar: 400 Kilometer Reichweite! Kann ich mir nicht vorstellen!

Melchior: Müssen wir tanken?

Balthasar: Noch nicht, bei der nächsten Tour dann an der Mühle. Sie werden wohl noch mehr bauen.

Stimme: Bitte in 300 Metern abbiegen und der A55 weiter folgen!

Caspar: Abwiegen? Wer hat eigentlich das Gold abgewogen? Es ist ja nur eine Revivaltour. So viel wie zur Geburt des kleinen Zimmermannes müssen wir diesmal nicht verschenken!

Melchior: Hast du nicht gerade 300 Gramm gesagt?

Balthasar: Ja, das habe ich auch irgendwie im Ohr!

Stimme: Bitte in 200 Metern rechts einordnen und der A55 weiter folgen in Richtung Hasna!

Caspar: Bitte, bitte! 200 Gramm sind das niemals! Ich kann doch noch eine Waage bedienen.

Melchior: Da oben ist wieder der helle Stern. Wieso ist der so schnell? Ich kann mich nicht erinnern, dass wir so hetzen mussten!

Balthasar: Ob der vielleicht solarbetrieben ist?

Stimme: In 100 Metern haben sie die Zielausfahrt erreicht. Bitte rechts einordnen!

Caspar: Genau, 100 Gramm Gold habe ich abgewogen, nicht mehr und nicht weniger!

Melchior: Mann, Caspar, drück auf's Gaspedal! Wenn der Stern weg ist, finden wir die Krippe nie! Himmel hilf,

	damals stand der einfach über dem Stall.
Balthasar:	Das ist die ISS! Die Raumstation braucht 93 Minuten, um einmal um die Erde herumzufliegen. Da haben wir keine Chance. Macht auch nix. Die will nicht nach Bethlehem! Kannst wieder langsamer fahren.
Stimme:	Wenn möglich, bitte wenden!
Caspar:	Sagt mal, kann nicht irgendjemand von euch der Frau sagen, dass sie sich nicht ständig in unsere Gespräche einmischen soll? Die macht mich verrückt.

19. Dezember

De Reis na Bethlehem

In de 2000er: Caspar, Melchior un Balthasar sünd up de Weg mit Auto na Bethlehem

Caspar:	Well hett de Karte van Sinai verbuddelt?
Melchior:	Kiek mi nich so an!
Balthasar:	Ick hebb de Orienteeren total verloren!
Caspar:	Daar blinkt ja ok so vööl an de Himmel.
Melchior:	Vör 2000 Jahre was daar noch Verlaat up: En Steern, en Richten!
Balthasar:	En Steern hebbt wi ok, up de Haub, man dat helpt nich. Waar wiet is dat noch?
Stimme:	In 2000 Meter rechts ofdreihen in Richten Hasna!

Stimme: In 2000 Meter rechts ofdreihen in Richten Hasna!

Caspar: Twee Kilometer bit Betlehem, dat kann doch nich stimmen!

Melchior: Ne, de meent ofdreiehn - in Richten Küst, Israel, Bethlehem, Krippe!

Balthasar: Uns Wiehnachtsrevivaltour harr ick mi anners vörstellt!

Caspar: Van dat Schukeln up de Kamelen was ick domaals wall seekrank, man dat was mooi sinnig!

Melchior: War vööl Weehrook hest du inpackt?

Balthasar: Kien Ahnung. Mutt ick kieken!

Stimme: In en Kilometer rechts ofdreihen in Richten Hasna!

Caspar: En Kilogramm? Is dat nich överdreeven? Daarmit kannst du ja heel Bethlehem inrökern. Domaals harrn wi nich so vööl daarbi!

Balthasar: Dat hebb ick doch gar nich seggt!

Melchior: Un, wat makt de Myrrhe? De Priesen sünd leep steegen!

Stimme: In 900 Meter rechts ofdreihen in Richten Hasna!

Balthasar: 900 Gramm! Daarmit kannst du nich blot Jesus, sünnern lieks ok noch de heel Jünger inbalsameeren. Musst du so vööl utgeven? Dat sprengt mien Kass för de Weehrook!

Caspar: Van mi hett Melchior de Deiten nich! Waar is denn nu de Steern?

Melchior: Jümmers noch up de Haub. Man de brengt nix, sücht all liek ut!

Balthasar: Ick meen de daar boven, en paar Kilometer over uns!

Stimme: In 800 Meter rechts ofdreihen un de Autobahn 55 wieder folgen!

Caspar: Wo, wat, de verfolgt uns, wat sall de Quatsch? Un dat sünd doch mehr as 800 Meter, de de over uns steiht!

Melchior: Man, de lücht anners as gewöhnelk. De blinkt. Will de ok ofdreihen?

Balthasar: De wahrschaut avers bannig. Ick will blot hopen, dat he weet, waar he stahn blieven mutt!

Stimme: Noch 700 Meter bit to de Utfahrt in Richten Hasna!

Caspar: Mooi Utfahrt is dat! Blot Sand, Smook van de Diesel un Krach van de Motor. De Randjer in Kairo dreih ick de Hals um, uns so en Pröttkarr to verkopen.

Melchior: Hasna, waarum Hasna? Ick doch wi wullen na Bethlehem, Balthasar?

Balthasar: Hebb ick de Route utsöcht? Dat Auto meent, dat is klooker as wi! Domaals was dat nich so stuur mit de Kamele dör de Wüüst mit all de Sand un Dünen – ok wenner dat lang düürt hett! Daar kunnen wi dwars dörrieden.

Stimme: In 600 Meter kamen se an de Utfahrt Hasna, dann wieder in Richten Küst!

Caspar: Dat glööv ick ja nu nich! Hett en van jo noch en Tüskenstopp an't Middelmeer inplaant? Daarvör hebbt wi kien Tied, ok wenner dat um de Eck is!

Melchior: Daar sünd mi to vööl Touristen. Ick was jüst noch in Scharm-el-Sheikh. Dat hett mi reicht. Disse verbrannden Europäer. Kieken ut as koket Dwarslopers!

Balthasar: Apropos rood! De Steern blinkt nu rood, un daar is noch en un noch en, leep vööl! De hollen uns wall för blind!

Stimme: In 500 Meter inordnen un de Autobahn 55 folgen in

Richten Hasna!

Caspar: Ne, 500 sünd dat nich! 55 kunn stimmen. Dat sünd Windkraftanlagen. De blinken, daarmit man se van Landebahnen utnanner hollen kann.

Melchior: Landebahnen maaken Strom? Hier gifft dat doch en Bült Öl!

Balthasar: Bold nich mehr. Bi uns anner Revivaltour föhrt wi ok mit Strom, dann is dat wedder moi sinnig.

Stimme: In 400 Meter sünd se an de Utfahrt in Richten Hasna!

Caspar: 400 Kilometer reicht de Strom! Kann ick mi bold nich vörstellen!

Melchior: Moot wi tanken?

Balthasar: Noch nich, avers bi de nächste Tour dann an de Möhl. Se warden wall noch mehr bauen.

Stimme: In 300 Meter ofdreihen un de A55 wieder folgen!

Caspar: Ofwegen? Was dat Gold nich ofwogen? Is doch blot en Revivaltour. So vööl as bi de Geburt van de lütte Timmermann moot wi ditmaal nich verschenken!

Melchior: Hesst du nich jüst 300 Gramm seggt?

Balthasar: Dat hebb ick ok in't Ohr!

Stimme: In 200 Meter rechts inordnen un de A55 wieder folgen in Richten Hasna!

Caspar: Bitte? 200 Gramm sünd dat nienich! Ick kann doch noch en Waag bedeenen.

Melchior: Daar boven is wedder de helle Steern. Waarum is de so drock? Ick kann mi nich besinnen, dat wi domaals so in Brass wassen!

Balthasar: Villicht hett de ok en Solarzell up de Buckel! Dann kann he drocker fleegen!

Stimme: In 100 Meter hebbt se de richtig Utfahrt wunnen. Bitte rechts inordnen!

Caspar: Genau, 100 Gramm Gold wassen dat, nich mehr un nich minner!

Melchior: Mann, Caspar, drück up't Gas! Wenner de Steern wech is, findt wi de Krippe nich wedder! Himmel hilf, dat lesde Mal stunn he eenfach över de Stall.

Balthasar: Dat is de ISS! De Ruumstation bruukt 93 Minüten, um eenmal um de Eer to fleegen. Daar hebbt wi kien Chance. Makt nix. De will seker nich na Bethlehem! Kannst wedder sinniger fahren.

Stimme: Wenner mogelk, bitte umdreihen!

Caspar: Seggt mal, kann nich mal een van jo de Froo seggen, dat se sük nich jümmers in uns Proteree inmisken sall! De makt mi ganz fummelig!

20. Dezember

Falsch gewickelt

Da lag er, eingewickelt in die Lichterkette, die eigentlich den Baum schmücken sollte. Völlig frustriert und der Ehre beraubt, verzweifelt und sicher, dass dieses Weihnachten kein Licht am Baum leuchten würde, gab er sich seinem Schicksal hin.

„Mama! Papa hat den Weihnachtsbaum gekillt!“ Der vierzehnjährige Malte stand in der Tür zum Wohnzimmer und sah auf das Trümmerfeld, das sein Papa angerichtet hatte.

„Du hast Recht, Mama! Papa hat zwei linke Hände!“

„Muss ich kommen, Malte?“, fragte Mama, die gerade in der Küche damit beschäftigt war, das Essen für den festlichen Abend vorzubereiten.

„Ich glaube schon, sonst wird das nichts mehr mit der Bescherung! Wobei, das ist auch schon eine ganz schöne Bescherung.“ Malte war sich ziemlich sicher, dass Papa aus dieser misslichen Lage nur von seiner Mama befreit werden konnte.

Dabei hatte alles so schön angefangen. Papa hatte sich für den Heiligen Abend frei genommen. Am Nachmittag war er auf den Dachboden geklettert und hatte alles gefunden, was mit Weihnachten zu tun hatte. „Malte, willst du mir nicht helfen, damit Mama sich um das Essen und den Kuchen kümmern kann?" Malte war gern auf dem Dachboden. Früher durfte er da nicht allein rauf. Aber mit Papa war das immer ein Fest, nicht nur an Weihnachten. Was da alles rumlag. Die alte Carrera-Bahn von seinem Papa, das Zelt, mit dem er mit Mama in den 80er Jahren nach Italien getrampt war. Das hatte zwar ein Loch, aber irgendwie konnten sich Mama und Papa von dem alten Fetzen nicht trennen.

„Da hängen zu viele schöne Erinnerungen dran!", behaupteten beide immer wieder. Also, er fand es besser in den Hotelanlagen, in denen er mit seinen Eltern Urlaub machte. Da tropfte nichts durch, es gab ein Bett und keinen Schlafsack, und es roch nicht muffig.

„Guck mal, Malte! Hier sind deine alten Kinderbücher und der Bastelkram, den du aus dem Kindergarten mit nach Hause gebracht hast. Ist das nicht schön?" Papa war richtig begeistert und stolz, als er den alten Flugdrachen oder die zerknitterte St.-Martins-Laterne aus einem Karton holte.

„Ich hätte den Schrott schon längst weggeworfen. Ihr seid voll altmodisch!" Meistens verstand Malte seine Eltern nicht, wenn es um Erinnerungen ging. „Das wirst du verstehen, wenn du selber Kinder hast, mein Malte. Wir sind eben ein bisschen sentimental." Papa hatte dann immer so einen komischen Blick, wenn er die Sachen wieder unter die Dachschräge schob.

„Da sind ja die Weihnachtssachen!" Papa öffnete die Kartons, auf denen, mit Edding geschrieben, ganz dick „Weihnachtssachen" stand. Dann kam der zweite, sentimentale Weihnachtsschub von Papa: „Guck mal, Malte! Diesen Weihnachtsstern habe ich in der Schule gebastelt! In der vierten Klasse, glaube ich. Ist das schön! Und diese Kugeln stammen noch von deiner Oma aus Papenburg." Papa war hin und weg.

So sehen die auch aus, dachte Malte bei sich. Voll Schrott. Der Weihnachtsstern aus Stroh war komplett zerfleddert und bei den Kugeln hatte sich die silberne Schicht an vielen Stellen abgelöst. Heute würde man wohl „Vintage" dazu sagen. Aber das sagten meistens die Leute, die sich von nichts trennen konnten. Egal, Malte nahm es hin.

„Und hier ist auch die Lichterkette. Die müssen wir wohl wieder entwirren, bevor ich sie um den Baum wickeln kann." Malte half seinem Papa, die Kartons vom Dachboden ins Wohnzimmer zu schleppen und auszuräumen. Was darin war, reichte mindestens für zehn Bäume! „Hol nicht wieder alles raus, Schatz! Du weißt, das reicht mindestens für zehn Bäume!", rief Mama aus der Küche. Auf diesem Ohr war Papa taub. Er hatte eine Gabe dafür, alle möglichen Stile zu vermischen. Bei Papa war nie eine klare Linie zu erkennen. Rot, Weiß, Blau und Silber ging für ihn genauso zusammen wie Lametta und Strohsterne.

„So, Malte, gib mir mal die roten Kugeln und danach die weißen, blauen und silbernen, bitte!" Es ging schon wieder los. Malte hoffte, dass Mama diesmal aus der Küche kam, bevor Papa und er alle Kugeln wieder vom Baum rupfen mussten. „Schatz, bitte nicht wieder so ein Kuddelmuddel mit den verschieden farbigen Kugeln, sonst müsst ihr alle wieder runter rupfen!" Super, Mama musste nicht mal mehr kommen, um zu wissen, dass Papa echt kein Deko-König war.

„Welche hättest du denn gern?" Papa fühlte sich irgendwie erwischt. Jetzt konnte Mama auch schon durch die Wände gucken. „In diesem Jahr ist Silber angesagt, und ja, dazu darfst du diesmal tatsächlich das Lametta aufhängen!" Mama hatte den Bogen raus, es Papa nicht allzu schwer zu machen. Papa stand auf Lametta, es konnte nicht genug sein. Und irgendwie schaffte er es immer wieder, etwas davon aufzutreiben.

„Hab ich auf dem Flohmarkt aufgetrieben!", sagte er zu Malte. „War gar nicht teuer. Der Verkäufer hat noch was von ‚bleihaltig' gesagt, aber deshalb ist es auch wohl so schön schwer!" Malte musste zugeben, dass auch er die silbernen Fäden mochte. Oh, Gott! Wurde er jetzt auch schon altmodisch? Diesen Gedanken schob er schnell beiseite.

Der Baum war nach einer Stunde fertig geschmückt. Malte gefiel er richtig gut. „Der sieht aber toll aus, ihr Zwei!" Mama stand jetzt in der Tür zum Wohnzimmer und trocknete sich gerade die Hände mit einem Küchentuch ab. Mama war nämlich die Deko-Queen im Haus. Papa brauchte immer etwas Nachhilfe von Mama, und Mama gab sie gern.

„So, Malte! Willst du mir beim Backen helfen? Die Lichterkette will

Papa sicher lieber allein anbringen. Er ist ja hier im Haus der Elektriker. Wir stechen die Sterne aus dem Teig und du darfst die Reste naschen.“ Malte und Mama machten sich auf in die Küche und ließen Papa mit der Lichterkette allein.

Papa tüdelte die Kette auseinander und legte sie in einem großen Rund auf den Teppich. Dann fing er oben an und klemmte die Birnen vorsichtig an die Äste. Er achtete auf die Kugeln, damit sie nicht herunterfielen, drapierte das Lametta so, dass es vom Schein der Lichter beleuchtet wurde. Zum Schluss steckte er den Stecker in die Steckdose, und – nichts passierte. Verdammt, dachte er. Wieso ist da jetzt kein Strom drauf? Er zog den Stecker noch mal ab und steckte ihn wieder in die Dose. Nach drei Versuchen war er sich sicher, dass nun der Handwerker ran musste: „Ich muss mal eben an den Sicherungskasten!“ Mama und Malte blickten nur kurz auf, ließen Papa aber machen. Der legte den FI-Schalter um. Im Haus gingen alle Lichter aus und der Backofen wurde dunkel. Dann klappte er ihn wieder hoch und alles leuchtete wieder - nur die Lichterkette am Weihnachtsbaum nicht.

Dann holte Papa einen Schraubendreher aus dem Werkzeugkasten. Er schraubte die Steckdose aus der Wand und überprüfte, ob auch Strom drauf war. Alles ok! Danach schraubte er alle Glühbirnen aus der Lichterkette und hielt sie gegen das Licht. Alle schienen in Ordnung zu sein. Papa konnte einfach nicht herausfinden, warum die Kette nicht leuchten wollte. Er verkürzte das Kabel zum Stecker der Lichterkette und schraubte alles wieder zusammen. Als er dann den Stecker wieder in die Dose stecken wollte passierte das Unglück.

Papa hatte vergessen, dass das Kabel jetzt nicht mehr lang genug war. Als er sich mit dem Stecker zur Dose beugte, kam der ganze Baum hinterher, und - blieb dunkel. Papa lag unter dem Baum und versuchte sich aus dem Gewirr der Lichterkette zu befreien. Dabei verhedderte er sich mehr und mehr in dem Kabel. Sein geliebtes Lametta umschlang seine Beine, die Hälfte der Kugeln war beim Aufprall auf dem Boden zerplatzt und die meisten der Strohsterne hatten sich in einzelne Halme aufgelöst.

„Mama! Papa hat den Weihnachtsbaum gekillt.“ Mama kam jetzt um die Ecke. Sie legte ihre Schürze ab und half Papa aus dem Schlamassel wieder auf die Beine. Laufen konnte er nicht, die Kette hatte sich wie eine Schlange um seinen ganzen Körper gewickelt.

„Was hast Du denn gemacht?" Mama konnte sich nicht entscheiden, ob sie wütend sein oder Papa einfach auslachen sollte. Es sah zu komisch aus. „Das ganze Gefummel hat nichts gebracht, jetzt ist auch noch der Baum hin! Dabei liegt die neue Lichterkette hinten im Auto, sollte ich doch besorgen."

Mama und Malte schickten Papa duschen. Beide fegten die Scherben zusammen, sammelten das Lametta auf, schmückten den Baum mit den Resten in Rot, Weiß und Blau, brachten die neue Lichterkette an, deckten den Tisch und warteten, dass Papa sich zu ihnen setzte.

„Im letzten Jahr war mehr Lametta!" Papa sah aus, als ob er beinah weinen musste. „Manchmal muss man sich auch mal von etwas trennen, Papa! Aber immerhin sieht der Baum wieder so bunt aus wie in jedem Jahr." Malte wollte Papa damit trösten. „Da hast du Recht, mein Kind. Im nächsten Jahr gibt's neues Lametta. Das werde ich bestimmt wieder auf dem Flohmarkt finden. Ohne geht es einfach nicht!"

20. Dezember

De Kabelsalaat

Daar lagg he, inwickelt in de Lüchterkett, de egentlik an de Boom höörde. Heel un dall frustreert un um sien Ehr beroovt, vertwiefelt un seker, dat disse Wiehnachten kien Lücht an de Boom glimmen dee, gaff he sük sien Schicksal hen.

„Mama! Papa hett de Dannboom killt!" De veerteihnjahrig Malte stunn in de Döör to de Wohnstuuv un keek up dat Trümmerfeld, dat sien Vader anricht harr.

„Du hest Recht, Mama! Papa hett twee linke Poten!"

„Mutt ick kamen, Malte?", froog Mama, de jüst in de Köken daarmit togang was, dat Eten för de festlicke Avend to koken.

„Ick glööv anners ward dat nix mit de Bescheren! Waarbi, dat is ja all en mooi Bescheren, wat Papa daar makt hett.“ Malte was sük seker, dat Papa ut disse Laag blot van Mama wedder freeimakt warden kunn.

Daarbi harr de Avend en good Begünn. Papa harr sük freei nahmen, An de Namiddag was he up de Spitzböhn krabbelt un harr all funnen, wat mit Wiehnachten to doon harr.

„Malte, wullt du mi nich helpen, dann kann Mama dat Eten koken un Koken backen?“ Malte was gern up de Spitzböhn. Allenig düürde he daar fröher nich herup. Mit Papa was dat jümmers wat Besünners, nich blot an Wiehnachten. Wat daar all rumlagg. De olle Carrera-Bahn van sien Vader, dat Telt, mit dat he mit Mama in de 80er Jahre na Frankriek trampt was. Dat harr en Lock, man Mama un Papa kunnen dat Ding nich wegsmieten.

„Daar hangen to vööl Erinnern an!“, seen beid jümmers wedder. Also he funn de Hotelanlagen beter, in de he mit sien Ollen Urlaub makt harr. Daar drüppde nix dör, dat gaff en Bett un kien Slaapsack un ok de anner Saken wassen mehr kommod as in en Telt to slaapen.

„Kiek mal, Malte! Hier sünd dien olle Kinnerboken un de Bastelkram, de du ut de Kinnergarden mit na Huus bracht hest. Is dat nich mooi?“ Papa was düchtig begeistert un stolt, wenner he na de olle Flugdraak of de kötte St.-Martins-Lateern in en van de Kartons greep.

„Ick harr dat all lang wegsmeten. Ick weet gar nich, waarum du de heele Schrott noch behallst. Ji sünd beid full allerweltsk!“ Meest verstunn Malte sien Ollen nich, wenner dat um her Jugend gung.

„Dat warst du erst verstahn, wenner du sülvs Kinner hest, mien Malte. Wi sünd even en beten sentimentaal.“ Papa harr dann jümmers so en arig Blick, wenner he de Klüngel wedder unner de Dachwinkel schoov.

„Daar sünd ja de Wiehnachtssaken!“ Papa mook de Kartons loss, up de, mit schwatte Edding schreven, „Wiehnachtssaken“ stunn. Dann kwamm ok in disse Jahr wedder de tweede, sentimantaale Wiehnachtsschuuv van Papa.

„Kiek mal, Malte! Disse Wiehnachtssteerns hebb ick sülvs bastelt! In de veerde Klass, glööv ick. Un disse Kugels stammen van dien Oma ut Papenbörg, mooi, nich?“ Papa was hin un weg.

So sehn de ok ut, doch Malte bi sük. All Prött. De Weihnachtssteerns ut Stroh wassen zerfleddert, un bi de Kugels harr sük de silvern Laag all aflööst. Vandaag warde man wall „Vintage" daarto seggen.

„Un hier is ja ok de Lüchterkett. De mutten wi wall erst utenannerklütern, bevör wi de um de Boom wickeln köhnt." Malte hulp sien Vader de Kartons van de Spitzböhn in de Wohnstuuv to sleppen. Daar mook he se wedder up un haal all rut, wat drin was. Dat was so vööl, dat harr för teihn Bomen reckt.

„Haal nich wedder all rut, Schatz! Du weetst doch, dat reckt för teihn Bomen!" reep Mama ut de Köken. Up disse Ohr was Papa avers doof. He harr en Gaav, all Stile to mengseln mit de een en Boom smücken kunn. Bi Papa was nooit nich en klaar Lienje utomaken. Rood, Witt, Blau, Silver gung för hum nettso tosamen as Lametta mit Strohsteerns.

„So, Malte, giff mi mal de roden Kugels un darnaa de witten, blauen un silvern, bitte!" Dat gung all wedder los. Malte hoopde, dat Mama ditmaal ut de Köken kwamm, bevöör Papa un he wedder all Kugels van de Boom ruppen mussen.

„Schatz, bitte nich wedder so en Kuddelmuddel mit de verscheden farvige Kugels, anners mussen ji de all wedder van de Boom ruppen!" Super, Mama muss nich mal mehr kamen, um to weten, dat Papa echt kien Dekokönig was.

„Welke harrst du denn gern?" Papa föhlde sük tofaat kregen. Nu kunn Mama ok all dör de Wannen kieken.

„In disse Jahr is silver anseggt, un ja, daarto dürst du dittmal Lametta uphangen!" Mama harr de Bogen rut dat för Papa nich to swaar to maken. Papa stunn up Lametta, dat kunn nich genoog wesen. Un he schaffde dat jümmers wedder wat to kriegen.

„Hebb ick up de Flohmarkt funnen!", see he to Malte. „Was gar nich düür. De Verkoper hett noch wat van ‚bleihaltig' seggt, man genau daarum is dat ok so mooi swaar!"

De Tacken bogen sük unner de Last van't Lametta. Malte muss togeven, dat he nu ok en anner Blick för de silvern Fadens kreeg. Oh, Gott! Warde he nu ok all allerweltsk? Disse Gedank schoov he drock bisied. He funn dat richtig good. De Boom was na en Stünn smückt.

„De sücht ja toll ut, ji Twee!“ Mama stunn in de Döör to de Wohnstuuv un dröögde her Hannen in en Kökendook af. Mama was de Deko-Queen in't Huus. Papa harr jümmers en beten Nahülp van Mama nodig, un Mama gaff se gern.

„So, Malte! Wullt du mi bi't Backen helpen, de Lüchterkett will Papa seker allenig anbrengen. He is ja de Elektriker in't Huus. Wi steken de Steerns ut de Deeg un du dürst de Reste slickern.“

Malte und Mama leten Papa mit de Lüchterkett alleen. He tüdelde de Kett utnanner un leggde se up de Grund. Dann fung he boven an un klemmde de Peren vörsichtig an de Tacken. He passde up de Kugels up, daarmit se nich runnerfullen, drapeerde dat Lametta, daarmit dat van de Schien van de Lüchter anlücht warden kunn. To'n End steckde he noch de Stecker in de Steckdöös, un – nix passeerde.

Verdammt, doch he. Waarum is daar kien Stroom up? He truck de Stecker af un stoppde hum wedder in de Döös. Na dree Mal was he sük seker, dat nu de Handwarker ran mussde: „Ick mutt mal even an de Sicherungskast!“ Malte un Mama keken kört up, leten Papa avers maken. De leggde de FI-Schalter um. In't Huus gung dat Lücht ut, ok de Backoven was dunkel. Dann klappde he hum wedder hoch un all was wedder an't Lüchten, blot nich de Lüchterkett an de Boom.

Papa halde de Schruuvendreiher ut de Kist mit dat Warktüüg. He schroov de Steckdöös ut de Wand un keek, of daar ok Stroom up was. Dat was okay! Daarna schroov he de Peren ut de Lüchterkett un höll se tegen dat Lücht. All good. Papa kun nich rutfinnen waarum de Kett nich lüchten wull. He mook dat Kabel körter un schroov all wedder tosamen. As Papa de Stecker in de Döös stoppde, passeerde dat Malöör. He harr vergeten, dat dat Kabel nu ja nich mehr so lang was as vördeem. As he sük mit de Stecker na de Döös hen duukde kwamm de heele Boom achteran, un – bleev duster.

Papa lagg unner de Boom un versöchde sük ut dat Dörnanner van de Lüchterkett to befreien. Daarbi vertüdelde he sük jümmers mehr in dat Kabel. Sien leevste Lametta slung sük um sien Benen, bold de Hälft van de Kugels was bi de Upprall up de Grund platzt un de Strohsteerns harrn sük bit up de Halms uplööst.

„Mama! Papa hett de Wiehnachtsboom killt.“ Mama kwamm nu um de Eck un hölp Papa ut de Schlamassel wedder up de Benen. Lopen kun he nich, de Lüchterkett harr sük as en Slang um de heele Liev wickelt.

„Wat hest du nu denn makt?“ Mama wüss nich of se lachen of brullen sull. Dat see leep komisch ut. „Nu hest du't all utnannerfummelt un bracht hett dat nix. Nu is ok noch de Boom hen! Daarbi liggt de neeie Lüchterkett achtern in't Auto, de sull ick doch för di besörgen.“

Mama un Malte stüürden Papa na de Dusche hen. Beid feegden de Scherven tosamen, sammelden dat Lametta up, smückden de Boom mit dat wat över bleeven was un brochen de neeie Lüchterkett an, makden de Tafel klaar un wachtden, dat Papa sük to se settde.

„In't verleden Jahr was mehr Lametta!“ Papa was bold an't Brullen. “Af un an musst du di ok mal van wat trennen, Papa! Man tominst sücht de Boom wedder so bunt ut as in elke Jahr!“ Malte wull sien Papa trösten. „Du hest Recht, mien Kind. In dat anner Jahr gifft dat neeiet Lametta. Ick ward daarvan seker noch wat up de Flohmarkt finnen. Sünner de silvern Fadens geiht dat nu mal nich!“

21. Dezember

Der Weihnachtsnasentropfen

Endlich war Weihnachten. Wie jedes Kind im Emsland, freuten wir uns auf diese Zeit ganz besonders. Von Klimawandel und Ozonloch hatten wir im kleinen Dorf Bokeloh noch nie etwas gehört. Petrus stand offensichtlich auch noch auf der Leitung, denn er ließ seinen Schneebeauftragten jede Menge weiße Flocken über der Landschaft abkippen.

So schön es aussah, hatte es auch seine Nachteile. Als ältestes Kind war ich automatisch der Schneebeauftragte für die Straße. Voll vermummt nahm ich den Schieber und zog die erste Spur durch die weiße Masse. Klar, ich war nicht der einzige. Auch die anderen Familien hatten ihre Schüppenfachkraft. Wir bewegten uns aufeinander zu und es kam, wie es kommen musste. Die Besen und Schneeschaufeln wurden schnell beiseite geworfen und die Arbeit artete in eine mächtige Schneeballschlacht aus. Sobald die anderen Kinder diese durch die Fenster entdeckt hatten, war die komplette Nachbarschaft in den Kampf um die dicksten Kugeln und die besten Treffer verwickelt.

Die Eltern sahen das gelassen. Die Kinder waren aus dem Haus und in den Wohnzimmern konnten in aller Ruhe die Geschenke unter den Baum gelegt werden. Bis zum Mittagessen war mehr Schnee geworfen als geschaufelt worden. Die Straße glich einer Schneelandschaft mit Alpenprofil, vielleicht nicht ganz so hoch.

Kinder gab es im Emsland damals reichlich. Die Sechziger waren noch pillenfrei und die Winter lang und kalt. So wuselten am Heiligen Abend viele Jungen und Mädchen durch die Straßen des kleinen Dorfes, um ihre Aufregung durch Bewegung etwas abzubauen. Wir waren mit dem Weihnachtsbaum mal wieder die letzten. Das lag an meinem Vater.

Der Baum musste kurz vor dem Essen mit einer Bügelsäge in unserem Garten eigenhändig erlegt werden. Das war Tradition. Die Tanne war manchmal etwas schief, aber garantiert „bio". Und außerdem heißt es auf Platt: „En beten scheef, hett Gott leev!" Das bedeutet: „Auch wer nicht perfekt ist, ist es wert, im Weihnachtszimmer zu stehen!"

Es gab noch Lametta und echte Kerzen. Mein Vater war wohl etwas zu vorsichtig. Neben dem Weihnachtsbaum stand immer ein Zinkeimer mit Wasser. Zum Einsatz kam dieses primitive Löschwerkzeug zum Glück nie. Wenn die Kugeln am Weihnachtsbaum leuchteten, war das für mich der Inbegriff von Reichtum. Meine Mutter holte sie jedes Jahr aus einem Versteck. Graue Kartons mit Watte gefüllt, in denen die silbernen Glanzstücke eingepackt waren. Mit Lametta und den Kugeln stand der Baum auch in den 70's noch im 60's -Style herum.

Frisch gebadet, abgefüttert, gestriegelt und fein angezogen standen wir um kurz vor 20 Uhr bereit für den Gang zur Kirche. Am stimmungsvollsten war die Weihnachtsmesse in dem beinah dunklen Gotteshaus. Heute mussten wir besonders pünktlich sein, ich hatte den Job als Messdiener. Das war eine besondere Ehre und etwas Lampenfieber gehörte immer dazu.

Die Dorfkirche war schon mehr als tausend Jahre alt, die älteste im Emsland, vom heiligen Ludger um 948 geründet. Sehr schlicht und gar nicht so prunkvoll, wie man es von anderen Kirchen kennt. In der Sakristei wartete Küsterin Katharina auf uns. Seit dem Tod ihres Mannes lief sie immer mit schwarzen Kleidern herum und hatte Ihr langes Haar zu einem grauen Dutt auf dem Kopf zusammengebunden. Die gute Seele der Kirchengemeinde. Sie hatte immer sehr viel Geduld mit all den quirligen und wilden Dorfjungs.

Dann kamen mein Kumpel Friedhelm und Pastor Fritze durch die niedrige Tür. Fritze war ein Riese. Ich habe ihn später immer mit Bundeskanzler Helmut Kohl verglichen. Ich stand schon im Ornat, auch Pastor Fritze und Friedhelm waren schnell eingekleidet. In dieser Zeit stellte ich schon die Hostien, Wasser und den Messwein auf das Schälchen für die Wandlung. Ich brachte es in die Kirche, ging zurück und wir nahmen Aufstellung. Mit einem Klingeln der Glocke an der Seite der Sakristei ging es dann in die voll besetzte Kirche.

Die ganze Gemeinde erhob sich andächtig aus den Bänken und es wurde das erste Lied gesungen. Es läuft mir immer noch ein wohliger und etwas unheimlicher Schauer über den Rücken, wenn der Chor der Kirchgänger aus voller Inbrunst „Stille Nacht, heilige, Nacht!“ „Es ist ein Ros' entsprungen“ oder „Ihr Kinderlein kommet!“ singt.

Die Messe lief bislang noch nach Plan. Der Pastor war gut drauf, die

Predigt war nicht zu lang. Nur das ein oder andere Hüsteln war zu hören. Es war so kalt, dass man glauben konnte, die ganze Gemeinde wäre zum gemeinsamen Kiffen in das Gotteshaus gekommen. Es war der warme Atem, der sich in der kalten Luft abkühlte.

Dann kam die Wandlung. Und plötzlich sah ich ihn. Ein großer, nasser Tropfen an der Nasenspitze von Pastor Fritze. Entweder er bemerkte ihn nicht oder er ignorierte ihn einfach. Für mich war er unübersehbar, die betenden Weihnachtsmessebesucher mussten ihn doch auch sehen. Er leuchtete hell wie der Stern über der Krippe im Schein der Kerzen und des goldenen Kelches. Selbst die Drei Heiligen Könige wären ihm gefolgt, um den Weg zur Krippe mit dem Jesuskind zu finden. Ich sah zu Friedhelm rüber. Auch er hatte ihn bemerkt. Wir wussten nicht, ob wir lachen oder entsetzt sein sollten. Wir entschieden uns für das Lachen. Die Vorstellung, dass dieser Nasentropfen im heiligen Messewein landen würde oder nach der Wandlung gar im Blut Christi, war schon ziemlich schräg.

Wir hatten es schon immer als sehr ungerecht empfunden, dass nur der Pastor den Wein trinken durfte. Wir machten ja schließlich auch einen guten Job. Keiner wusste, dass wir den Wein schon mal verkostet hatten.

Jedenfalls taumelte der Nasentropfen bei jeder Bewegung von Fritze an der Nase mal nach links und mal nach rechts. Wir hatten zwar noch keine Physik in der Schule, aber wir hatten die Vorahnung, dass dieser Tropfen aufgrund seiner zunehmenden Größe fallen würde. Die Wandlung war schon fast geschafft. Wir waren so angespannt, dass wir das Klingeln beim Heben des Kelches beinah verpasst hätten, da fiel er doch noch.

Ich wollte noch aufspringen und die Hand zwischen Kelch und Tropfen halten, aber das war mir dann doch zu unappetitlich. Also fiel der Tropfen in den Kelch, der Pastor trank daraus und uns zogen sich die Gesichtsmuskeln vor lauter Ekel zusammen.

Nach der Messe schworen Friedhelm und ich uns, nie wieder vom Messwein zu probieren. Es könnte ja sein, dass der Pastor sein feuchtes Riechorgan auch an Ostern, Pfingsten oder zu Nikolaus schon darüber gehalten hatte. Und so scharf waren wir auf diese Spezialmischung nicht. Frohe Weihnachten!

21. Dezember

De Wiehnachtsnöösdrüppen

Ennelk was Wiehnachten. As elke Kind in't Emsland, freiden wi uns op disse Tied besünners. Van Klimawannel un Ozonlock harrn wi in uns lütte Dörp Bokeloh noch nix hört. Petrus stunn openbaar ok noch up de Leitung, denn he leet de Schneebeupdragte in de Himmel en Bült van witte Flocken över de Landskup afkippen.

So moii dat ok was, dat harr ok Nadelen. As dat öllste Kind was ick de Schneebeupdragte för de Straate. Vull inummelt nahm ick de Schuver un tröck de erste Spoor dör de witte Masse. Klar, ick was nich de Eenzige. Ok de annern Familien harrn her Schüppenfachkraft. Wie bewegden uns upnanner to un dat kweem, as dat kweemen muss. De Bessen un Schneeschüppen wassen drock an de Siete smeten un de Arbeit wesselde in en groote Schneeballslacht. As de anner Kinner dat dör de Fensters mitkreegen, was de kumplett Nobarskupp in de Slacht um de dicksten Kugels un de besten Treffer verwickeld.

De Ollen sachen dat entspannt. De Kinner wassen nich mehr in't Huus. In de Wohnstuuv kunnen se nu in Ruh de Geschenke unner de Boom leggen. Bit to dat Middageten was mehr Schnee smeten as schaufelt worden. De Straate sach nu ut as en Schneelandskupp mit Alpenprofil, blot nich so hoch.

Kinner gaff dat in't Emsland damals genoog. De sesstiger Jahre wassen noch pillenfreei un de Winter lang un kold. Darum wuselten an de Hillige Avend en Bült Jungs un Wichters dör de Straaten van dat lütte Dörp. So kunnen se her Upregen mit Bewegen en beten runnerföhrn. Wi wassen mit uns Wiehnachtsboom wedder de lesden. Dat lagg an mien Vader.

De Boom muss kört vör dat Eten mit en Bügelsaag in uns Tuun schneden worden. Dat was Tradition. De Dann was af un an nich uprecht man garanteert „bio“. Un war heet dat noch: „En beten scheev, hett Gott leev!“ Dat bedütt so vööl as: „Ok wenner he nich perfekt is, he is dat wert, in de Wohnstuuv upstellt to warden!“

Damals gaff dat noch Lametta un echte Kersen. Mien Vader was leep vörsichtig. Tegen de Wiehnachtsboom stunn jümmers en Emmer mit Water. De hebbt wi to'n Glück nie nich bruukt. Wenner de Kugels an de Boom an't Lüchten wassen, was dat för mi so, as wenner wi riek wassen. Mien Moder haalde se elke Jahr ut en Versteek. Griese Kartons mit Watte füllt, in de de silverne Kugels inpackt wassen. Mit Lametta un Kugels stunn de Boom ok in de 70er noch in de 60er-Style rum.

Frisk badet, afffüttert, striegelt un fien antrokken stunnen wi kört vör Clock acht klar för de Gang na de Kark. De meeste Stimmung harrn wi in de Wiehnachtsmisse in de bold dunkle Gotteshuus. Vandaag mussen wi besünners up Tied wesen. Ick harr de Job as Missdeener. Dat was en besünner Ehr un en beten Lampenfever was ok daarbi.

De Dörpkark was all mehr as dusend Jahre old, de ollste in't Emsland, gründ van de Hillige Ludger um 948. Se is heel slicht un sünner Pomp un Spektakel. In de Sakristei was uns Küsterin Katharina all an't Wachten. Siet de Dood van her Mann leep se jümmers in swatte Kleer rum un harr her langet Haar to en griesen Dutt knütt. De goode Seele van de Gemeende. Se was jümmers gedüldig mit uns wilde Dörpjungs.

Dann kwammen mien Kumpel Friedhelm un Pastor Fritze dör de leeg Döör. Fritze was en Ries. Ick hebb hum later jümmers mit Bundskanzler Helmut Kohl vergleken. Ick stunn all in't Ornat, ok Friedhelm un Pastor Fritze wassen drock umtrucken. In disse Tied stellde ick all de Hostien, dat Water un de Misswien up en Schöttelke för dat Wanneln. Ick broch beid in de Kark, gung torügg un wie stellden uns up. Mit en Pingeln an de Glocke an de Siete van de Sakristei gung dat in de vulle Kark.

De heele Gemeende stunn up und dat ersde Leed ward sungen. Mi leep jümmers en wohlige Schuur över de Rügg, wenner de Karkgängers mit Verve „Stille Nacht, heilige Nacht!“, „Es ist ein Roos entsprungen“, of „Ihr Kinderlein kommet“ sungen.

De Misse leep na Plan. De Pastor was good d'rup, de Predigt nich to lang. Blot dat een of anner Hoosten was to hören. Dat was so kold, dat man glööven kunn, de heele Gemeende was to'n Kiffen in de Kark kamen. Man dat was de Aam, de sük in de Lucht afköhlen dee.

Dann kwamm de Wanneln. Un tomaal sach ick hum.

En groote, natte Drüppen an de Spitz van Pastoor Fritze sien Nöös. Villicht marktde he dat nich, of dat mook hum nix ut. För mi was de Drüppen so groot, dat elk un een hum sehn muss. All Lüü in de Kark muusden dat doch sehn. He was so hell as de Steern över de Krippe in de Schien van de Kersen un de gülden Kelch. Sülvs de hillige dree Könige wassen hum nalopen, um de Weg to de Stall mit dat Jesuskind to finnen. Ick sach to Friedhelm röver. Ok he harr dat markt. Wi wussen nich, of wi lachen of verfehrt wesen sullen. Wi wassen för lachen. De Vörstellen, dat disse Nasendrüppen in de hillige Messwien lannen wörde of na dat Wanneln in dat Blood Christi, dat was sünnerbar.

Wi harrn dat all jümmers nich gerecht funnen, dat blot de Pastoor de Wien drinken dür. Wi moken ja ok en goode Job. Kieneen wuss, dat wi all van de Wien drunken harrn.

De Nöösdrüppen bummelde bi elke Bewegen van Pastoor Fritze mal up de een un dann up de anner Siet. Wi harrn noch kien Physik in de School, man wi harrn en Ahnen, dat disse Drüppen fallen worde, je grooter he wurr. De Wanneln was all bold schafft. Wi stunnen so up Spannung, dat wi bold dat Pingeln verschlapen harrn, as de Pastoor de Kelch hoch hull. Un dann full he doch.

Ick wull noch upsprengen un de Hand tüsken Kelch un Drüppen hallen, man dat was mi to örterg. So full de Drüppen in de Kelch, de Pastoor drunk dat ut un de Muskels in uns Gesichter trucken sük vör Ekel tosamen.

Na de Misse hebbt Friedhelm un ick uns sworen, noit nich wedder van de Wien to kosten. Dat kunn ja wesen, dat de Pastoor sien fuchtig Organ all to Oostern, Pingsten of Nikolaus daaröver hollen harr. Un so scharp wassen wi ok nich up sien Spezialmischen. Blied Wiehnachten!

22. Dezember

Driving home for Christmas

Der Brite Chris Rea röhrte aus den Lautsprechern des alten Citroen XM. Der „Franzose" schob sich langsam über die deutsche Autobahn 1 in Richtung Bremen. Das volle Schneechaos war ausgebrochen. Stoßstange an Stoßstange. Mit einem Schlitten wäre man schneller gewesen. Heinz-Bernd und seine Frau Theda saßen vorn, der 16-jährige Ben und die 13-jährige Carla pubertierten auf der Rückbank vor sich hin. WhatsApp, Snapchat, Instagram. Die Klingeltöne in die richtige Reihenfolge gebracht, hätte es auch für „Stille Nacht" gereicht.

Auf dem Armaturenbrett blinkte der kleine Plastikweihnachtsbaum aus dem Baumarkt, angeschlossen an den Zigarettenanzünder, in allen Farben. Die Stimmung war trotzdem eher nach Aschermittwoch oder einem Scheidungstermin.

„Mann, Papa, ich habe doch gesagt, dass es 'ne blöde Idee ist, so spät loszufahren!" Ben war völlig genervt. „Die Wetter-App hat doch schon gestern voll den Schnee gemeldet!"

Heinz-Bernd kochte innerlich. Musste sein Sohn auch noch maulen, wenn er sich ohnehin schon ärgerte, in seinem Alter noch immer vor seiner Mutter stramm zu stehen? Herrje, immer hatten sich alle nach ihr zu richten! Heinz-Bernd war der mittlere der drei Söhne – und so fühlte er sich auch: als Sandwich, immer dazwischen, eingeklemmt zwischen all den Anforderungen. Seine Mutter hasste es, wenn man zum Essen zu spät am Tisch saß. Ihm Recht zu geben, kam aber für sie nicht in Frage.

In Völlenerfehn warteten Oma Harda und Opa Hinnerk auf die liebe Familie. Sicher standen die Kartoffeln schon auf dem Herd, der Weihnachtsbaum brannte, Bier und Schnaps gaben sich im Kühlschrank schon mal die Kante. Okay, nicht für die Kinder, für die würde es auch dieses Jahr wieder heißen Weihnachtspunsch geben.

Das Fest der Liebe fühlte sich eher nach einem Fest der Hiebe an. „Guck' mich nicht so von der Seite an!" Ein friedvoller Weihnachtsblick von Theda sah definitiv anders aus. „Wenn Deine Mutter die Kochaufträge so spät vergibt, dann kann ich es auch nicht ändern. Schnell kochen, geht nicht – Braten dauert eben!" Ostfriesische Hochzeitssuppe, fetter Braten, matschiger Blumenkohl, zimtgeschwängerter Rotkohl, trockene Kroketten, Pommes für die Kinder und Fürst-Pückler-Eis aus der Plastikschale: Heinz-Bernd hätten auch Kartoffelsalat und Wiener Würstchen gereicht. „Trink' lieber einen Klaren und keinen Kräuter danach. Den Klaren sieht der Magen nicht kommen!", hatte Opa im letzten Jahr gesagt. Bis nach Silvester hatten seine Bauchkrämpfe zu längeren Auszeiten auf dem heimischen Örtchen geführt.

Dem fluchenden Veganerschitzel Carla war es sowieso egal. Die würde wieder jedes Salatblatt einzeln nach eventuellen Fleischrückständen aus der Soße für den Schmorbraten umdrehen und sich dann ihren Smoothie mit der Konsistenz eines gehäckselten Brokkoliauflaufes reinziehen.

„Ruf' mal bei Peter und Karin an, wie weit die sind!" Theda griff nach ihrem Handy und wählte die Nummer ihres arroganten Schwagers. „Hallo? Wie schön! Ja, wir sind auch schon auf dem Weg, tolle Stimmung, hören Musik, singen, genießen die weiße Landschaft!" Carla und Ben verdrehten hinten die Augen. ‚Sollst du so dreist lügen?!', dachten sie bei sich.

„Wir kommen sicher ein wenig später. Wo seid ihr?"

Karin und Peter kamen aus dem Ruhrpott, Essen, den Ostfriesenspieß hoch. Bis zum Kreuz Schüttorf war auf der A31 alles glatt gelaufen. Der große SUV schnurrte vor sich hin. Karin konnte so schön erhaben in die beschlagenen Autofenster gucken, wenn sie an der Schlange der anderen Heimkehrer zum Fest vorbeizogen. Dann der Unfall auf Höhe der Raststätte Ems-Vechte. Sie hatten es gerade noch bis auf den Parkplatz geschafft.

Karin saß in ihrem kurzen Kleidchen auf dem Fahrersitz und ließ sich den Po von der Sitzheizung toasten. Sie hatte überhaupt keine Lust auf

Weihnachten in Ostfriesland. Aber Peter war ja der älteste Sohn und damit quasi der Häuptling der Familie. So spielte er sich auch auf. „Wir brauchen noch mindestens eine Stunde, wenn die Räumfahrzeuge hier endlich das Blech von der Straße gefegt haben!“ Peter war pingelig, pedantisch, pünktlich. Er hasste es, zu spät zu kommen. Am liebsten war er der erste, der „Ömchen“, wie er seine Mutter nannte, sein Geschenk überreichte.

„Die gelben Jacken vom ADAC versuchen gerade eine Spur frei zu machen. Keine Ahnung, wie lange das dauert. Karin ist schon richtig genervt, weil sie das kleine Schwarze anhat und mittlerweile gefriergetrocknet ist. Habt ihr schon was von Folkert und den Jungs gehört?“

Folkert und die Jungs! Das waren die einzig Entspannten in der Familie. Folkert, der Jüngste, das schwarze Schaf! Lehre als Steinmetz, abgebrochenes Journalismus-Studium, Job bei der Zeitung in Wilhelmshaven, drei Kinder mit Dörthe. Dann die Scheidung. Dörthe ward nicht mehr gesehen - er hatte jetzt Fynn, Thorben und Ole an den Hacken. Wobei, er kam prima mit den Jungs klar und die auch mit ihm.

„Hallo Peter, du Vollpfosten! Was geht ab?!“ Peter nervte die lockere Art seines Bruders. „Heinz-Bernd schleicht in Richtung Bremen vor sich hin, wir stehen auf einem Rastplatz bei Lingen. Hier hat's geschneppert. Wo seid ihr?“

„Bei Meta in Hesel! Die Jungs spielen gerade Billard und haben schon alle Lampen an!“

„Wie es sich anhört, du auch!“

„Jepp! Bis hierher haben es die Schneepflüge offensichtlich noch geschafft, die Straßen zu räumen. Aber jetzt ist wohl Ende Gelände! Richtung Leer geht gar nichts mehr. Macht aber nix! Wir haben den Bulli voller Getränke. Schlafsäcke haben wir auch eingepackt und zur Not schlafen wir in der Kneipe!“

„Was? Ihr schafft es die paar Kilometer nicht mehr zu Oma und Opa? Ihr seid doch am nächsten dran!“

„Am nächsten dran schon, aber eben auch nicht mehr weit weg von einem weihnachtlichen Führerscheinentzug. Die Jungs können nicht mehr hinters Steuer! Aber die ganzen Gestrandeten hier sind genauso entspannt wie wir: Ich spüre hier den Geist von Weihnachten... Wahrscheinlich, weil sich alle den Stress unterm Baum mit der besten Ausrede der Welt ersparen können: Wir sind eingeschneit! Merry X-mas, Du Nervensäge und Grüße an dein Püppchen!"

Peter war wie vor den Kopf gestoßen! Seine Ledersohlen waren mittlerweile durchgeweicht, seine Füße kalt. Die Polizei hatte gerade per Megafon bekannt gegeben, dass die Autobahn noch mindestens für vier Stunden gesperrt bleiben würde. In der Zwischenzeit hatte es sich Karin mit einem Taxifahrer aus Nordhorn an der Bar der Raststätte gemütlich gemacht und trank „Lütt un Lütt". Karin lachte, der Taxifahrer flirtete auf Weihnachtsmann komm raus und Peter fuhr so langsam seinen „Kamm" hoch.

Der „Franzose" schlich in der Zwischenzeit immer noch über die A1 Richtung Bremen. Heinz-Bernd stellte mit Entsetzen fest, dass die Nadel der Tankanzeige so langsam gegen Null lief. Theda hatte den Braten aus dem Kofferraum jetzt zwischen ihren Beinen stehen und knibbelte mit ihren Fingern kleine Stückchen heraus. Ben und Carla zofften sich auf der Rückbank. Ben behauptete, Justin Bieber sei schwul und würde mit einem trockenen Brötchen wie ihr sowieso nichts anfangen können.

Folkert, Fynn, Thorben und Ole probierten bei „Meta" ein neues Getränk. Speziell zu Weihnachten kreiert, behauptete der Wirt. „Tote Tante", eine Mischung aus Kakao und Baileys, wobei sich der Anteil von Baileys über den Abend immer weiter zu Ungunsten des Kakaos verschob. Egal, es gab viele tote Tanten an diesem Abend.

Und in Völlenerfehn saßen Oma Harda und Opa Hinnerk friedlich unter dem Baum, genossen die Ruhe, aßen Kartoffelsalat mit Wiener Würstchen, und machten sich über Eierlikör, Schnaps und Bier her. Sie waren irgendwie froh, dass dieses Jahr zu Weihnachten so viel Schnee gefallen war, wie in den letzten zehn Jahren nicht mehr. Die Kinder würden schon noch kommen, irgendwann, am Abend, in der Nacht oder am ersten Weihnachtstag. Wie schön und friedlich der Heiligabend doch sein konnte!

22. Dezember

Driving home for Christmas

De Brite Chris Rea röhrde ut de Boxen van de olle Citroen XM. De „Franzoos“ schoov sük sinnig över de düütsche Autobahn 1 in Richtung Bremen. Dat vulle Schneechaos was utbroken, Stootstang an Stootstang. Mit en Slee was een seker drocker wesen. Heinz-Bernd un sien Froo Theda satten vörn, de 16 Jahre olle Ben un de 13 Jahre olle Carla puberteerden up de achtere Bank för sük hen. Whatsapp, Snapchat, Instagram. De Klingeltonen in de richtig Rieg bracht, harrn ok för „Stille Nacht“ reicht.

Up dat Armaturenbrett blunk de lütte Wiehnachtsmann ut Plastik in all Klören, de se för Jahre in't Baumarkt köfft harrn, koppelt mit de Anzünder för de Glimmstengel. De Stimmung was mehr Aschermiddeweek of Scheidungstermin as Wiehnachten.

„Mann, Papa! Ick hebb jo doch seggt, dat dat ne blöde Idee is, so laat lostoföhrn!“ Ben was suur. „De Weer-App hett doch all güstern vull de Schnee mellt.“

Heinz-Bernd was all van binnen an't Koken. Muss sien Söhn ok noch muulen, wenner he sük sülvs all en Bült argerde, in sien Oller jümmers noch för sien Moder stramm to stahn? Herrje, jümmers harrn sük all na her to richten! Heinz-Bernd was de middelste van dree Söhne – un daarum föhlde he sük as Sandwich, jümmers middenmank, inklemmt tüsken all de Anfordern. Sien Moder much dat nich, wenner de Besöök to laat an de Tafel satt. Hum Recht to geven kwamm för her nich in Fraag.

Un de Ollen wassen an't Wachten, Oma Harda un Opa Hinnerk, in Völlenerfehn, up de leeve Familie. Seker stunnen de Tuffels all up de Oven, de Wiehnachtsboom brannde, Beer un Schnaps geven sük in de Köhlschapp all de Kante. Okay, nich för de Kinner, för de warde dat ok dit Jahr wedder heet Wiehnachtspunsch geven.

Dat Fest de Leevde föhlde sük ok dit Jahr mehr na en Fest de Slagen an. „Kiek mi nich so van de Sied an!“ En freedsaam Wiehnachtsblick van Theda was dat nich. „Wenner dien Olle de Updragen för dat Festeten so laat ankünnt, kann ick daar ok nix an ännern. In en Wuppdi koken geiht nich, dat Braden düürt even!“ Ostfreeske Hochttiedssopp, fette Braden, muffig Tuffels, mudderig Blöömkohl, zimtlastig rode Kohl, dröög Kroketten un Pommes för de Kinner un Fürst-Pückler-Ies ut en Plastikpott: Heinz-Bernd was ok mit Tuffelsalat un Wiener Wursten tofree wesen.

Dat futernde Verganerschnitzel Carla was dat sowieso egal. De warde wedder elke Salatbladd na mögelke Fleeskstücken ut de Stipp van de Smoorbraden unnersöken un sük dann her Smoothie mit dat Utsehn van en häxelde Brokkoliuploop rintrekken.

„Roop mal even bi Peter un Karin an, waar wiet de sünd!“ Theda greep na her Handy un wählde de Nummer van her arrogande Swager. “Hallo? Wat mooi! Ja, wi sünd all up de Weg, tolle Stimung, lustern Musik, singen, kieken uns de witte Landskupp an!“ Carla un Ben verdreihden de Ogen in’n Kopp. ‚Sallst du so dreist legen!‘, dochen se bi sük.

„Wi sünd seker en beten later daar. Waar sünd ji?“

Karin un Peter kwammen ut de Ruhrpott, Essen, de Ostfreesenspieß hoch. Bit to dat Krüüz Schüttdörp was up de A31 all good lopen. De groode SUV snurrde för sük hen. Karin kunn daarin so moi hoch sitten un ut de Fenster kieken, wenner se an de Slange van de anner Heimkehrer to dat Fest vörbitrucken. Man en Unfall up de Höchte van de Raststee Ems-Vechte harr se stoppt. Se wassen noch so even up de Parkplatz kamen.

Karin satt in her kört Kleed up de Sitz van de Fahrer un leet sük her Mors van de Sitzheizung angrillen. Se harr so wat van gar kien Lust up Wiehnachten in Ostfreesland. Man Peter was ja de ollste Söhn un daarmit quasi de Hoovdling van de Familie. Un so spöölde he sük ok up.

„Wi bruken noch tominnst en Stünn, bit dat de Rüümwagens de heele Schrott van de Straate fegt hebbt!“ Peter was pingelig, pedantisch un pünktlich. He kunn dat nich af to laat to wesen. An’n Leevsten was he de ersde, de „Ömken“, as he sien Moder nöömde, sien Geschenk gaff.

„De geelen Joppen van de ADAC versöken jüst en Spoor frei to kriegen. Ick weet nich wo lang dat düürt. Karin is all vergrellt, wiel se dat lütte Swatte anhett un bold gefreerdröögt is. Hebbt ji all wat van Folkert un sien Jungs hört?“

Folkert un sien Jungs! Dat wassen de eenzig Entspannde in de Familie. Folkert, de jüngste Söhn, was dat „Swatte Schaap“! He harr Steenbicker lehrt, dann sien Studium för Journalismus afbroken, nu en Job bi dat Bladdje in Wilhelmshaven, dree Kinner mit Dörthe. Dann de Scheden. Dörthe hett sük van de Acker makt. Nu harr he Fynn, Thorben un Malte an de Hacken. Ne, dat was nich slimm, he kwamm leep good mit sien Jungs klar un se ok mit hum.

„Moin, Peter, du Halvmall! Wat geiht?!“ Peter kunn de lockere Art van sien Bröer nich good hebben. „Heinz-Bernd slickt in Richtung Bremen vör sük hen, wi stahnt up en Raststee bi Lingen. Hier hett dat scheppert. Waar sünd ji?“

„Bi Meta in Hesel. De Jungs spölen Billard un hebbt de Lampen all an!“

„As sük dat anhöört, du ok!“

„Jepp! Bit Hesel hebbt de Schneeplogen dat noch schafft. Man nu is wall Ende Gelände. Richtung Leer geiht nix mehr. Makt avers nix! Wi hebbt de Bulli vull mit Geträňke. Slaapsacken hebbt wi ok inpackt un wenner dat dumm kummt, slapen wi in de Kneipe!“

„Wat? Ji schafft de paar Kilometer bit to Oma un Opa nich mehr? Ji sünd doch all so dicht dran!“

„Dicht dran stimmt, man ok nich mehr so wiet weg van en wiehnachtliche Verlüst van de Führerschien. De Jungs köhnt ok nich mehr achtert Stüür. Man de Bült van Lüü, de hier strandt sünd, is tominnst so entspannt as wi. Ick spöör de Geist van Wiehnachten....Wahrschienelk, wiel sük all de Stress unner de Boom mit de beste Utreed van de Welt sparen köhnt: Wi sünd inschneit! Merry Christmas, Du Nervensaag un Grööten an dien Püppken!“

Peter was baff. Sien Sohlen ut Leer wassen mit de Tied weik worden, sien Foten kold. De Polizei harr jüst dör en Megafon klar makt, dat de Autobahn noch tominnst för veer Stünnen sperrt blifft. In de Tüskentied harr Karin sük dat mit en Taxifahrer ut Nordhorn an de Bar van de Raststee kommoodig makt un drünk „Lütt un Lütt“.

Karin was an't Lachen, de Taxifahrer was an't Flirten up Wiehnachtsmann kumm rut un bi Peter swull de „Kamm".

De „Franzoos" sleek in disse Tied jümmers noch up de A1. Heinz-Bernd was nu klar worden, dat de Nadel van de Tankanzeig bold tegen Null leep. Theda harr de Braden ut de Kufferruum nu tüsken her Been stahn un pulde mit her Fingers lütte Stücken rut. Ben un Carla wassen achtern an't Strieden. Ben see, dat Justin Biber wall van de anner Kant wesen kunn un he seker nix van so en dröög Broodje as se en was, antofangen wuss.

Folkert, Fynn, Thorben un Malte probeerden bi Meta en neeie Drank. Speziell för Wiehnachten utdacht, see de Wirt. „Dode Tante", en Mengsel ut Kakao un Baileys, waarbi sük de Deel van Baileys over de Avend jümmers wieder to Ungunsten van de Kakao dreihde.

Un in Völlenerfehn satten Oma Harda un Opa Hinnerk fredelk up her Sofa, wassen best up Stee, dat dat so ruhig was, eten Tuffelsalad mit Wiener Wursten un drünken Eierlikööör, Schnaps un Beer. Se wassen en beten blied, dat dat disse Jahr so vööl Schnee geven harr, as de lesden teihn Jahre nich mehr. De Kinner warden nu nich mehr komen, villicht leep laat, of in de Nacht, of mörgen. Wo mooi un fredelk de Hillige Avend sünner se doch wesen kunn!

23. Dezember

Bitte folgen!

„Mann, Niko! Geh runter vom Gas! Das hält die alte Karre nicht durch!“

Mit 120 Klamotten schepperte Niko im Bulli mit Anhänger über die B402 von Meppen in Richtung Haselünne, auf der Rückbank 3 Kollegen in roten Mänteln.

„Was soll ich machen, wir haben schon genug Zeit verloren in Lingen, und Meppen war auch nicht viel besser. Wenn wir die Geschenke noch pünktlich abliefern wollen, dann muss ich auf's Pedal treten!“, sagte Niko und drehte sich zu den drei anderen Weihnachtsmännern um.

„Guck nach vorne, da kommt 'ne Ampel!“ Man merkte Gabriel die Nervosität an. Er saß mit seinem Wattebart und der großen Mütze hinter Niko. Er war runder gebaut als der Rest der Jungs und hatte einen nervösen Magen. „Wenn Du weiter so um die Kurven fährst, weiß ich nicht, ob ich den Christstollen von unserer letzten Station bei mir behalten kann!“, fügte er mit leichtem Aufstoßen hinzu.

„Stell Dich nicht so an, du Memme. Wer hat denn jeden Keks und jedes Stück Marzipan eingeatmet wie ein Staubsauger. Das liegt nicht am Fahrstil, das liegt an Deinem Appetit!“ Josua hatte Gabriel schon beim ersten Stopp in Lingen leicht in die Seite gestoßen, als der beim Rausgehen aus der ersten Wohnung noch eine Schachtel Spekulatius unter seinen Mantel gesteckt hatte. Von wegen „Wegzehrung“. Wenn die vier Studenten an Weihnachten mit ihrem gut bezahlten Nebenjob als „Die vier X-mas-men“ unterwegs waren, kam Gabriel immer mit mehr nach Hause, als er verteilt hatte. Während sich die drei noch stritten, klopfte Lukas mit seinem Heiligenstab auf die Schulter von Niko.

„Ich glaube, Du solltest wirklich langsamer fahren!“

„Jetzt nervst Du auch noch rum!“, Niko war kurz vorm Platzen.

„Ich meine ja nur! Ich glaube nicht, dass die Polizisten da hinter uns das Blaulicht angeschaltet haben, um uns zu eskortieren!“

Tatsächlich: Hinter dem Hänger waren jetzt deutlich die blauen Rundumlichter eines Polizeiwagens zu erkennen. Niko drückte langsam auf die Bremse, damit der Wagen der Beamten noch reagieren konnte.

„Siehst Du!“, sagte Gabriel. „Jetzt haben wir richtig Stress und kommen erst recht zu spät! Und ich habe meinen Ausweis nicht dabei.“

„Mann, hör auf zu jammern, Du Nerd! Bist doch sonst bei Deinen Ballerspielen auch immer der King.“ Lukas war es leid.

Mittlerweile hatte der Polizeiwagen Niko überholt und sich vor das Vierergespann gesetzt. Dann kam das „Bitte folgen“-Signal und sie wurden auf einen Rastplatz gelotst. Die vier Weihnachtsmänner blieben im Wagen sitzen und warteten, bis die beiden Beamten auf sie zukamen. Der eine blieb mit Abstand und der Hand an der Waffe etwas weiter vor dem Auto stehen.

Niko kurbelte die Fensterscheibe des alten Bullis runter.

„Da hatten wir es wohl etwas eilig, die Herren?“, sagte der ältere Mann mit Schnäuzer und verzog keine Miene.

„Wir sind gerade noch einmal die Geschenkelisten durchgegangen Herr Polizeihauptkommissar und ich habe dabei den Blick für den Tacho verloren.“ Niko versuchte, sich rauszureden.

„Schleimen sie hier mal nicht so rum. Ich bin Polizeihauptwachtmeister und sie ja sicher auch nicht der echte Weihnachtsmann? Oder haben sie sich geklont, dass gleich vier von ihnen hier sitzen? Also, erst mal Führerschein und Personalausweis. Von allen!“

Die Weihnachtsmänner wurden jetzt doch etwas nervös. Mit so einer rabiaten Ansprache hatten sie nicht gerechnet. Es war ja schließlich Weihnachten. Alle streckten die Papiere raus, bis auf Gabriel, der hatte ja keine dabei.

„Haben sie was getrunken?“, sprach der Beamte Niko an.

„Vier Wachtmeister, Herr Jägermeister!“, antwortete der spontan und dachte, der Witz würde das Eis vielleicht brechen. Das Gegenteil war der Fall.

„Ach, wohl einen Weihnachtsclown verschluckt! Passen sie mal auf, junger Mann: Sie steigen jetzt aus und der Typ, der aussieht wie der Erzengel Gabriel, auch! Wir machen jetzt mal einen kleinen Alkoholtest."

„Ich heiße wirklich Gabriel, Herr Wachtmeister!", rief ein etwas verzweifelter Weihnachtsmann von hinten.

Der Polizist ließ sich nicht aus der Ruhe bringen. Er stellte die beiden rotbemäntelten Gestalten neben den Bulli, ließ sich von seinem Kollegen das Alkoholtestgerät geben und beide pusteten.

Bei Niko war nichts zu sehen, kein Alkohol festzustellen. Gabriel war mittlerweile so nervös geworden, dass er nicht mehr an sich halten konnte. Als er das Röhrchen in den Mund nehmen wollte, wurde ihm schlecht und er spuckte dem Polizisten den gesamten Mageninhalt vor die Füße.

„Ich glaube, sie haben gerade eine Nacht zur Ausnüchterung in unserer Polizeiwache gewonnen, Herr Gabriel!", sagte der Beamte mit leicht zitternder Stimme.

Jetzt schaltete sich der zweite Polizist in die latent eskalierende Debatte ein.

„Mensch, Paul! Komm mal ein bisschen runter. So wie du die Jungs hier stramm stehen lässt, ist es doch kein Wunder, dass die nervös werden. Die haben sicher auch keinen großen Bock, den Heiligen Abend damit zu verbringen, angespannten Eltern und nörgelnden Kindern überflüssige Geschenke zu bringen, die die dann in Nullkommanichts aus der Verpackung reißen und dich noch vorwurfsvoll angucken, weil der liebe Weihnachtsmann mal wieder das Falsche gebracht hat. Wie viele Stationen habt ihr denn auf dem Zettel?"

Lukas war der erste, der nach der spontanen Nahrungsrückgabe die Fassung wieder fand.

„Noch vier Familien. Die können wir zum Glück alle zu Fuß ablaufen, alle in der Innenstadt, Haselünne ist ja nicht so groß. Und wenn ich es richtig sehe, Herr Hauptwachtmeister, steht Ihr Name auch auf unserer Liste. Vielleicht hat uns ja Ihre Frau beauftragt, weil Sie heute im Dienst sind."

Die Stimmung des scharfen Beamten schlug um. Nach einem kurzen Anruf zu Hause schickte er seinen Kollegen zum Einsatzfahrzeug und kam auf die immer noch geschockten Weihnachtsmänner zu.

„So, ihr Gestalten. Wir vergessen die Sache hier. Ich werde eurem Boss da oben nichts sagen und ich sorge dafür, dass ihr eure wertvolle Fracht ruckzuck bei den Kleinen habt. Und Gabriel, wenn du dich nicht zusammenreißt, dann drücke ich dir höchstpersönlich den Wischeimer in die Hand und die Nacht im Revier hast du dann sicher!“, sagte der Beamte, wobei er sich ein leicht hämisches Grinsen in Richtung „Magengabriel“ nicht verkneifen konnte.

Mit Blaulicht, aber leider ohne Sirene, wie Niko schmollend feststellte, ging es für das Weihnachtsmannquartett auf heißen Reifen in die Stadt. Alle Geschenke kamen rechtzeitig an, die Polizisten fassten mit an und nach einer Stunde verabschiedeten sich die Raser von den Beamten und kehrten auf den Schrecken noch kurz in der örtlichen Grillbude ein Sie gönnten sich vor der Heimfahrt eine Currywurst-Pommes mit Cola. Bis auf Gabriel, der hatte für heute den Kaffee auf.

23. Dezember

De Kelle för veer Wiehachtsmannen

„Man, Niko! Gah mal en beten runner van't Gas! Du brengst uns noch all um mit dien Raseree! Dat hallt de Rutterkaar nich dör."

Richtig wohl föhlde sük Niko nich. Mit 120 Saken un en Anhanger floog he in sien Veer-Mannen-Slee over de B 402 van Meppen in Richten Haselünne.

„Wat sall ick maken, wi hebbt en Bült Tied verloren in Lingen, un Meppen was nich vööl beter. Wenner wi de Gifften up Tied aflevern willen, dann mutt ick Gas geven!", see Niko un dreihde sük na de anner dree Wiehnachtsmannen in't Auto um.

„Kiek lever na vörn, daar kummt en Ampel!" Man markte Gabriel sien Unrüst an. He satt mit sien Buuk ut Watte un de groode Müsse achter Niko. He was en beten dicker as de Rest van de Jungs un harr en nervöse Maag.

„Wenner du de Tögels nich en beten lösser lattst, weet ick nich, of de Christstollen van uns lesde Station bi mi blifft", see Gabriel un stöttde sacht up.

„Stell di nich jümmers so an, du Memme. Well hett denn elke Keks un dat heele Marzipan inatmet as en Huulbessen. Dat liggt nich an mien Fahrstil, dat liggt an dien Appetit!" Josua harr Gabriel all bi de ersde Stopp in Lingen licht up de Schuller kloppt, as he bi dat Rutgahn ut de erdse Wohnen all en Döös mit Spekulatius unner sien Mantel stoopt hett. Van wegen „Wegzehren".

Wenner de Studenten an Wiehnachten mit her good betalde Job as „De veer x-mas-men" unnerwegens wassen, kwamm Gabriel jümmers mit mehr na Huus, as he verdeelt harr. In de Tied, in de de dree an't Strieden wassen, kloppde Lukas mit sien Hilligenstock up de Schuller van Niko.

„Ick glööv, dat was beter en beten langsamer to föhrn!"

„Nu nervst du ok al rum!“ Niko was kört vör’t Platzen.

„Ick meen ja blot. Ick glööv nich, dat de Schandarms achter uns dat Blaulücht anmaakt hebbt, um uns to eskorteeren!“

Dunnerslag! Achter de Hanger wassen nu düdelk de blaue Rundumlüchten van en Polizeiwagen to erkennen. Niko druckde sinnig up de Brems, daarmit de Schandarms noch reageeren kunnen.

„Süchst wall!“, see Gabriel. „Nu hebbt wi richtig Stress un kamen nu seker to laat! Un ick hebb kien Papeeren daarbi.“

„Nu holl up to jöseln, du Nerd! Büst doch anners bi dien Ballerspölen ok jümmers de Gröttsde!“ Lukas harr de Snuut full.

In disse Tied harr de Wagen van de Schandarms de Bulli van de veer overhaalt un sük för dat Gespann sett. Dann kwamm dat „Bitte Folgen“- Teken un se warden up de nächste Parkplatz lotsd. De veer Wiehnachtsmannen bleeven stuur in her Wagen sitten un wachtden, bit de twee Beamte up dat Auto tolepen. De en bleev mit Afstand un de Hand an de Wapen en beten wieder vör dat Auto stahn.

Niko kurbelde de Schiev van de Bulli sacht runner.

„Daar haarn wi dat ja wall en beten drock, de Herren?“, see de oller Kerl mit Schnuutbaart un vertröck kien Mien.

„Wi wassen jüst daarbi noch mal de Listen van de Geschenke dörtogahn, Herr Polizeihoovdkommissar. Ick hebb wall en beten de Blick för de Tacho verloren.“, versöchde Niko sük rutoproten.

„Nu schleimen se hier man nich so rum. Ick bün Polizeihoovdwachtmeester un se ja wall nich de echt Wiehnachtsmann? Of hebbt se sük klont, dat daar lieks veer van di sitten? Also, erst mal de Führerschien un de Papeeren. Van all van jo Witzbolde!“

De Wiehachtsmannen wassen nu doch en beten nervös worden. Mit so en ruug Anspraak harrn se nich rekend. Dat was doch Wiehnachten. All steckden her Papeeren rut, bit up Gabriel, de harr ja kien.

„Hebbt se wat drunken?“ sprook de Schandarm Niko an.

„Veer Wachtmeester, Herr Jagermeester!“, antworde Niko spontan un doch, dat disse Jook dat Ies villicht breken kunn. Man dat gung na Achtern los.

„Ach, wall en Wiehnachtsclown fröhstückt. Passen se mal up, jung Kerl. Se stiggt nu ut, un de Typ, de utsücht as de Erzengel Gabriel, ok. Wi maken nu erst mal en lütten Alkoholtest."

„Ick heet würrelk Gabriel, Herr Wachtmeester!", reep en vertwiefelde Wiehnachtsmann van Achtern.

De Schandarm leet sük nich ut de Ruh brengen. He stellde beid Figüren in her rode Mantels tegen de Bulli un latt sük van sien Kolleg de Alkoholtestapparat geven un beid pusten.

Bi Niko was nix to sehn, kien Alkohol an Bord. Gabriel was in de Tied so nervös worden, dat he nich mehr an sük hollen kunn.

As he dat Röhrken in de Mund nehmen wull, warde hum övel un he speeide dat, wat in sien Maag was, de Schandarm för de Stevels.

„Ick glööv, se hebbt jüst en Nacht bi uns in de Zell för't Utnüchtern wunnen, Herr Gabriel!", see de Beamte mit en düdelk to marken Bibbern in de Stimm.

Nu kwamm de tweede Schandarm up se to, um de Situation nich eskaleeren to laten.

„Paul, kumm mal en beten runner! So as du de Jungs stramm stahn lattst, is dat doch kien Wunner, dat de bangbüxig warden. De hebbt seker ok kien Lüst de Hillige Avend daarmit to verbrengen, anspannde Ollen un nörgelnde Kinner Geschenke to brengen, de se nich bruken, dann fix ut de Verpacken rutrieten un die dann antokieken, as of du her Katte killed hest, wiel de leeve Wiehachtsmann wedder mal dat Verkehrde bracht hett. Waar vööl Stationen hebbt ji noch up de Zedel?"

Lukas was de ersde de wedder to Besinnen kweem.

„Blot noch veer Familien. De köhnt wi to'n Glück to Foot aflopen, all in de Binnenstadt, un Haselünne is ja nich so groot. Un wenner ick dat richtig seh, Herr Hoovdwachtmeester, steiht her Naam ok up uns Liste. Villicht hett uns ja her Froo de Örder geven, wiel se vanavend Dienst hebbt."

De Luun van de scharpe Beamte sloog um. Na en körte Anroop to Huus stüürde he sien Kolleg to de Polizeiwagen un gung up de jümmers noch verdatterde Wiehnachtsmannen to.

„So, ji Gestalten! Wi vergeten de Sake hier. Ick ward jo Baas daarboven nix vertellen un sörg daarvör, dat jo düür Fracht ruckzuck bi de Lütten is. Un, Gabriel, wenner Du di nich tosamenrieten kannst, drück ick di sülvs de Emmer mit de Wischmob in de Hannen un de Nacht in't Revier hest du ok seker!" see de Schandarm, waarbi he sük en Grienen in Richtung „Maaggabriel" nich verkniepen kunn.

Mit Blaulücht man sünner Sirene, wat Niko bold nich glööven kunn, gung dat för dat Wiehnachtsquartett up heete Reifen in de Stadt. All Gifften wassen up Tied unner de Bomen, de Schandarms packden mit an un na en Stünn gungen de Raser un de Beamte ut'nanner. Up de Schreck mooken de veer Jungs noch en Stopp in de Pommesbude in't Zentrum van Haselünne för en Currywurst mit Pommes un en Cola. Bit up Gabriel, de harr de Koffje jümmers noch up van de heele Upregen.

24. Dezember

Das Christkind in der Bahnhofsmission

„Sehr geehrte Fahrgäste, aufgrund von Schneeverwehungen auf der Strecke nach Rheine können wir leider nicht weiterfahren. Wir bitten sie um Entschuldigung! Bitte nutzen sie das Angebot unseres Bordrestaurants. Dort erhalten Sie kostenfrei warme Getränke und Snacks. Sobald wir die Fahrt fortsetzen können, werden Sie von uns informiert!"

Katharina Büchter saß in ihrem Abteil, die Hände auf dem kugelrunden Bauch verschränkt. Der kleine Maximilian machte sich deutlich bemerkbar. Die schwangere Frau war auf dem Weg ins Emsland, nach Papenburg, zu ihrer Familie. Ihr Mann Philipp war schon einen Tag früher mit dem Auto inklusive Kinderwagen und Gepäck vorgefahren. Sie hatte noch Zeit mit ihrer Freundin verbracht. Schließlich sollte das Kind Anfang Januar zur Welt kommen. So lange wollte sie im Emsland bleiben, ihren Sohn, das wusste sie schon seit einiger Zeit, dort im Marienhospital zur Welt bringen.

„Gibt es vielleicht eine ungefähre Angabe, wann wir weiterfahren können?", fragte sie den Schaffner, der gerade an ihrer Reihe vorbeikam.

„Es tut mir leid, junge Frau, Rheine ist zwar frei, aber kurz hinter Osnabrück muss erst der Schnee von den Gleisen geräumt werden. Wir wissen leider noch nicht, wie lange das dauern wird. Kann ich ihnen etwas bringen?", fragte der ältere Mann freundlich. Katharina lehnte ab, sie wollte einfach nur sitzen. Sie holte ihr Handy aus der Tasche und rief Philipp an: „Hallo Schatz! Das Abenteuer Bahn macht seinem Namen wieder mal alle Ehre. Ich sitze in Osnabrück fest. Ich sage dir Bescheid, wann es weiter geht und ich in Papenburg ankomme!"

Sie spürte, wie Maximilian unruhig wurde. Vielleicht lag es an der Wärme im Abteil. Sie zog den Mantel an und stieg aus dem Waggon, um sich auf dem Bahnsteig die Beine zu vertreten. Am anderen Ende des Gleises stand eine Gruppe Männer und Frauen vor der Bahnhofsmission. Dort wurde Kaffee ausgeschenkt und Christstollen verteilt. Es war der Heilige Abend und langsam senkte sich die Dunkelheit über die Stadt. Als sie an der Menschentraube vorbeikam, wurde sie freundlich angelächelt. Ihre Schwangerschaft war nicht zu übersehen.

„Na, mien Deern! Wird das ein Christkind?“, fragte einer der Männer.

„Nein, es wird wohl eher einer der Heiligen Drei Könige werden. Der Termin ist Anfang Januar.“

„Wie soll er denn heißen, Caspar, Melchior oder Balthasar?“ „Maximilian, wie mein Großvater. Der Name hat Tradition in unserer Familie“, antwortete sie mit einem Lächeln.

„Na, dann müssen wir die Bibel ja wohl demnächst um- und einen vierten König dazuschreiben.“ Ein Lächeln ging durch die Gruppe. „Ich heiße übrigens Caspar, das sind meine Freunde und Begleiter. Wir sind hier gestrandet, weil die Bahnhofsmission in Osnabrück am Heiligen Abend immer etwas für uns macht. Heute gibt es Hühnchen mit Kartoffeln und Gemüse. Möchten sie vielleicht mit uns essen? Im Zug gibt es sicher nur dieses Pappbrot mit Salami oder Käse.“

Katharina wollte gerade ablehnen, als sie merkte, wie die Wehen einsetzen. Oh, nein, dachte sie, bitte nicht jetzt, Maximilian! Es war so heftig, dass sie sich auf den Bahnsteig setzen wollte. Ihr wurde heiß, kalt und schwindelig. Ihr Gesicht verzog sich vor Schmerzen. Die Männer und Frauen merkten gleich, was mit ihr los war. Sie stützen sie und begleiteten sie in die Räume der Bahnhofsmission.

„Die Frau ist in anderen Umständen und ich glaube, der kleine Maximilian will nicht mehr bis Januar warten.“ Caspar sprach mit dem Leiter der Einrichtung, die gemeinsam von Caritas und Diakonie verwaltet wurde. Katharina wurde in der „Raum der Stille“ gesetzt, während draußen die Stimmung von gemütlich in aufgeregt umschwenkte. Alle hatten mitbekommen, was mit Katharina los war.

„Ich habe einen Krankenwagen gerufen. Er wird hoffentlich gleich da sein. Der Info-Point lässt schon über die Lautsprecheranlage nach einem Arzt suchen.“ Der Leiter der Bahnhofsmission war sichtlich aufgeregt. Kaum hatte er eine Trage in den Raum gestellt und mit Decken und Kissen gepolstert, als ein Mann durch die Tür kam und sich als

Arzt vorstellte. „Mein Name ist Balthasar Sundermann. Kein Scherz! Wie weit sind ihre Wehen?“ Während sich Katharina bemühte, dem Doktor Auskunft zu geben, packte der Arzt den Inhalt seiner Tasche auf einem Handtuch aus und beauftragte einen weiteren Mitarbeiter ein paar Dinge zu besorgen. „Ich fürchte, sie werden es nicht mehr bis ins Krankenhaus schaffen. Auf den Straßen von Osnabrück herrscht das reinste Chaos. Vertrauen sie mir, bitte. Ich mache das nicht zum ersten Mal. Ich war schon bei einigen Hausgeburten dabei. Leider bin ich keine Hebamme, aber wir kriegen das hin!“

Was blieb Katharina übrig. Es musste irgendwie gehen. Sie dachte noch kurz darüber nach, ob sie Philipp anrufen sollte, aber dann kamen die nächsten Wehen, in immer kürzeren Abständen, immer stärker.

Draußen vor der Tür standen die Männer und Frauen und hörten Caspar zu, der ihnen erzählte, was in der Bahnhofsmission gerade vor sich ging. „Das ist ein gutes Omen für dieses Fest. Ein echtes Christkind zum Fest und dann noch in der Bahnhofsmission. Es ist, als ob wir die Hirten auf dem Felde sind, die die Geburt des Heilands kaum erwarten können. Geht es ihr gut?“, fragte eine Frau, die in einen alten Wintermantel gekleidet war, mit Gummistiefeln an den Füßen, aus denen dicke Wollsocken herauslugten.

In diesem Moment waren laute Schreie aus dem „Raum der Stille“ zu hören. Die Gruppe vor der Mission faltete die Hände und Caspar fing laut an, ein Gebet zu sprechen. Alle waren plötzlich ganz still, die Blicke wanderten in den wolkenverhangenen Himmel. Es begann wieder zu schneien. Als der Leiter der Bahnhofsmission aus der Tür trat, ging automatisch das Licht darüber an. „Der Weihnachtsstern!“, murmelte einer der Männer. Die Anspannung lockerte sich spontan, denn an dem Gesicht des Missionschefs war zu erkennen, dass alles gut gegangen war.

„Wir haben einen neuen Erdenmenschen dazubekommen und sein Name ist nicht Melchior, sondern Maximilian.“ Die Erleichterung und die Freude war allen anzumerken. Es wurde getuschelt und geklatscht, bis Caspar ein Lied anstimmte. „Es ist ein Ros’ entsprungen, aus einer Wurzel zart...“ Alle stimmten ein und sangen vor den Türen des alten Bahnhofsgebäudes. Drinnen konnte Katharina, die ihren kleinen Sohn auf dem Arm hielt, das Klatschen, aber vor allem den

Gesang hören. Sie hatte es geschafft, sie hatte ihr Kind tatsächlich fast allein zur Welt gebracht. Überglücklich blickte sie in das Gesicht ihres Kindes, dankte dem Arzt und griff nach ihrem Telefon.

Der Doktor half ihr, sich aufzurichten. Er hatte noch einmal mit dem Krankenhaus telefoniert. Der Notarztwagen war unterwegs und würde Mutter und Kind in eine Klinik bringen. Er versicherte dem Oberarzt, dass alles gut gelaufen und beide gesund waren.

Nachdem es dreimal geklingelt hatte, ging Philipp ans Telefon. „Na, Kathi! Geht es jetzt endlich weiter, wie geht es dir?"

„Schatz, du wirst es nicht glauben, aber wir haben ein Christkind! Ein gesundes Christkind!"

24. Dezember

Dat Christkind in de Bahnhoffsmission

„Leeve Fahrgäste, wiel dat so dull up de Streck na Rheine schneit hett, köhnt wi in't Moment nich wiederföhrn. Nix för ungood! Se köhnt avers up Kosten van de Bahn in uns Bordrestaurant wat warmet drinken, wat eten un lütte Snacks umsünst kriegen. Wi seggt Bescheid, wenner dat wiedergeiht."

Katharina Büchter satt in her Abteil, de Hannen över de kugelrund Buuk faltet. De lütte Maximilian was an't Strampeln. De swangere Froo was up de Weg in't Emsland, na Papenbörg. Daar was de Familie all an't Wachten. Her Mann Philipp was all en Dag fröher mit de Auto, de Bagage un de Kinnerwagen föhrt. Se harr noch Tied mit en Fründin verbracht. Dat Kind sull to Begünn van Januar up de Welt kamen. So lang wull se in't Emsland blieven un her Söhn, dat wuss se all, in't Marienhospital up de Welt brengen.

Auto, de Bagage un de Kinnerwagen föhrt. Se harr noch Tied mit en Fründin verbracht. Dat Kind sull to Begünn van Januar up de Welt kamen. So lang wull se in't Emsland blieven un her Söhn, dat wuss se all, in't Marienhospital up de Welt brengen.

„Köhnt se mi wall so ungefähr seggen wenner dat wiedergahn kann?", fröög se de Schaffner, de jüst an her Stohl vörbileep.

„Dat deiht mi leid, junge Froo, Rheine is wedder frei, man kört achter Ossenbrügge mutt de Schnee van de Gleise rüümt warden. Wi weten noch nich, wo lang dat düürt. Kann ick se wat brengen?", fröög de ollere Kerl frünnelk.

Katharina bedanktde sük, se wull blot sitten. Se puulde her Handy ut de Taske un reep Philipp an.

"Hallo, mien Leevste! Dat Abenteuer Bahn makt sien Naam wedder mal all Ehr. Ick sitt in Ossenbrügge fast. Ick segg Bescheid, wenner dat wedder los geiht un ick in Papenbörg land."

Jüst, as se her Book wiederlesen wull, markde se, dat Maximilian dat Strampeln anfung. Villicht was dat de Warmte in't Abteil. Wiel dat noch wat düürn warde, bit de Zug sük wedder in Bewegen setten wurr, steeg se ut de Waggon ut un wull sük de Benen en beten vertreden. An de End van dat Gleis stünn es Gruppe Mannlüü un Froolüü för de Bahnhoffsmission. Daar ward Koffje utschenkt un Christstollen verdeelt. Dat was de Hillige Avend un so sacht kwam de Dunkelheit över de Stadt daal. As se an de Lüü vörbigung warde se frünnelk anlacht. Dat was nicht oversehen, dat se swanger was.

„Na, mien Deern! Ward dat en Christkind?", fröög en van de Kerls.

„Ne, dat ward wal eher en van de Hilligen Dree Könige. De Termin is an de Begeünn van Januar."

„War schall he den heten, Caspar, Melchior of Balthasar?"

"Maximilian, as sien Grootvader. De Naam is Tradition in uns Familie!", antworde se mit en Lachen.

„Na, dann mutten se de Bibel ja wall um- un en veerde König daartoschrieven." De heele Gruppe was an't Lachen. „Ick bün Caspar, dat sünd mien Frünnen un Begleiter. Wi sünd hier strand, wiel de Mission in Ossenbrügge an de Hillige Avend jümmers wat för uns daar hett to eten un to drinken. Vandaag gifft dat Hahntje un Tuffels mit Gemüs. Willen se ok wat hebben, In de Zug gifft dat seker blot Pappbrot mit Salami of Käs."

Katharina wull jüst aflennen, as se murk, dat de Wehen insettden. Oh, nee, doch se noch, nich in disse Moment Maximilian! Dat was so dull, dat se sük up de Bahnsteeg setten wull. Her waard heet, kold un swiemelig tomood. Her Gesicht vertröck sük för Pien. De Kerls un Froolüü wüssen sofort, wat daar passerde. Se greepen her unner de Arms un bröchten se in de Rüüme van de Bahnhoffsmission.

„De Froo verwacht en Kind un ick glööv, de lütte Maximilian will nich mehr bit Januar wachten." Caspar prootde mit de Baas van de Inrichten, de van Caritas un Diakonie tosamen bedreven ward. Se settden Katharina in de „Ruum de Stille". Buten sloog de Stimmung van kommod in upgeregt um. All harrn se mitkreegen, wat mit Katharina los was.

„Ick hebb en Krankenwagen ropen. De ward seker lieks daar wesen. De Info-Point latt över de Luutspreekers na en Doktor söken." De Baas van de Mission was düdelk opgeregt. In de Moment in de he en Trage in de Ruum stellt un mit Deken un Küssen polstert harr, kwamm en Mann in dör de Döör un stellde sük as Doktor vör.

„Ick bün Balthasar Sundermann. Nich lachen, dat stimmt. Wo wiet is dat mit her Wehen?" In de Tied, in de Katharina hum all vertellde, wat passeert was, pack de Doktor sien Taske ut un verdeelde de Inhalt up en Handook. Dann gaff he de Angestellten en paar Upgaven hum Saken för dat Entbinnen to brengen.

„Ick bün bang, dat se dat nich mehr in't Krankenhuus schaffen. Up de Straaten van Ossenbrügge is dat Chaos unnerwegens. Trauen se mi, bitte. Ick mak dat nich dat ersde Mal. Ick was all bi de een of anner Huusgeburt daarbi. Leider bün ick kien Hebamme, man wi kriegen dat seker hen." Daar was nix an to ännern, doch Katharina, as de Wehen wedder insettden. Se doch noch kört daaröver na, Philipp antoropen, man dat gung nich mehr.

Buten vör de Döör stunnen de Mannlüü un Froolüü un hörden Caspar to, de vertellde, wat in de Mission vör sük gung.

„Dat is en gooded Omen för disse Fest. En echt Christkind un dann noch in de Bahnhoffsmission. Dat is, as of wi de Hirten up dat Feld bünt, de de Geburt van de Heiland nich mehr afwachten köhnt. Geiht her dat good?“, fröög en van de Froolüü. Se was in en Wintermatel hüllt, harr Gummistevel an her Foten, ut de dicke Wullsocken rutlugten.

In disse Moment was dat Geschall van Katharina ut de „Ruum de Stille“ to hören. De Gruppe vör de Mission fellde her Hannen un fung an, en Gebet to proten. Alle wassen still, de Blicke wannerten in de wulkenverhangen Himmel. Dat begünn to schneien. As de Baas van de Bahnhoffsmission ut de Döör kwam gung automatisch dat Lücht daaröver an.

„De Wiehnachtssteern!“, murmelte en van de Kerls. Die Luun was up Mal locker un sinnig. An dat Gesicht van de Missionsbaas was to erkennen, dat dat all good gahn was.

„Wi hebbt en neeie Eerminske daartokreegen un sien Naam is nich Melchior, dat Kind heet Maximilian.“ De Verlichten un de Freid was bi all to marken. Dat waarde tuschelt un mit den Hannen klappt bit to de Moment, in de Caspar en Leed anstimmde. „Es ist ein Ros’ entsprungen, aus einer Wurzel zart.“ All fungen an mittosingen vör de Döör van de Bahnhoffsmission.

Binnen kunn Katharina, de her Söhn up de Arm höll, dat Klappen avers besünners dat Singen hören. Se harr dat schafft, se harr her Kind bold alleen up de Welt bracht. Se was so glückelk un keek in dat Gesicht van her Kind, bedanktde sük bi de Doktor un greep na dat Telefon. De Doktor hulp her, sük uptosetten. He harr noch mal mit dat Krankenhuus telefoneert. De Wagen was unnerwegens un waarde Moder un Kind in de Klinik brengen. He vertellde de Oberarzt, dat’t all good lopen was un beid gesund wassen.

Dat harr dree Mal pingelt, dann was Philipp an’t Telefon. „Na, Kathi! Geiht dat nu wieder mit de Bahn?“

„Leevste, Du waarst dat nich glöven, man wie hebbt nu en Christkind!“